KB109670

# 부활하는 일본의 군국주의

저자 고케츠 아츠시(야마구치대학 교수)
역자 박현주

## ■ 목 차 ■

부활하는 일본의 군국주의

## I

## … 동북아시아의 안전보장체제 구축을 위하여 …



## II

## … 역사에서 파병국가를 묻는다 …

## … 파병국가 일본을 고발한다 …

## … 한미일 군사동맹의 현황과 일본의 임전체제 …

# “부활하는 일본의 군국주의”

# I. 동북아시아의 안전보장체제 구축을 위하여

## 1 동북아시아의 평화와 일본의 평화헌법

### 1.1. 서론

20세기가 전쟁과 혁명의 세기였다고 한다면, 21세기는 평화와 공영의 세기라고 해야 한다. 특히, 동북아시아 지역을 생활의 터전으로 삼고 있는 우리들은 이 지역에서 되풀이 되었던 수많은 역사적 참상들을 부(負)의 교훈으로 여기고, 우호와 공존을 위해 방법을 모색하지 않으면 안 된다. 그것은 결코, 하나의 국가나 일국의 시민들의 노력만으로 창출되는 것이 아니다. 무엇보다도 동북아시아 지역의 여러 국민들이 평화형성(peace making)을 향해, 다양한 방법들을 모색하면서 서로 공유가능한 시좌(視座)를 획득하고 그것을 확인하는 가운데 처음으로 관철된다.

본 논고는, 이를 염두에 두고 지금까지 필자자신의 연구나 조사를 통해서 받아들인 동북아시아의 평화실현을 신(新) 미일 동맹문제나 냉전구조의 잔존이라는 시점에서 요약 설명하고, 그와 관련해 근래의 일본 군사체제화 과정을 찾으면서, 왜 일본에서 신 군국주의와 신 국가주의가 대두하고 있는지를 지적하는 것이 첫 번째 목표다. 그리고 두 번째는, 이 같은 위험한 사태를 증명할 문제로서 일본의 평화헌법의 해체위기라는 점을 언급해 두려고 한다.

이처럼 기본적인 작업을 통해야만 동북아시아 평화실현의 방법를 찾는 것이 가능할 것이다. 그리고 평화실현의 수단으로써 국경을 초월한 시민주체의 민간교류나 민간지원을 추진하는 21세기형 시민운동이 불가결하다는 것을 강조하고 싶다. 국가나 이데올로기를 중심으로 한 체제 선택에 의해 계속해서 농락당하고, 평화실현을 저해당해 왔던 20세기의 불충분성을 자각하면서, 진정한 시민주체의 평화실현을 위해서 지금 우리들이 국가의 틀을 넘어 손을 잡지 않으면, 동북아시아의 평화실현은 틀림없이 멀어질 것이다. 많은 양심있는 사람들은 동북아시아 평화실현을 희구하고 있으며, 그 한편에선 이미 반세기 전에 선언한 일본

평화헌법의 중요성에 대한 재평가가 진행되고 있다.

그러나 그 평화헌법도 지금은 해체의 위기에 직면해 있다. 시민주체의 평화운동이 진정으로 평화실현을 이룩하는 데 충분한 자질과 에너지를 간직하고 있는지 우리들은 시험당하고 있는 것이다. 필자는 이 보고서를 통해서 이에 대해 여러분들과 진지하게 토론하려 한다.

## 1.2. 동북아시아 정치환경과 일본의 현상

### 탈냉전 시대의 미일동맹 강화 프로세스

동북아시아 평화를 도마 위에 올려놓은 이상, 해당 지역의 정치환경의 큰 테두리를 간단히 정리해 놓을 필요가 있을 것이다. 우선 동서냉전 종식 이후의 동북아시아 및 일본정치의 현상을 개관해 놓고 싶다.

동북아시아에서는 동서냉전 종식에 의해 기존의 정치환경의 큰 변화가 요구됐다. 특히, 동서냉전 체제를 배경으로 구축된 미일동맹체제와 일본 보수체제는 그 정당성을 밑바탕에서부터 문제삼게 된다. 그러한 환경변화에 대응하여 동북아시아에서의 기득권을 유지하기 위해 미국과 일본은 새로운 동맹관계의 재정의에 분주하다. 그것이 미일안보 재정의이며, 그 구체적 방침을 기술한 것이 1998년의 소위 '신 미일 방위협력의 지침'(신가이드라인)이었다.

이것은 미국의 새로운 아시아전략을 제시한 문서로서, 미 국방성 전략 문서『동아시아 태평양 안전보장 전략』(1995년 2월)이 있으며, 거기에는 동아시아에 10만 명의 병력을 전개한 이유로서 이 지역에 '사활(死活)적 이익'이 존재하는 것을 분명히 하고 있다. 구체적으로는 동아시아에 전개하는 미국의 다국적 기업의 경제적 이익과 무기수출 지대로서의 이익(군산(軍産) 복합체의 이익) 확보를 목적으로, 표면상의 슬로건은 '국제공헌' '국제평화'가 강조되고 일본정부도 이에 편승해 간다.

확인해 두어야 할 것은, 미일 안보체제를 낳은 미국의 전략은 이데올로기나 정치적 목표에 한정되지 않고, 그 이상으로 미국 자본주의의 자유로운 세계시장 질서형성과 유지라는 고도의 전략목표가 제 2차 세계대전을 포함해서 그 이후에도 관철되고 있었던 것이다. 즉, 미국 자본주의는 전전의 나치나 일본 제국주의의 위협, 전후 소련의 위협, 리비아(아프리카)나 이란, 이라크(중동), 중국・북한(동아시아)의 존재도, 미국 자본주의의 자유로운 행동을 방해하는 의미에서 마음에 들지 않은 존재이며, 일관해서 질서라는 동질의 문제로 인식하고 있는 것이다.

냉전종식에 의한 구소련・동구권, 중국・베트남 등의 자유시장화에 따른 광대한 시장 출현과, 그것을 관리하려는 미국자본주의(다국적 기업화한 미국기업들)의 요청을 받은 미군부(펜타곤의 군사전략으로 표현)는 과잉된 군사비 부담을 경감하면서, 미국 자본주의의 목적을 달성하는 수단으로써 일본과의 군사동맹체제 강화를 의도한 것이다. 거기에는 군사와 경제의 괴리를 메우고, 새롭게 획득한 시장의 유지와 확보를 목적으로 하는 탈냉전시대의 미국의 신전략('봉쇄전략에서 확장전략'으로의 전환)이 '신가이드라인 안보체제'라는 형태로 태어난 것이다.

그럼 일본은 왜 이같은 미국 자본주의의 전략에 추종하는 것일까? 그 해답은 전후 일본의 대미 종속성이라는 체질뿐만 아니라, 미국과 같이 동아시아 지역에서 일본국적의 다국적기업의 경제적 이익을 추구한다는 점에 있다. 그 점에서 미국의 군사력평가와 완전히 동일하며, 미일 다국적 기업의 경제적 이익의 유지라는 점에서 양국의 공통과제인 이것이야 말로 미일동맹노선 구조화의 이유인 것이다.

더욱이 다른 시점에서 본다면, 1980년대 후반 이후에 나타나는 일본 자본주의의 구조적 전환, 즉 종래의 국내생산에서 수출타입의 수출주도형 산업구조에서 미일 경제마찰과 엔고의 결과, 해외생산으로 크게 이전되고 일본기업의 다국적화에 박차가 가해졌다. 그래서 일본기업에는 수출대상지역이나 해외생산거점에서의 정치적 질서나 노동현장의 '안정'이 불가결한 조건으로 강하게 의식된 것이었다. 그 결과, 해외에서의 우대세제(優待稅制)의 견지, 노동조합활동의 규제강화, 저수준의 환경규제기준 등을 보증하는 개발독재정권을 밑받침하는 정책강화와 이를 밑바탕에서 보완할 물리적인 강제력으로써의 군사력 행사의 가능성에 대한 기대가 한층 깊어져 갔다. 이것이 바로 일본의 군사 대국화를 요청하는 독점자본의 현재 상황이다.

따라서 다국적화가 현저한 일본독점자본은 단독으로 본격적인 해외전개가 가능한 자위대 군사력을 정비할 여유가 없기 때문에, 현재로서는 미일군사동맹노선(신가이드라인 합의에 의한 미일안보체제 강화)의 길을 선택하고 있다. 동시에 국내외의 반전평화운동의 열기를 회피하면서 다이나믹한 군국주의화(전쟁국가)의 길을 용의주도하게 우회하고, 우선 미국의 군사력에 의존・협력하면서 해외의 이권확보의 길을 찾고 있다. 그런 의미에서 신가이드라인 안보체제는 그 단계에 이르기까지의 쿠션적 역할을 하는 체제라고 지적할 수 있다.

일본정부는 일본인이 가진 '유엔신앙'을 기본바탕으로 1990년대 전반까지는 '유엔 중시 외교'(국제공헌론 등)를 밀고 나갔지만, 탈냉전시대에 미국의 전쟁발동의 실태나 본질이 뚜렷해지자, 미국은 '지역적 군사동맹' 노선으로 전환했다. 일본정부도 이에 추종하여 '미국지원'으로 전환하면서 안보재정의에서 신가이드라인 합의의 흐름을 형성하고, 그 연장선상에 신가이드라인 관련법으로부터 주변사태법, 무력공격사태 대처법, 국민보호법 등 오늘날에 이르는 일련의 군사법 제정이 강행되었던 것이다.

## 전쟁국가로의 길을 선택한 일본의 현실

일본은 일련의 군사법제를 정비하는 과정에서 명확히 군사국가·전쟁국가로의 길을 선택했다고 단언할 수 있다. 그것은 일본 자본주의와 보수지배층의 주체적이고 전략적인 선택으로써 강행되고 있지만, 국내여론을 향해서 실로 다양한 프로퍼갠더(정치선전)가 준비된다. 그 상징적인 대상이 '북한 위협론' 퍼뜨리기다. 최근의 방위청 입장은 미국이 말하는 대중국 포위전략에 대한 추종에서 중국 위협론을 주장하기 시작했지만, 지금까지 조선민주주의공화국(이하, 북한)의 위협 이미지를 퍼뜨리는 것으로, 신가이드라인 안보체제 이후 재정의된 미일군사동맹 노선강화의 필요론을 환기시켜, TMD(전역(戰域) 미사일 방위)의 미일 공동연구 촉진이유를 자위대군 확장의 구실로써 철저히 이용해 왔다.

현실적 문제로서 북한은 일본침공의 정치적 의도도 군사적 능력도 전혀 없으며, 북한 위협 이미지 퍼뜨리기가 명확한 정치목적하에서 이루어지고 있는 것을 분명히 하고 있다. 극히 자의적이며 작위적으로 위협대상국을 설정해서 군사법제의 제정이유로 하고, 또 국내에 잠재하는 배외 내셔널리즘의 개시와 군사대국화로의 '무드(mood)' 만들기가 의도된 것이다.

그 사이에도 일본은 PKO 협력법 개정, 자위대법 개정 등 독자적인 해외파병체제의 법정비를 강행해, 어떤 의미에서는 미일 공동행동의 틀 안에서도 자립한 독자적 움직임을 준비하고 있다고 할 수 있다. 그것은 장래에 자립한 제국주의국가 일본에 대한 비약된 계산이 존재하고 있는 지도 모른다. 왜 오늘날 이러한 군사주의가 일본에서 표출하는 것일까? 그 주된 이유를 든다면, 첫 번째로 일본기업의 다국적 전개와 해외(특히 아시아지역)에 대한 관심이 종래와는 다른 성격을 가진 채 증대하고 있는 점이다. 이와 관련해서 두 번째로 군사화를 요청하는 다국적기업이 현재의 불황하에서 국제경쟁력강화의 일환으로써 국가 기강과 경제구조의 기본적 개조를 강하게 추진하고 있다.

예를 들면, '대규모 점포법' 폐지, '중앙관청개혁기본법'의 성립 '노동기준법' 개정 등 규제완화와 행정개혁 등을 목적으로 하는 '신자유주의 개혁'에 제시된 국가개조계획의 단행이다. 현재 일본에서는 이를 '구조개혁'의 이름하에 적극적으로 수용하려는 기운이 높아지고 있다. 이러한 움직임이 총선거의 투표행동에 나타난 것이 뚜렷이 기억난다. 하지만, 이 '신자유주의 개혁'의 귀결로서 국내외에 걸친 강력한 태도는 불가피하며, 그 결과 군사국가 일본의 전면적 전개가 눈앞에 다가오게 된 것이다.

그럼 대체 어떤 세력이 일본을 군사국가 · 전쟁국가로 유도하고 있는 것일까? 여기에서 주된 세 가지 세력을 지적해 두려고 한다.

우선, 방위관료(군사관료)로 신가이드라인의 실질적 작성자들이다. 그들은 아메리카류의 합리주의자들이며, 자위대의 국민적 및 미국으로부터의 지지확보를 가장 중요한 과제로서 강하게 의식한 집단이다. 그들은 21세기의 자위대 존속을 도모하면서, 확고한 군사관료기강의 확립을 노린다. 거기에는 문민통제(civilian control)로부터 군이 일탈해서, 자위대(신일본군) 독립을 숙원하며, 독점자본의 의향에 객관적으로 합치하는 방향으로 움직인다. 보다 구체적으로는 통막의장(자위대 톱)을 인증관으로 승격(국무대신화), 군령권(통수권)의 독립, 계급호칭을 전전 호칭으로 부활, 방위청을 국방성으로 변경하는 등 소프트 면에서의 개혁에 착수하고 있다.

다음은 역사수정파(자유주의사관 그룹)에 관한 것이다. 그들은 1990년대 군사대국 이데올로기 보급과 헌법 개악(改惡)의 시도를 시야에 넣고, 전통적 내셔널리즘(국가주의)의 선두적 역할을 맡아 '새교과서를 만드는 모임'의 결성 등을 통해, 침략전쟁의 역사사실의 은폐와 왜곡공작에 분주했다. 이 역사수정파야 말로 일본 전후 군국주의 및 국가주의의 유포를 맡은 그룹으로 일본 교육계 뿐만 아니라 정계에도 어느 정도 강한 영향력을 가지고 있다.

여기에다 일본의 독점자본 · 다국적기업들이 있다. 일본기업은 해외에 생산거점을 두는 관계로 특히 아시아 국가들의 국내동향에 지극히 민감하며, 기업이익의 유지와 확대의 방법으로 군사력에 의한 협박과 최종적 수단으로 미일동맹에 의한 사실상의 전쟁정책조차도 선택하려 하고 있다. 이 때문에 그들은 안보내셔널리즘 또는 국방내셔널리즘을 모든 영역에서 불러 일으키려 하며, 국민보호법에 전형적으로 구현되는 것처럼 국민동원시스템을 가동시키는 것에 성공했다.

이 외에도 간과할 수 없는 것이 일본판 신보수주의자·복고주의자들이다. 신사본청·일본유족회·영우회(靈友會) 등, 배외주의와 일본지상주의를 표방하는 조직이며, 역대 내각 각료에게 참배요청을 반복함과 동시에 자민당의 집표머신으로 일한다. 자민당은 집표머신이라는 기대에서 참배요청에 호응하는 형태로 의원단형식의 집단참배를 구조화시키고 있다. 고이즈미 수상의 야스쿠니 신사참배는 그 상징인 것이다.

요컨대 이들 세력은 지난날 일본의 침략전쟁에 대한 진지한 반성과 교훈화라는 역사과제를 미루거나 반대로 침략전쟁을 정당화함으로써 극히 자의적인 전쟁인식을 보급하려고 기를 쓰고 있다. 거기에는 국내는 물론 국외에 대한 참배이유 설명의 괴리감이 현저하며, 그 괴리감을 근본적으로 메우는 것은 불가능하지만, 강제로 정합성(整合性)을 획득하기 위해 최종적으로 타민족에 대한 우월주의·배외주의 등 전전의 이데올로기를 수렴할 수밖에 없다. 그 결과, 이들 세력의 행동과 주장을 긍정하는 여론의 존재는 군사주의 및 신제국주의를 용인하는 결과를 초래하고 있다.

## 1.3. 동북아시아 평화질서의 형성과 저해요인

### 제국 아메리카의 존재

요즘 네그리와 하트(Negh' Hardt) 『제국(Empire』, 엠마뉴엘 · 도트 『제국 이후』, 후지와라 키이치(藤原歸一) 『민주주의 제국』, 수잔 · 스트렌지 『국가의 퇴장』 등 국내외에서 소위 '제국론'이 활발하다. 그 시각의 밑바탕에는 비식민지 초군사대국으로서의 제국 아메리카의 강대함과 취약함의 양면성에 착목한 점이다. 글로벌제국주의라는 새로운 제국주의의 형태와 본질에 육박하면서도 밑바탕에 공통된 것은 제국아메리카의 쇠퇴 · 쇠망 · 퇴양의 실상에 대한 조사(照射)라는 문제이다.

미국은 제 2차 세계대전 이후 일관해서 추구해 온 자유로운 시장질서의 형성과 확대전략인 '관여(engagement)와 확대(enlargement) 전략'을 채용하고 있다. 그런 의미에서 '부시 제국'만을 특별히 파악하는 것은 잘못이며, 말하자면 미국은 일관해서 '제국'이었던 것이다. 그 미국의 '제국성'은 냉전구조하에서 은폐되었던 것에 불과하다. 다시 생각해 보면, 한국전쟁이나 베트남전쟁을 비롯해, 냉전하에서 사실상의 대리전쟁으로서의 '열전'이 전개되었던 것을 상기하기 바란다. 거기에는 냉전체제라는 이름하에 끊임없이 '열전'을 지향하고, 현실화해 온 현대 미국의 국가체질이나 국가전략의 총체를 현대제국주의로서 파악할 필요성이 있을 것이다.

즉, 레닌의 제국주의론(고전적 제국주의론)은 현대세계의 불평등성의 요인을 독점자본의 국제시장 요구, 국민국가론에 의한 '국민' 형성과 동원, 식민지영유에 의한 자국자본의 독점적 전개 등을 지표로 해왔다. '영토'로서의 식민지소멸을 비롯해, 제국주의의 지표의 애매함에서 오는 제국주의론의 후퇴가 보여진 것은 사실이다. 그러나 구식민지 또는 경제적 식민지는 현존하며, 글로벌기업의 세계전개에 대응해서 시장의 쟁탈 내지 독점적 상황은 한층 심각해지고 있으며, 새로운 제국주의 개념의 제시안에는 미국을 필두로 한 여러 제국주의(적) 국가의 존재를 의식적으로 파악할 필요성이 높아지고 있다.

분명히 현대 제국주의는 고양하고 있는 민족독립운동이나 반세계화운동의 압력을 받으면서도, 글로벌경제의 전개에 따르는 더 큰 시장의 확대와 확보를 목표로 하고 있는 한 새로운 전쟁을 준비하게 된다. 단지, 거기에서 생기는 전쟁이란 지난날의 열강제국주의간의 전쟁이 아니라, 대국간의 협조와 동맹을 특징으로 하는 소위 '깡패국가(불량국가)'에 대한 공동의 전쟁이라는 형태를 채용한다. 거기에서 나타나는 현상은 제국주의의 공동지배와 아메리카제국의 주도성이며, 그 결과 전통적인 동맹관계가 아닌 '제국연합'으로서 여러 제국주의국가가 결속하는 경향이 보인다.

그러한 '제국연합'은 경제영역뿐만 아니라, 정치·군사의 글로벌화의 진행과 병행해서 심각한 격차구조의 확대를 초래하고 있다. 그 결과, 글로벌제국의 성립과 반 글로벌제국의 세계사적이고 보편적인 민중운동이 일어나고 있는 것이다. 필시 세계화된 자본과 국민국가의 부정합의 노출이라는 문제가 한층 부각되며, 자본의 글로벌한 전개가 국내 공동화(空洞化)를 초래함으로서, 시장확대의 한편에서 빈곤화가 촉진되는 경제적 상황이 나타나고 있는 경향이다.

**작은 제국 일본의 등장과 동북아시아의 군사정세**

현대전쟁이 글로벌 질서의 유지를 목적으로 한 전쟁이라고 한다면, 시장확대·확보와 반세계화 억압을 위한 미국의 전쟁이란 '미국에 의한 미국을 위한 전쟁'이며, 이에 추종·가담하는 일본은 제2의 미국화의 지향성을 내재하고 있다는 것을 의미한다. 그리고 현대의 전쟁은 비대칭적인 성격을 특징으로 하고 있으며, 미국 단독이든, '유지(有志)연합'이나 '다국적군'의 형태든, 압도적인 군사대국 및 그룹이 소국(小國) 및 민족집단을 일방적으로 파괴하는 전쟁이다. 그것은 본래 의미에서의 '전쟁'이 아니며, '국가테러' 또는 '글로벌·테러'라고 부르기에 적당한 폭력행사이다.

더욱이 동맹적 성격이 농후한 점이 현대전쟁의 특징이다. 군사초대국 미국은 단독이 아닌 연합제국군을 형성해서 대 아프간전쟁이나 대 이라크전쟁에 명시된 것처럼 선제공격을 채용한다. 현대전쟁이 글로벌화된 자본의 요청을 바탕으로 실행되는 한, 국가를 넘은 글로벌 기업·자본의 공통적 이해·요구 아래 실행된다. 또한 현대전쟁의 비총력전적인 성격을 지적할 수 있다. 20세기 초두에서부터 이어진 총력전으로서의 세계전이 아니라, 전쟁의 비대칭성과 국민의 전쟁 지지획득을 위해서 문자 그대로 핀포인트(pin point) 공격으로 전쟁의 단기간에 이르는 승리가 불가결하게 되었다. 군사기술혁명이 요청된 이유도 여기에 있다. 즉 '최소의 피해로 최대의 성과'를 얻기 위해, 인적동원의 억제와 초근대무기들의 대량투입(전쟁터에서의 인적자원(man power)의 동원은 한정적, 일상공간에서의 정신·사상동원의 항구화)이 불가피하게 된 것이다.

이처럼 현대전쟁의 특징속에서 일본의 자위대도 큰 변용 과정에 있다. 즉 구체화될 미일안보의 질적전환을 받는 형태로, 안보조약 제 6조(기지제공, 극동)와 제 5 조(미일공동작전, 일본+재일미군)와의 끝없는 접근상태라는 문제이다. 예를 들면 미태평양군의 재편과정에서 아츠기(厚木) 기지나 후텐마(普天間) 기지기능의 이와쿠니(岩國)기지로의 기능강화나, 실전을 전제로 한 미일연합군의 형성 등이다. 지금의 일본자위대는 '전수(專守)방위' '국토방위'론의 파기와 '국익방위'론의 전면적 전개시기에 들어섰다. 전전기의 일본국군은 '국체호지(國體護持)'의 이름으로 '국익'(천왕제 권력구조) 방위에 특화했지만, 오늘의 자위대라는 이름의 '신일본군'에 있어 '국익'이란 다국적기업화에 의한 총자본의 이익과 권익의 총칭이다.

이러한 일본자위대의 변용은 자위대 독자적인 판단이 결코 아니다. 거기에는 주한·주일미군의 일체화전략이 추진되고 있는 것의 반영으로 파악해야 한다. 즉, '전세계의 미군재배치 (GPR : Global Defense Posture Review)'의 추진이다. 그것은 한미동맹과 미일동맹의 기능적 분업을 폐지해서 대 중국전략의 구축과 북한에 대한 협박 및 붕괴전략에 불가결한 '전쟁의 일상화 체계'를 구축하려는 것이다.

말하자면, 태평양 방면의 미군 지휘계통을 크게 개편하고, 미국 제1 군단의 자마(座間) 이동, 미군과 자위대의 육·해·공 지휘의 일원화를 도모하고 있으며, 그것은 동경 근교의 요코타(横田) 기지로의 지휘중추 이전이 의도된 것이다. 결국 요코타 기지가 대 중국, 대 북한뿐만 아니라, 전세계를 시야에 넣은 일원적 지휘센터로 정해진 것을 의미하고 있다.

한국에서의 연합토지관리계획(LPP)도 너무나 중대한 문제로 남아 있으며, 기지로 사용가능한 토지의 사전관리와 통괄을 자유롭게 선택하는 것은 미국에 의한 자의적인 군사목적에 따른 토지수탈과 사용권의 독점을 뚜렷이 하는 것이다. 그와 관련해서 주한미군의 재배치가 급속히 진행되고 있으며, 평택에 주한미군기지를 종결(주한미군은 평택기지를 중심으로 수도권 기지라인과 대구·부산의 수송권으로 기능분화)하고, 미군 제 2 사단의 평택 이전계획은 새로운 전쟁계획의 증명이기도 하다. 고정형의 전력배치였던 제 2 사단은 기동이 자유로워지며, 대 북한작전이 선택가능하게 되어 동북아시아의 평화구축를 저해할 사태이다. 주한미군 3만 7,000명에서 1만 2,500명으로 삭감계획이 세워지려고 하지만, 그것은 북한붕괴와 대 중국 포위용의 전력으로 전환(1.5 기지구상)할 뿐이며, 말 그대로 외관상의 '삭감'과 실질적인 전투형태를 확보하고 있는 한 동북아시아의 평화형성에 삿대질하는 것이다.

## 동북아시아의 신냉전구조와 북·일 관계

동북아시아의 냉전구조를 나타내는 남북분단과 미국의 북한협박, 이에 반발하는 북한의 핵보유 선언에 상징되는 한반도의 냉전을 종식시키고, 동북아시아의 안정적 평화질서를 구축하는 것이 시급한 과제인 것은 논할 것도 없다. 한반도는 공식적으로 전쟁상태에 있으며, 북한의 역사인식에서 아시아의 냉전은 항일전쟁의 연장으로서 파악되고 있다. 이러한 사실인식이 일본정부 및 일본인에게는 희박하며, 아시아국가 국민들 사이에는 일본의 대북한 강경파가 교섭의 진전을 저해하고 있다는 견해가 강하다.

북·일 쌍방의 정책목표가 근본적으로 다른 점과, 접점이 적은 비대칭의 교섭을 어떻게 극복할 것인지가 문제되고, 이를 극복・해소하기 위해서는 서로 공유가능한 목표를 설정하는 것이 중요하다. 그래서 동북아시아의 안전보장체제의 구축과 일본의 미국 및 중국에 대한 자세의 재인식이 추구되는 것이다. 한국에서는 햇볕정책(태양정책)에 상징되는 것처럼 진지하게 대미인식을 시정한 결과, 부분적으로는 성과를 획득하고 있다. 한편, 북한은 고립적인 강경외교의 태도를 억제하고, 미국을 포함한 동북아시아 평화안정질서의 형성에 주체적으로 참가할 필요성이 있을 것이다. 그러기 위해서도 일본정부 및 일본인은 북한을 정당한 교섭상대로 보지 않으려는 '거부론'을 극복하고, 납치문제를 구실로 삼아 전쟁・식민지 책임을 회피하려는 '전술론'을 해소하여, 북한위협론을 선동하는 것으로 인한 '군확산론'을 버리는 것이 선결사항이다. 그 때문에도 안전보장문제를 양국의 공통과제로 설정하는 것이 중요하다.

그렇다면, 북・일간에 가로막힌 과제와 어떻게 마주해야 할 것인가? 실은 그 해답만이 동북아시아 지역의 평화구축에 대한 전망과 깊이 연동해 있다고 생각된다. 그 문제를 관점으로 정리해 둔다.

납치문제에 관해서 일본정부는 '북・일 평양선언'을 바탕으로, 납치문제와 안전보장문제를 가장 중요한 과제로 정했지만, 일본 국내여론의 납치사건에 대한 과잉된 반응 때문에, 양자를 동시에 파악하는 시점이 뒤로 물러나고 납치사건만이 특화돼

버렸다. 그 이유는 일본 국내보수파의 대 북한 위협론에 따르는 일종의 이익구조가 존재하고 있기 때문이다. 다시 한번, 납치사건의 배경을 되돌아 보면, 동북아시아의 냉전구조의 속에서 북한이 국제적 고립에 빠져있는 이유로, 이를테면, 한미 합동군사연습(팀스피리트)에 상징되는 1980년대 전후, 북한에 대한 군사협박에 대항하기 위해서 총동원체제라는 '전시' 상황이 만들어지고, 그 결과 북한 국내에 급진파 군인그룹이 형성되어, 소위 '선군정치(先軍政治)' 또는 '선군영도정책(先軍領導政策)'이 실제화되면서 군사작전의 일환으로 짜낸 것이 납치사건이었다.

문제는 설사 미국의 군사협박에 대한 대항수단으로써 북한의 '선군정치'가 깔려있다고 해도, 일본 국내여론에서의 납치사건에 대한 과잉반응으로 인해, 북일교섭의 과정에서도 '북일 평양공동선언'에 강조된 '안전보장문제'에 대한 관심의 희박화라는 사태이다.

분명히, '선군정치'를 내세워 군사우선에 의한 북한의 정치체제에서의 핵과 미사일은 체제를 보수하는 외교카드 '으뜸패'로 매겨져 있지만, 핵과 미사일이 순(純) 군사적 · 물리적인 수준이 아니라, 외교카드로 사용되는 문제와 북한이 놓여진 국제정치 · 군사환경과 국내의 경제환경에서 파생하는 모순과 특수사정을 어떻게 파악하는 지에 대한 문제가 존재한다. 즉, 북한은 생존의 활로를 찾기 위해 미국을 표적으로 핵과 미사일의 카드를 발상하고, 그것이 반대로 미국으로부터 협박을 유인하고 있다는 현실에 직면하고 있다.

그러나 최근 6자협의에 의한 교섭재개에 나타나는 것처럼 북한은 미국과의 적대관계 일변도 노선에서 동북아시아지역의 다원적 틀속에서 안전확보로의 노선전환를 하려고 하며, 북・미 관계의 비중(比重) 상대화와 한국과 일본에 대해 새로운 접근을 시도하기 시작한 것도 사실이다. 이 기회를 통해서 어떻게 하면 동북아시아의 평화구축을 연결할 수 있는지가 극히 중요한 과제로 남아 있다.

북・일간뿐만은 아니지만, 특히 전후 60년이나 경과한 오늘에 있어, 왜 한반도 식민지책임이 일본정부 및 일본인에게 의식화되지 않는 것인가라는 문제가 있다. 그 이유의 하나로 전후 냉전구조 속에서 역사책임이 정면에서 문제되는 것이 회피가능했던 일본인과 일본정부의 '호(好)조건'이라는 점을 우선 지적할 수 있다. 즉, 탈냉전시대에 들어서도 동북아시아 냉전(구체적으로는 남북 분단상태)으로 인해, 계속해서  조선식민지를 둘러싼 역사책임이 보류돼 온 것이다. 또, 많은 일본인들에게 내재하는 조선영유 합법화론이나 유익론에 의한 역사문제의 희박화나, 납치문제와 조선 식민지 통치시대에 범한 일본의 범죄를 동렬로 논할 것을 거부하는 일본정부와 일본인의 역사인식의 부재성이라는 문제가 있다. 그것이 지난날의 피침략국가들로부터 일본에 대한 불신증대를 초래하고 있는 것이다.

## 1.4. 동북아시아 평화질서 형성에 대한 전망과 일본의 평화헌법

### 동북아시아 평화화의 조건과 한 · 미 · 일의 상호 규정관계

동북아시아의 평화화를 위한 조건 중에서 필수 과제는 남북한의 통일과 일본의 평화헌법의 견지이다. 이 두 가지의 과제는 분명히 직접적인 관계성이 부족한 것처럼 생각되기 쉽지만, 밑바탕에는 나누기 어려울 만큼 연결돼 있다. 그래서 이 두 과제는 뚜렷한 부정합 혹은 모순이 있으므로 검토를 하지 않으면 안 된다. 결론을 먼저 요약한다면, 남북 분단상태를 방치한 채로 평화헌법이란 본래 있을 수 없는 것이다. 즉, 평화헌법의 원리는 단순히 일본 일국의 평화실현 및 평화국가실현의 확약을 선언했을 뿐만 아니라, 국제 평화질서의 확립에 일본의 철저한 공헌을 약속한 내용인 한, 일국의 평화주의를 넘어서 대(對) 아시아사회 및 대 국제사회를 향해서 계속 제시해가야 할 보편적이고 세계적인 시점의 메시지이다.

이에 함축된 것은 동북아시아를 포함한 아시아와 세계 여러 지역에서 전쟁을 유인하는 군사주의의 해소에 대한 공헌이다. 남북분단에 상징되는 동북아시아의 신냉전구조는 평화헌법 메시지를 정면에서 부정하는 정치적 · 군사적 질서이다. 일본이 평화헌법을 견지하고 이를 살리려고 한다면, 당연히 아시아 냉전의 모체인 남북분단 및 미일군사동맹은, 일본의 평화헌법과 정합성을 얻지 못하는 모순의 산물로써 엄하게 파악해야 할 것이다.

문제는 왜 이러한 부정합과 모순이 전후 반세기 이상이나 지속되고, 지금 또다시 일본의 평화헌법이 일본정부의 손에 의해 실질적으로 포기되려고 하는 것인가라는 점이다. 그에 대해서 간단히 살펴보고자 한다.

객관적으로 보면 한반도의 분단은 남북한 체제가 한국전쟁 이후, 지속가능한 균형상태를 제공해 왔다고 말할 수 있다. 분단과 대립에 의해 그 체제유지가 가능했지만, 결국에는 유사(類似)한 안정적 지역질서에 지나지 않았다. 또 한국에서는 군사정권이 민주화운동에 의해 그 종언을 맞이하기까지 오랫동안 지속되고, 국가보안법에 상징되는 고도의 국방국가 또는 고도의 치안 국가 체제가 깔렸다. 한편, 북한에서는 일종의 권위주의적 억압 국가 체제가 존속하고 있는 상태이다. 이러한 상호관계는 다시 전쟁을 유발할 수도 있는 비정상적이며 위험한 질서이다. 이런 상태에서 탈출하기 위해서 지역적인 공동 안전보장체제의 구축이 불가결하다.

그러나 남북한 분단에 의한 동북아시아 냉전구조를 기반으로 하는 일본의 보수체제는 본질적으로 탈냉전을 지향하지 않고 않으며, 기본적으로는 미국의 신냉전 전략과 방법을 같이 하여,

분단상태로 인해 보증되는 일본의 보수구조와 보수사상에 틀어박힌 채, 오늘날 일련의 군사법제에 의한 전쟁국가화와 전 고이즈미 수상의 야스쿠니 참배에 상징되는 것처럼 복고주의적인 국가사상의 환기에 기를 쓰고 있는 현실이 있다. 이에 비해, 한국의 대북한 정책은 미국의 대북한 '봉쇄(containment)' 전략과 달리 '포용(engagement)' 정책을 채용하려고 하고 있어 한미간에도 미묘한 다툼이 존재한다. 한국정부는 미국의 압력에 눌리면서도 타협과 대립을 적당히 섞어가는, 굳이 말하자면 '봉쇄속의 포용(con-gagement)'의 추구라는 노선을 채용하고 있다.

이 같은 한국의 대미 관계는 전면종속이 아닌 자립지향을 분명히 하고 있으며, 또 주체적 판단의 확보를 관철하려고 하는 것처럼 보인다. 이와 반대로, 일본정부는 미국이 의도하는 조건에 따라서 북한에 대해 선제공격을 강행하는 것이 일본의 안전보장의 최대 위협인 것에 전혀 자각이 없다. 일본국내에 횡행하는 우욕적 군국주의에 지탱되어 북한에 대한 경제제재론의 대합창이나, 납치사건에 대해 시종일관 주관적・감정적인 대응은 일본을 포함한 동북아시아의 안전보장체제의 구축이라는 전망을 말하려는 마음가짐의 편린조차 보이지 않는다.

거기에 있는 것은, 단지 '유비무환'이라는 단순한 단어의 반복이며, 그것이 만들어 내는 것은  무한한 군확산과 불신과 대립의 심각화라는 위험한 사태이다. 그것은 말할 것도 없이 평화헌법을 바탕으로, 평화와 민주주의 실현을 전후 일본국가의 기본정신으로 삼아온 것에 역행하는 것이 된다. 이러한 사태로 인해, 실제로 동북아시아 지역에 상호불신과 긴장을 초래하는 결과가 된 것이다.

**일본의 선택과 평화실현의 방법으로써 평화헌법의 활성화**

최근 일본 평화헌법을 둘러싼 상황은 급속히 악화되고 있다. 2005년 8월 1일, 자민당의 '신헌법 제 1차안'이 발표되고 9월 11일 총선거에서 고이즈미 준이치로(小泉純一郎) 전 수상이 통솔하는 자민당이 압승했다. 그 여세를 몰아 9월 22일에는 중의원 운영위원회에서 자민당, 공명당, 민주당의 찬성을 얻어 헌법특별위원회가 설치되고 헌법개정 절차에 관한 국민투표법의 심의에 들어갔다. 9월 27일, 자민당이 10월 28일에 '신헌법초안'(개헌초안)을 결정하는 방침을 뚜렷이 하고, 11월 22일의 자민당 결당 50주년 당대회에서 '신강령' 등과 함께 공표됐다

주지하는 바와 같이 '자민당 신헌법 제 1차안'에서는 현행 '일본국 헌법'의 '제 2장 전쟁포기'가 '안전보장'이 되며, 평화헌법의 기본원리인 '전쟁포기'의 문언이 삭제·해제되는 것의 의미는 중대하다. 그리고 현행 헌법 제 9장의 제 2항에 명시된 '육해공군 그 외의 전력은 이를 보유하지 않는다'고 하는 전력불보유의 문언도 삭제되고, 제 1차안에서는 '침략으로부터 우리 국가를 방위하고, 국가평화 및 독립과 국민의 안전을 확보하기

위해서 자위군을 보유한다'고 기술하고 전력보유를 명확히 하고 있다. 현재의 자위대는 24만 명의 정예부대로 편성되어, 세계 굴지의 장비를 갖춘 '군대' 이외의 어떤 것도 아니다. 하지만, '전력불보유'를 명시하는 것은 일본이 장래에 걸쳐 군사력에 의존하지 않는 평화국가로의 전망을 유지하고, 그 실현을 국제사회에 계속해서 호소함으로써 일본의 국제적 지위를 확립해 나가려는 의사표명이었던 것이다. 그것을 스스로 부정하는 내용의 문언을 포함시킨 의도는, 전력활용의 구체화를 의도하고 있다고 볼 수밖에 없다.

또한 그와 관련해, '자위군'(=군대)의 명시는 이미 존재하고 있는 자위대를 추가로 승인하는 것이며, 헌법에 명기하는 정도의 문제가 아니다. 자위대가 명실공히 군대로서 헌법상 명기하는 것의 의미는 현행 헌법에 기술된 평화주의를 전면 부정하는 인식을 제시하는 것이다. '전쟁 그 외의 무력행사 · 위협'을 국가에 금한 평화주의의 철저함이야 말로 평화국가 일본의 원형일 것이다.

그러나, 제1차 안의 저변에 깔려 있는 무장자위권 행사의 시인과 동시에, 현행 헌법이 금한 집단적자위권도 당연히 포함되어 있으며, 그 때문에 자위군을 사용한다는 자세이다. 그리고 더 큰 문제는 여기에 제시된 자위권의 이름하에 대외적 무력행사의 문턱을 단번에 제거하려고 한 점이다. 미국과의 공동군편성도 이라크에 한정되지 않고, 해외파병의 일상화를 의도하고 있는 것이 분명하다.

또 최근의 보도에 따르면 자민당 개헌초안의 전문에는 '애국심・자주방위・천황제'를 강조하는 문언이 들어갈 전망이라고 한다(『아사히 신문(朝日新聞)』 2005년 10월 7일). 세계가 오픈되고 공생과 공존을 지향하는 노력에 의한 신뢰양성이라는 목표와는 반드시 일치하지 않는 일국주의적인 편협한 민족주의에 빠질지도 모르는 복고주의 색채를 다분히 포함한 신헌법의 전문이 부각되고 있다. 이와 같은 헌법이 현행 헌법을 대신해서 등장하게 된다면, 동북아시아의 평화공동체 구축에 의한 안전보장체제 구축이라는 평화전략이 물거품으로 돌아갈 위험성이 크다고 할 수밖에 없다.

그럼, 동북아시아의 평화구축을 위해서 일본은 어떤 선택을 해야 할 것인가?

첫 번째로, 하드파워가 아닌 소프트 파워가 넘치는 평화국가로서 패권 안정형의 전통적 발상을 극복하고, 지역협력형의 평화전략을 추진하는 것이 무엇보다도 불가결할 것이다. 예를 들면, 북일간의 현안인 납치문제를 북한 고유의 문제로만 파악하는 것이 아니라, 냉전 구조하에서 적대관계가 만들어 낸 역사사실로서 냉정히 해석하는 시점이 중요할 것이다.

두 번째로, 글로벌적인 냉전(동서 냉전구조)이 종언했음에도 불구하고, 지역적인 냉전의 잔존(동북아시아 지역과 이라크를 중심으로 하는 중동지역)이라는 국제정세를 주시하면서, 미국의 세계화(Globalization)는 군사력에 보증된 경제격차의 확대를 초래하는 것에 지나지 않고, 국제질서의 불안정화를 만들어내는(구체적으로는 반미운동과 '테러리즘'에 일괄되는 민족 · 부족 저항게릴라운동)것이라는 인식을 공유하는 것이다.

세 번째로, 특히 본론에서도 착목한 동북아시아의 지역 냉전을 극복하는 것은, 무엇보다도 한반도 분단의 극복과 통일이 급선무며, 그 경우에는 민족의 논리뿐만이 아니라, 민제(民際, 시민에 의한 지원)를 지향하여 국가의 벽을 돌파할 논리가 불가결할 것이다. 지난 날 동서냉전을 해체시킨 '국경을 넘은 시민과 시민사회'의 존재를 재인식할 필요성의 중요도가 점점 높아지고 있으며, 민족 · 국가라는 틀에서 시민 · 시민사회라는 틀로 다이나믹한 발상전환이 요청되고 있다. 21세기 사회를 시민의 손에 의해 획득하는 논리를 왕성히 하는 노력이야말로, 앞으로의 시민운동의 과제이며, 이번 '2005 한일공동 심포지움'은 이와 같은 시도의 일환으로서 지극히 의의있는 기획이라고 생각한다.

앞으로는 동북아시아 평화공동체 구축을 객관적 및 공명정대한 어프로치와 평행해서, 한일 양정부와 양국민에게 상호신뢰의 양성을 목적으로 하는 다양한 프로그램을 적극적 및 과감하게 전개할 것이 요구되고 있다. 필시, 동북아시아에 잔존하는 냉전구조의 부의 유산을 극복하고, 동북아시아에 평화공동체라는 이름의 국경을 넘은 평화사회를 실현하는 일이 우리들에게 부과된 공동책임이라고 받아들이고 싶다. 그 때문에도 시민주체의 소위 '민제교류(民際交流)'나 '민제지원'의 폭을 착실히 넓혀가야 한다.

이상과 같은 전망을 품으면서, 특히 일본인의 책임으로서 지적해 두고 싶은 것은 가해책임의 시점에서의 전쟁책임 일반이 아닌, 식민지책임 · 군정통치책임의 실태를 세밀히 학습해 가는 것이다. 이러한 시점 없이는 이라크파병이나 북한에 대한 협박외교에 쉽게 편승하는 정신을 부정할 수 없다. 그 결과, 아시아와의 화해와 공생 프로그램을 구축하고, 아시아 국민과의 적극적 교류를 전망하는 가운데 화해방법을 추구하고 공생으로의 과정을 공유하는 것이다.

## 2 전후 일본의 보수정치와 한일관계

### 2.1. 서론 - '한일 의정서' 조인 102주년째의 일본의 진실

올해는 일본이 한국을 사실상 지배하에 놓는 계기가 된 '한일 의정서'(1904년 2월 23일)가 조인된 지 102년째가 된다. 1905년 11월 7일, 일본은 서울에 통감부를 설치하고 한국의 외교권을 박탈한다. 이미 이때부터 한국에 대한 식민지지배는 개시됐다고 할 수 있다. 일본은 먼저 대만을 그리고 한국을 식민지로 함으로써 식민지 제국으로서의 지위를 굳히고, 일본 군국주의는 급속한 팽창주의로 경사하며, 결국 아시아태평양전쟁이라는 명칭으로 일괄되는 침략전쟁에 돌진하게 된 것이다.

그리고 1945년 8월 15일, 패전에 의해 일본은 군사적 팽창주의나 침략전쟁에 이른 역사체험으로부터 경제 우선주의나 평화주의의 실현을 걸고, 한국을 비롯한 아시아 민중과의 화해와 공생을 목표로 해 왔다. 그러나 역사체험이 충분히 총괄돼 오지 않았던 전후 일본의 정치사회로 인해, 지금도 일본의 정치는 '새로운 전전(戰前)'을 맞이하고 있다.

전후 일본의 정치는 미일 안보체제에 지탱되어 왔고, 동시에 그에 규정되면서도 경제성장을 이룩하는 한편으로 군사사회의 체질이 또다시 부상하고 있다. 말하자면, 패전 후의 일본의 보수주의는 미일 안보체제의 세계화와 군사동맹화의 노선설정 속에서 종래부터 내재화시켜 온 밀리터리즘과 파시즘의 본질을 전면적으로 전개하려고 하고 있다.

본 논고는 미일 안보조약과 전후 일본의 보수체제와의 상호연관성・상호규정성을 논하는 것에 있다. 그 내용은 현재 진행되고 있는 일본의 군사체제의 문제에도 언급하면서 지금의 위기적 상황을 염두에 두고, 현 단계에서의 일본의 보수체제・보수구조의 위험성을 지적해 가려고 한다. 그것은 나 자신이 깊은 관심을 갖고 있는 한국과 일본의 과거와 현재를 묻는 의미에서도 극히 중요한 시점을 제공해 주리라고 확신하고 있다.

### 전후 일본정치와 미일 안보조약의 위치

먼저, 전후 일본정치에서 미일 안보조약의 위치를 어떻게 파악할 것인가에 관해서 기본적이며 중요한 시점부터 기술해 둔다. 전후 일본의 보수체제의 출발점은 패전과정에 이르는 천황제존치로 인한 것이다. 즉, 농지개혁 · 재벌해체 · 교육민주화 · 육해군해체 등의 점령정책에 의해 패전기의 정치 · 경제 · 군사에 걸친 여러 기강의 재편이 진행됐다. 그러나 천황제가 존치된 것으로 인해 그 천황제를 형성하고 있는 궁중 · 중신그룹을 중심으로 하는 보수세력은 사실상 온존된 것이었다.

동시에 존치된 천황제는 전전기의 보수정치가나 관료층들도 전후로 연결시키는 역할을 하고, 거기에다 전전기의 보수세력은 자신들이 천황의 권위를 정치이용한 '성단(聖斷)'에 의해서 일본의 패전직전에 육군주전파로부터 정치주도권을 탈환했다. 이렇게 해서 전후의 보수정치의 주도권도 장악하게 된 것이다.

천황제 존치가 분명히 외압에 의해서 결정됐다고 해도, 그 존치의 과정에서 나타난 보수세력의 동향은 전후 일본의 보수정치의 존재형태에 중요한 성격을 부여하게 된다. 동시에 '상징화' 된 천황의 새로운 정치적 역할도 준비하게 된 것이었다. 그 정치적 역할로서 미국에 대한 오키나와의 군정통치의 요구, 사실상 미일 안보조약의 계기가 된 천황 메시지 등 일련의 천황의 발언 및 정치행동은 전후 일본의 보수구조의 골격을 형성해 갔다.

전후 미국의 대일정책의 기본목표는 철저한 비군국주의화 = 민주화이며, 대미전쟁이 수행가능한 군사적 · 경제적 능력을 완전히 빼앗고, 정치적으로는 일본의 지위를 아시아의 일개 소국에 몰아넣는 것에 있었다. 거기에는 일본의 정치세력이 친미적인 것은 당연하다고 해도, 독립국가로서의 전망을 품는 것조차 제약시키려고 했다. 말하자면, 일본은 아시아의 '반쪽 국가'(semi-state)로서 태평양의 한구석에 놓여질 운명에 있었던 것이다. 물론, 전후 살아남은 보수세력은 그와 같은 아시아의 '반쪽 국가' 일본의 위치에 만족하는 것은 결코 아니었다. 그들은 천황제를 핵으로 한 일본 재건의 기회를 엿보고 있었던 것이다.

그 기회는 의외로 빨리 찾아 왔다. 그것은 1949년 10월, 중화인민공화국의 성립이었다. 그로 인해, 미국의 아시아전략은 근본적으로 수정할 필요성이 생기게 되고, 중국 다음의 존재로 일본이 급부상하게 된 것이었다. 결국, 미국은 중국을 대신해서 아시아의 거점으로써 일본을 절대적인 동맹국으로 육성하는 방침을 채용하고, 그 때까지의 대일정책을 역전시키게 된 것이다. 이것을 '역 코스'라고 부른다. 이 '역 코스'의 전형적인 사례야 말로 미일 안보조약의 체결과 그에 연동하는 일본 재군비였다.

## 전후 보수권력을 지탱한 미일안보와 한일관계

그러나 미국은 큰 모순에 직면하게 된다. 그것은 일본의 철저한 비군사화=민주화, 평화주의의 실현을 목표로 일본점령하에 제정한 일본국 헌법의 존재였다. 일본국 헌법에 비무장 중립주의를 규정한 제 9조를 설치한 것은 지난 날 미국과 함께 군국주의 국가 일본과 싸워, 군국주의 온상으로서의 천황제를 존치하는 것에 비판적이고 경계적이었던 영국・네덜란드・중국 등의 연합국의 불안과 비판을 제거하기 위한 것이기도 했다. 그 이유로 미국이 대일정책의 기본인 비군사화 정책을 수정하고 한국전쟁을 기회로 일본의 재군비를 개시한 것은, 지난날의 연합국가 및 한국 등 일본의 피식민지 국가 간에 알력을 부르는 것이 예상된 것이다.

그래서 미국은 그러한 알력을 회피하기 위한 수단으로써 일본의 재군비의 목적은 공산주의가 일본열도로 침투하는 것을 저지하기 위한 것이라는 설명을 반복하게 된다. 동시에 재군비가 일본의 군국주의 부활을 촉진할 위험성을 지적하는 내외의 소리를 배려해서 일본국 헌법에는 결코 손을 대지 않았던 것이다. 더구나 일본의 재군비와 일본열도의 미군기지화라는 2가지 목표를 달성하기 위해서, 미국은 천황으로부터 제기된 '천황 메시지'를 받는 형식을 취함으로써 재군비 및 미일 안보조약이 일본정부에 강제된 결과라는 사실을 흐려 보이려고 했다.

그 때문에 미국의 의도를 충분히 이해하고, 적극적인 협력자로서 일본의 패전과정을 리드한 요시다 시게루(吉田茂) 등의 보수세력과의 연계를 꾀하게 된다. 이렇게 해서 요시다 시게루 등의 보수세력은 '성단'에 의해서 아무런 상처없이 전후 보수세력으로서 복권해 간다. 요시다 등은 장기적이며 안정적인 권력구조를 구축하기 위해서, 미국의 경제적, 정치적 지원을 절대요건으로 했다. 사실, 요시다 등은 일미 안보조약의 체결 교섭시에 피점령국이면서도 미국의 요청에 응하는 한편, 미국으로부터 최대한의 양보를 확보하려고 한 것이다. 즉 일본정부의 군사비부담을 가능한 한 경감하면서 미국의 재군비요청에 응하여 미국의 대일 경제지원을 받으려고 한 것이었다.

미일 안보조약 체결에 의해 구축된 미일 안보체제하에서 일본의 재군비는 경찰예비대에서 보안대, 거기에다 자위대 창설로 이어지는 등 급속도로 진행됐다. 1960년대의 미일 관계는 미일안보에 의해 미국에 대해 전토기지차여방식에 상징되는 것처럼, 일본이 미국에 대해서 군사적 특권을 일방적으로 제공하는 성격을 가지고 있었다.

그러나 동시에 아시아의 반공방파제국가로서 성장하기 위해서 미국 자본주의의 아시아 최대의 시장이라는 경제적 측면에서의 중요성도 강조되게 된다. 일본에게도 미일 안보체제는 확실한 경제발전을 보증하는 '경제조약'으로서의 의미부여가 강하게 강조되고, 실제로 그와 같은 이익을 초래하는 것으로서 적극적으로 받아들여져 왔다.

말하자면, 군사안보의 측면보다도 경제안보의 측면이 강하게 표출되고, 미일안보의 경제적 장점을 계속해서 강조함으로써 미일 동맹관계와 일본의 보수세력의 강화가 동시에 추진하는 결과가 됐다. 일본의 보수세력은 냉전구조라는 국제정치의 큰 틀속에서 미일 안보체제를 앞세워, 자신들의 이익구조를 구축하고 정권을 지속적으로 장악해 왔다. 그 결과로써 경제대국 일본을 달성한 것이다. 동시에 국내정치에서는 이익유도형 정치를 철저히 하고, 유권자의 투표행동을 유도해 장기안정정권의 형성에도 성공했다.

그러나 다른 한편에서, 미일 안보체제는 일본의 아시아에 대한 외교에서도 결정적인 모순을 낳았다. 그 모순은 현재까지 청산되지 않고 있다. 그 최대 과제는 경제 격차에 있다. 일본은 미일 안보체제에 전면적으로 의거함으로써 경제대국화의 길을 달려왔지만, 그로 인해 미국 이외의 일본의 제품 수출시장은 지난 날 식민지 국가였던 한국을 필두로 아시아도 타겟에 넣어 갔다.

지난 날 일본이 침략해서 식민지화한 지역에 수출이 안정적으로 실행되기 위해서는 수출상대국이 친미적이고 친일적이지 않으면 안됐다. 그래서 일본은 한국이나 필리핀을 비롯한 여러 나라의 권위주의적이며 개발독재형의 정권에 대해, 미국과 연동해서 철저한 ‘지렛대 넣기’(=특별조치)를 강행한 것이다. 일본은 주변 국가들을 군국주의화하는 것으로 친미 · 친일 정권을 지탱하고, 그 정권과의 깊은 관계 속에서 수출공세를 상태화한 것이다.

이처럼 일본의 민주화와 경제우선주의를 밀어붙이는 한편, 한국이나 필리핀 등 주변국가의 군사화를 용인하고 지지함으로써 일본의 안정적인 수출상대국이라는 실태를 '주변 군국주의' 또는 '대체 군국주의'라고 부른다. 이로 인해 일본의 수출주도형의 무역구조가 정착되고, 그것이 또 일본의 경이적인 경제발전을 지탱한 것이다.

올해는 한일 기본조약(1965년 6월 22일)이 체결된 지 정확히 40년째이며, 이 조약에 의해서 일본정부는 한반도에서 분단국가를 적극적으로 용인하고, 한국을 지지 · 지원하는 것으로 일본의 자본에 막대한 이익을 보증하게 된 것이다. 패전국이 아닌 한국이 분단의 역사를 짊어지고, 패전국인 일본이 미국과 체결한 미일 안보조약(1951년 9월 4일)에 의해 반공방파제국가로 정해지므로써 같은 패전국인 독일처럼 분단의 역사가 되지 않았던 것이다.

이처럼 미일 안보조약이 경제이익에 연동해 있는 한, 일본의 보수세력도 계속 건재한다는 안보와 경제가 깊이 관련된 구조가 일본의 보수세력의 강화와 보수주의의 민중으로의 침투를 결정하게 한 것이다.

물론, 일본의 수출시장으로서 타겟이 된 아시아 국가내부에서는, 일본과의 무역관계에서 일정한 이익배분을 주는 계층은 일부에 불과하고, 아시아 국가내의 향토 산업은 발전의 기회를 빼앗기고, 또 권위주의체제의 압정에 신음하는 수많은 민중이 존재한 것은 말할 필요도 없다. 미일 안보체제는 일본의 경제발전을 보증하고 보수주의를 지탱하는 한편, 아시아 국가들과 아시아 민중들에 대해 경제적 압력과 정치적 압력을 초래한 것이다. 거기에 미일안보의 본질이 있는 것을 사전에 반복해서 강조해 두려고 한다.

### 전후 일본사회의 변동과 미일 안보체제

다음은 다른 각도에서 전후 일본의 보수체제와 보수구조의 특징을 기술해 둔다. 전후 일본의 보수체제를 지탱한 미일 안보체제의 제 1의 역할은, 전후 일본의 외교・군사 영역뿐만이 아니라 정치영역을 포함한 정책 전개의 기본적인 틀이 이에 의해 지속적으로 규정되어 온 것이다.

이는 미일관계의 변동에 의해서, 즉각 미일 안보체제의 역할기대도 변동한다는 관련구조에 놓여지게 된 것을 의미한다. 구체적으로는 미국경제의 상대적인 저하경향과 그 반면에서 일본 자본주의의 발전과 확대에 의한 미일 경제마찰이 깊어지면서, 미일 안보조약이 편무성에서 쌍무성으로의 전환이 요구된다. 거기에다 소련붕괴에 따른 냉전구조의 종언으로 대소동맹으로서의 미일 안보체제의 역할과 그 정당성이 심각하게 받아들여진다.

시간이 조금 전후되지만, 미국의 대소 전략강화를 목적으로 1978년 11월 27일, '미일 방위협력지침'(구 가이드라인)이 결정되고, 미일 군사동맹작전체제의 구축과 '싸울 수 있는 자위대'로의 탈피가 계획된 경위가 있다. 더욱이 소련 붕괴 후, 대소전략의 소멸이라는 사태에 대비해서 1998년 4월 28일, '신미일 방위협력지침'(신 가이드라인)이 합의되고, 중동 군사사태나 한반도 군사사태를 상정해, 자위대의 해외파병의 길을 열게 된 것이다.

그리고 미일 안보체제의 제 2의 역할은, 전후 장기적인 보수정권을 담당한 자유민주당에 의한 '55년 체제'라고 불리는 1당 지배체제를 지탱한 것이다. 1955년 11월 15일, 자유당과 민주당이라는 2개 보수정당이 미국의 강한 요청을 받는 형태로, 미국과 합동해서 재계로부터 윤택한 정치자금의 제공을 받아 관료제정치를 배경으로 1993년 7월 22일(미야자와 키이치(宮澤喜一) 내각퇴진 표명)까지 1당 지배를 지속해 왔다.

자유민주당은 '친미반공'을 정당의 조직원리로 삼아, 재계와 관계(官界)와의 삼각동맹을 배경으로 경제성장 노선상에서 형성된 거대한 성장이익을 지역에 배분하는 이익유도형 정치를 정착시켜 갔다. 거기에는 1960년 6월 15일, 안보개정에 이르기까지 미일안보의 시비나 자위대의 정당성을 둘러싼 자민당=보수세력과 일본사회당을 중심으로 대립・항쟁이 지속돼 왔지만, 안보개정 이후 고도성장이 실현되는 가운데 자본주의 대 사회주의라는 체제선택의 문제가 후퇴되고 동시에 보수 대 혁신이라는 2항 대립구조는 붕괴돼 갔다.

결국, 미일 안보체제의 군사적 측면이 희박화되고, 그 대신에 경제적 측면이 전면적으로 돌출하는 모양새가 된 것이다. 거기에는 보수세력으로부터 반복설명된 '안보 번영론'이나 '안보 효과론'과 같은 표현에서 보이듯이, 미일 안보조약에 의한 안정된 미일 관계가 일본의 경제발전의 최대이유라는 시각이 유력해져 갔다.

그러나, 소련 붕괴 후 미국의 세계전략이 크게 변동하는 과정에서, 자민당 또한 탈냉전시대의 보수체제의 자세를 둘러싼 당내 항쟁으로 인해, 1993년 7월에 실시된 총선거에서 패복을 당하게 된 것이다.

1951년 9월 4일, 샌프란시스코 강화조약에 의해 점령통치에서 해방된 이후, 일본의 보수체제나 보수정치는 미일 안보조약에 의해서 지탱되고, 그 틀 속에서 운영돼 온 정치체제였던 것을 지적할 수 있다.

그것은 보수체제하에서 일본의 미국에 대한 기지제공에서 기인하는 피해나 간접적이지만 한국전쟁, 베트남전쟁, 걸프전쟁, 아프간전쟁, 이라크전쟁 등 미국의 전쟁에 일본이 실질적으로 가담할 수밖에 없는 구조를 일본의 정치구조로 삼아 온 것을 의미한다. 전후 일본의 평화국가로의 길이 그 표면상의 목표와는 달리, 끊임없이 '반(半) 전쟁국가'로서의 성격을 가질 수밖에 없었던 이유는 평화주의를 기본이념으로 하는 일본헌법의 하위법이어야 할 미일 안보조약이 때때로 일본국 헌법을 그 내부로부터 공동화시켜 온 것이다. 그와 같은 상황을 지속적으로 허락해 온 전후 일본의 보수세력의 역할을 반복해서 되묻지 않으면 안 된다.

## 전후 일본사회의 4중 시스템

지금까지 기술해 온 전후 일본의 보수체제 · 보수구조의 성격을 보다 구체적으로 파악하기 위해서, 이하에서는 '4중 시스템'을 키워드로 그 상관관계의 시점에서 분석 · 정리해 보려고 한다. 이 경우, '4중 시스템'이란 성립한 순서에서 본다면, ①글로벌적 동서 냉전구조 ②2국간의 미일 안보체제 ③국가주의적인 자민당정권 ④일본 특유의 회사중심주의 등 4 가지 있다.

냉전구조의 시점에서 본다면, 미일 안보조약이나 자민당에 의한 일당지배는 '국내 냉전체제'였다고 할 수 있다. 즉, 미소냉전구조라는 국제정치의 틀 속에서 자민당 일당 정치지배가 실현되자, 보수 이데올로기의 민중으로의 침투도, 일본국 헌법이 존재하면서도 자위대증강이 가능했던 것이다. 그 점에서 본다면, 필자는 전후 일본의 정치는 국제적 냉전과 국내적 냉전이라는 '2중 냉전시스템' 속에서, 사실상 일본국 헌법이 내세우는 평화주의의 목표가 봉쇄되고, 그 틈을 메우는 형태로 자위대라는 일본 군사력의 증강이 강행되고, 재군비와 거의 동시에 군사법제정비(=법제화)가 추진된 것이라고 생각된다.

더 큰 문제는 이 '2중 냉전시스템'에서 전후 일본이 취해야 할 최대 문제는 전쟁책임문제를 해결하기 위한 노력을 거의 포기한 것이다. 독일이 전후 '독일의 유럽화'를 표방하면서 전전의 나치 · 독일이 행한 '유럽의 독일화' 정책을 철저히 반성하고 유럽에 '돌아감'으로써 평화국가 독일의 재건을 달성하려고 하는 것에 비해, 일본은 전전의 식민지지배 책임이나 전쟁책임의 역사사실을 정면에서 해결하지 않을 뿐만 아니라, 역사를 교훈으로 과거의 청산도 극복도 뒤로 미룬 채 일본의 미국화에 분주해 왔다. 거기에는 전전의 '아시아의 야마토화(=일본화)'를 청산하고, '일본의 아시아화'를 달성하려는 역사인식이 생겨날 리가 없었다.

그 뿐만 아니라, 대만이나 조선에 대한 식민지지배나 아시아의 민중에 대한 침략전쟁의 역사사실을 망각하고 미국과의 동맹관계에 매몰함으로써, 결국 아시아와는 어깨너머로의 접점밖에 요구하지 않는 입장을 정착시키게 된 것이다. 그러나 냉전구조의 종언을 기회로, 그 때까지 냉전 시스템에 의해 억제돼 온 전쟁책임 문제가 한꺼번에 분출하게 된 것은 그간의 사실이 나타내고 있다.

다음 문제는 필자가 기술하는 ①글로벌적 동서냉전 구조의 종언으로 인해, ②2국간의 미일 안보체제와 ③국가주의적인 자민당정권, 거기에다 ④일본특유의 회사중심주의의 존립조건을 근저에서 흔들게 된 것이다. 사실은 미일 안보체제와 자민당정권, 그리고 회사주의=일본 자본주의도 냉전구조에 의해서, 그 존립을 보장받아 왔다는 것을 의미한다.

여기에서 주목해야 할 것은, 글로벌적 동서 냉전구조의 종언이 2국간의 지역적인 미일 안보체제나 내셔널적인 자민당정권에 근본적이고 드라마틱한 변혁을 강요하게 된 것이다. 그 이유는 이미 술해온 것처럼, 미일 안보체제도 자민당정권도 냉전구조라는 '하부구조'에 올라탄 '상부구조'로 존재했기 때문이다.

그 때문에 '하부구조'의 변동은 그대로 '상부구조'의 변동을 초래하게 된 것이다. 미일 안보체제는 미일 신가이드라인 책정으로부터 1999년 5월의 주변사태법, 거기에다 2001년 10월의 테러대책 특별조치법에 이르기까지 안보의 재정의・재강화가 강행된 결과, 아시아 지역 뿐만 아니라 세계적 규모의 전개를 시야에 넣은 말하자면 미일안보의 세계화(=글로벌화)가 추진된 것이다. 이 일미안보의 글로벌화에 대응하는 국내적 조치야말로 일본의 군사법제의 본질인 것이다.

시간적으로는 다소 전후되지만, 자민당정권에게 있어서도 1993년 7월에는, 1955년 11월 이후부터 유지해온 정권을 비자민

연립정권으로 양도할 수밖에 없었다. 또 그 같은 사태는 안보체제의 수정이 시간문제로 된 시대 배경과 결코 무관한 것이 아니었다. 미국은 안보수정 시기에 등장한 비자민련 정권의 성립을 미일안보의 새로운 역할을 모색하는 좋은 기회로 생각했기 때문에 이를 적극적으로 지지한 것이다.

미국은 이보다 먼저, 1991년 1월부터 시작된 걸프 전쟁시에 일본이 전비거출에는 응했지만, 평화헌법의 존재로 인해 미국이 요청하는 '국제공헌'에 충분히 대응하지 않았던 가이후 토시키(海部俊樹) 자민당정권에 불신감을 품고, 냉전구조 종언후의 정권으로서의 한계를 느꼈던 것이다.

그래서 미국은 냉전구조의 종언에 대응해서 지역적인 미일안보를 탈냉전시대에 적합한 질과 내용을 가진 체제로 전환하려고 한 것이다. 즉, 아시아 군사전략을 수행하는 중에 아시아 최대의 동맹국으로서 새로운 군사적 부담을 짊어지게 하기 위해 미일안보체제의 글로벌화를 서두른 것이다. 그 시도가 미일안보 재정의이며 일본정부는 미국의 의향을 받아 주변사태법을 비롯한 일련의 군사법을 정비하고 조금씩 군사법제를 구축해 가게 된다.

미일안보의 글로벌화는 일본국내에서 '국제공헌'론에 의해 문제가 제기되고, 나아가서 탈냉전시대의 새로운 국제국가 일본의 지위를 확보해 가기 위해서는 군사력 사용조차도 전제조건으로 하는 '보통 국가'론이 설명됐다. 이렇게 해서 오늘날, 테러대책을 기회로 이라크파병이 강행된 것이다. 필자는 이러한 일본의 현실을 '파병국가' 또는 '군사체제국가'로 규정하면서 새로운 군사국가 일본이 성립될 위험성을 반복해서 지적하는 작업을 계속하고 있다. 현재 부상하고 있는 재한미군의 재배치전환을 포함한 아시아지역의 미군재편계획(transeformation)도 한국과 일본의 국가체제에 대단히 큰 질적 전환을 요구하게 될 것이다.

그런 의미에서 보면, 글로벌적인 동서 냉전구조의 붕괴가 지역적인 미일체제를 밑바탕에서부터 변혁을 요구하고, 동시에 여전히 구태세의 내셔널적이며 이익유도형 정치를 강행하는 것으로 일당 지배체재가 확보가능했던 자민당 자체에 대한 재출발을 요청하는 것이라고 할 수 있다. 오늘날 자민당을 주축으로 하는 2당 연립정권이 끊임없이 '규제완화' '구조개혁' 등의 문언을 반복할 수박에 없는 것은 자민당자체를 포함해서 일본의 보수체제나 보수구조가 이미 내셔널적인 정당세력으로서 성립하지 못하는 것을 의미한다.

거기에다 일본 특유의 회사중심주의도 이미 대부분의 기업은 다국적화하는 것으로밖에 존립이 보장되지 않으며, 또 세계의 구조적 불황하에서는 세계 경제의 불록화가 진행되는 현상황에서 이미 주지한대로 자본주의 국가 간에 연립형태를 선택할 수밖에 없는 상황이다. 국내외를 막론하고 기업의 흡수나 합병이 극히 급격히 진행되고 있는 현실은, 동서냉전구조에 의해 보호되어 온 기업중심 사회도 본격적인 국제경쟁 시대가 도래하기 전에 그 변화가 요구되고 있다는 사실을 나타내고 있다.

이처럼 전후 일본사회 및 전후 일본의 보수체제를 분석하기 위해서, '4중 시스템'론의 어프로치가 유효한 분석시각을 제공한다고 생각한다. 그래서 거듭 강조하고 싶은 것은 일본의 전후 보수주의의 비자립성(=종속성)의 본질이며, 그로 인해 일본의 정치경제는 항상 미국의 세계정치 군사전략에 따른다는, 바꾸어 말하면 외적조건에 의해 항상 불안정한 변동을 강요당해 왔으며 그런 의미에서 미국에 대한 종속성은 일관적인 것이다.

또한 전후 일본의 보수체제는 비약한 내실밖에 가지고 있지 않았다. 문제는 그 비약함을 보완하기 위해서 다시 군사력에 의존하는 체질을 부상시킬 위험성이나 일련의 군사법제정비에 상징되는 것처럼, 한편에서 데모크라시의 존재를 강조해 보이면서도 실제로는 그 안에 극히 편협한 내셔널리즘이나 밀리터리즘, 나아가서 파시즘의 정치사상이 극히 현저한 형태로 숨쉬기 시작하고 있는 현실이 있다. 고이즈미 수상의 야스쿠니신사 공식참배 문제나 집단적자위권에 대한 선을 넘어선 발언, 또 최근 부상하고 있는 UN상임이사국에 들어가려는 움직임 등을 그 사례로 지적할 수 있다.

그와 같이 새로운 형태를 동반하고 있는 현재 일본의 보수체제·보수구조 안에는 군사법제의 구축에 보여진 것처럼 새로운 군사국가 일본을 민주주의적인 형식을 밟아 성립시키려는 것이며, 그 조건하에서는 자립적이며 주체적인 평화주의의 확립이라는 본래 의미의 민주주의국가 일본의 길은 멀어질 뿐이다.

그런 문제를 가까운 미래에 대(對) 아시아국가 민중, 특히 한일관계를 포함해서 말한다면, 일본은 미국의 군사력재편계획에 나타난 대 중국 포위전략에 규정되면서 이에 호흥하는 국내체제를 시행하게 되고, 그 결과 중국을 포함한 아시아국가들의 민중들과의 화해와 공생 프로그램의 추진은 현재 상황에서 후퇴할 수밖에 없는 것이다.

현재, 다양한 선택들이 상정되면서도 남북한 통일을 향한 움직임은 이미 객관적 관점에서 역사적 조류가 되었고, 그 결과 한반도를 기점으로 하는 아시아 냉전구조는 실질적으로는 종언을 맞이하려 하고 있다. 그런데도 불구하고, 이 같은 냉전구조를 보수함으로써 유지되는 일본의 보수체제・보수구조는 큰 변혁이 요구되고 있지만, 스스로를 군사국가로 바꿔가면서 기본적으로 연명을 도모하고 있다.

이러한 일본의 새로운 보수체제・보수구조 속에서는 한국정부나 한국 국민과의 화해와 공생의 방향성을 기대할 수 없다. 그래서 일본국민은 일본의 보수체제・보수구조에 대해 단계적이라도 청산을 요구하고, 또 일본의 시민사회에 뿌리내린 배외주의적인 내셔널리즘에서 해방되기 위해 사상을 키우고, 그 행동을 일상화해 가야 한다고 생각한다.

일본의 이와 같은 방향성에 대해 대담한 수정과 변혁을 실시하지 않는 한, 일본은 다시 미국의 어깨너머로밖에 한일관계를 구축하지 못할 것이다. 그래서 필자는 앞으로도 한국의 연구자나 시민 여러분들과 적극적인 연구교류와 의견교환을 지속해 갈 것을 갈망한다.

## 3 대두하는 글로벌 · 밀리터리즘과 글로벌 · 파시즘

### 글로벌 · 밀리터리즘에 대한 반항으로서의 테러리즘

미소 냉전시대에 미소양국은 제 3세계로의 무기유출을 통해서 무기를 매개로 하는 정치적 영향력의 확대를 도모하고, 그것이 제 3세계의 군확(軍擴)상황을 진행시켰다. 또 동시에 과잉된 무기수출이 수입국의 경제를 압박하고 국민의 경제적 궁핍도를 강하게 만든 사실은 이미 잘 알려져 있다. 통상적으로 무기이전이라고 불리는 세계적 군확상황이 무기수입국 내부의 억압정치의 온상이 됐던 것이다.

거기에서 최대 문제는 항구적인 군확상황을 정책적으로 상태화시키려는 미국의 군산(軍産) 복합체라는 일종의 권력조직의 존재이다. 미국은 군산복합체에 의한 병기생산이나 무기이전을 불가피하는 국제정치의 전개를 지향하고, 적극적으로 기존의 권력에 전쟁정책의 채용을 요구하기조차 했다.

그 뿐만 아니라 군산의 상호 의존관계를 국내의 중요한 정치구조로써 정착시키려 하고 있다. 독일의 정치학자 생그하스(Senghaas)는 그러한 구조를 '이익구조'로 칭하고, 이것이야 말로 국제정치의 군사화를 초래한다고 지적했다. 이런 '이익구조'가 존재하는 한 선진국에서 발전도상국으로, 또는 제 3세계에서 다른 제 3세계로의 무기이전이 중층적으로 실행되어 무기를 매개로 한 분쟁이 다발하는 구조가 정착돼 간다. 더구나 문제는 무기이전을 통해서 군사적인 지배·종속의 국제관계가 성립되고, 그것은 필연적으로 정치적 경제적인 종속관계를 성립시켜 간다는 것이다.

그런 구조가 동맹관계라는 이름의 지배와 종속의 관계를 낳아, 주권국가로서 당연히 취해야 할 자립적인 외교정책에 다양한 제약을 가하게 된다. 그 구체적 예가 미일 안보조약이나 한미 안보조약이다. 또 이러한 관계를 배경으로 미국의 대 중동대책이나 대 아시아 정책에 전형적으로 보이는 더블 스탠다드(2중 기준) 정책이 추진됐다.

거기에는 미국의 국익이라는 이름하에 무기이전을 자의적이고 형편주의적으로 행함으로써 혼란과 무질서 속에 미국의 패권주의를 관철하려는 정책이 강행돼 왔던 것이다. '9.11 동시 다발 테러사건'의 배경에는 이와 같은 미국의 더블 스탠다드에 기인하는 억압이나 빈곤이 보다 본질적인 문제로 가로놓여 있다는 지적들이 많다.

테러사건에 자극을 받은 일본의 보수세력이 인도양으로의 함정파견이나 이라크 파병 등 오랜 동안의 현안이었던 집단적자위권의 행사를 실제로 단행한 것은 용서하기 어려운 일이지만, 그 배경에는 전후 일본의 종속의식이 미국의 더블 스탠더드 전략에 무조건적으로 편승해 온 연장선에 있다.

미국의 군산복합체라는 권력조직의 존재가 국가의 형태나 발전단계, 또는 그 경제시스템에 따른 차이는 있지만, 군사주의적인 가치의식과 사상 등을 키우고 정책결정 과정에서 군사주의로의 경사(傾斜)를 내재화시켜, 그 국가나 사회의 군사화(Militarization)를 촉진하게 된 것이다.

지난날, 미일 개전의 해인 1941년, 미국의 저명한 정치학자인 하롤드・라즈웰(Harold D. Lasswell)이 역설한 '병영국가'(garrison state)론은 독일의 전체주의 국가를 향한 것이었지만, 전후 미국도 같은 형태로 '병영국가'화 돼 갔다. 그 위에 저널리스트인 트리스트럼・코프인(Thoristram Cofin)은 『무장사회』(1946년 간행)를 저술하고, 말 그대로 미국사회가 밀리터리즘의 체질을 내포한 국가라는 점에 주목했다. 여기에서 지적하고 싶은 것은, 이번 테러사건의 배경에는 전후 미국의 글로벌적 전개를 강행하는 밀리터리즘에 대한 반항이라는 측면을 빠뜨려서는 안 된다는 것이다.

### 글로벌적 전개를 불가피하게 하는 밀리터리즘

테러사건에 대한 대응에서 특히 현저했던 것은 말할 것도 없이 미국의 조건반사적인 선제공격으로서의 군사행동이었다. 물론, 냉전체제 종언 후, '관여(engagement)와 확대(enlargement) 전략'을 기조로 한 미국의 군사전략은 군사행동을 전제로 성립한 전략이며, 군사 프레젠스에 절대적 가치를 추구하는 밀리터리즘의 정신을 충만시킨 것이다. 그 점에서 걸프전에서부터 시작해 아프가니스탄에 대한 '보복전쟁', 거기에다 2003년 3월부터 개시된 이라크 전쟁에 일관되는 밀리터리즘에의 무조건적인 수용은 특히 두드러진다. 말하자면, 미국 국가나 미국 사회가 밀리터리즘과 '포옹관계'에 있다고 해야 할 정도이다.

하나 더 특징적인 것은, 미국이 밀리터리즘과의 '포옹관계'를 영국, 독일, 일본, 그리고 한국에 강요하는 입장을 적극적으로 채용하고 있는 점이다. 필자는 그 같은 미국의 입장과 정신을 글로벌・밀리터리즘으로 호칭해야 된다고 생각한다. 또 이번 '보복전쟁' 및 이라크 전쟁을 기회로 미국이나 영국 속에는 글로벌・밀리터리즘에서 글로벌・파시즘으로 전환될 가능성을 간취할 필요성이 있다는 점이다.

밀리터리즘이 하나의 가치체계나 사회적 가치로서 군사가 특화된 사회를 가리키는 용어라고 한다면, 밀리터리즘보다 광범한 개념이나 사상으로서 자본주의 · 자유주의를 기조로 하는 정치시스템 전체에 대해 이의를 제기하고, 정치시스템의 구축을 지향하는 개념으로서 파시즘의 용어적용이 타당하다고 생각된다.

물론 여기에는 몇 가지 보류하지 않으면 안 된다. 적어도 현대의 밀리터리즘이나 파시즘은 기존의 자본주의에다 기본적인 수정을 가해서 자본주의 사회의 재구축을 도모하기 위한 민중의 주체성이나 자발성을 가능한 한 제거한 다음, 미디어를 매개체로 한 프로퍼갠더(=정치선전)를 동원해서 대중조작을 철저히 한다. 그리고 자유주의라 하더라도, 국가의 이익이 되는 특별히 한정된 이익을 공유가능한 조직 · 집단에게 있어서의 '자유'에 불과하므로 보편적이고 합리적인 것은 아니다.

전쟁정책을 적극적으로 채용하는 밀리터리즘의 사상이나 행동은 파시즘의 이데올로기적 특색이기도 하지만, 파시즘은 밀리터리즘을 기본원리로 세우면서, 동시에 자유 · 평등 · 공존을 거부하고 통제 · 경쟁 · 패권을 궁극적인 목표로 하는 한 전쟁정책의 채용을 주저하지 않을 것이다. 문제는 그런 의미에서의 파시즘을 미국과 영국이 힘을 합해서 글로벌화시키려는 점이다. 이미 글로벌 · 밀리터리즘의 세계화라는 수준을 넘어서, 글로벌 · 파시즘이라는 전체주의의 세계화라는 사태에 우리들은 직면해 있는 것이 아닌가라는 것이다.

### 리버럴 · 밀리터리즘과 리버럴 · 파시즘

다른 각도에서 이상의 문제를 정리한다면, 현대의 데모크라시(민주주의)와 전쟁은 상호관계에 있다. 우선 개개인의 자유 · 평등 · 자율을 기본원리로 하는 사상을 데모크라시라고 하며, 그것이 존중되고 보장되는 사회를 데모크라시 사회라고 정의한다면, 데모크라시와 전쟁은 공존이 불가능하게 된다. 지난날 루리스 스미스(Ruith Smith)가 『군사력과 민주주의』(1954년 간행) 에서 밀리터리즘이란 개인을 권위적으로 통제 · 동원하는 것을 지향하는 것으로, 개인의 자유나 자치를 기본원리로 하는 데모크라시와는 융합되지 않는다고 했다.

한편, 우리들은 총력전단계(total war stage)가 특히 특징적이지만, 대량의 병사를 전쟁에 동원하기 위해서 데모크라시에 의한 '시민의 병사화'가 추진된 역사를 경험했다. 결국, 데모크라시는 개인을 대량으로 전쟁에 동원하는 것을 전제로 전개돼 왔으며, 그와 같은 데모크라시를 '군사 민주주의'(데모크라틱 · 밀리터리즘)라고 부르기조차 한다.

데모크라틱 · 밀리터리즘은 위에서 강제된 데모크라시이며, 자발적이고 자치적인 데모크라시와는 이질적인 것이다. 그런데 현재 우리들이 데모크라시로 생각하고 있는 것은 실은 이 데모크라틱 · 밀리터리즘 그 자체라고 생각할 수밖에 없다. 미국이나 영국에 상징되는 데모크라시는 실로 밀리터리즘이나 파시즘에 기대야만 성립할 수 있는 내실을 동반하고 있다.

그래서 데모크라시 옹호를 위한 전쟁이라는 선택이 극히 간단히 유도된다. 미국에 의한  소말리아로의 '인도적 파병', 국제법에서 완전히 일탈한 아프가니스탄에 대한 '보복' 전쟁행위(2001년 10월), 이라크에 대한 선제공격(2003년 3월)이 압도적인 '지지'를 받아 강행된 현실을 보면 그렇게 확신할 수밖에 없다.

요즘 이러한 데모크라시에 내재하는 과제를 극복하기 위해 다양한 어프로치가 준비돼 왔으며, 그 중의 하나가 영국의 정치학자인 데이비드 에저튼(David Edgerton)의 '리버럴 밀리터리즘론'이 있다. 에저튼은 「리버럴 밀리터리즘과 영국 국가」『뉴 레프트 뷰』(1991년 1,2월호) 라는 논문에서 주로 제 1차 세계대전 이후, 일관해서 군사대국이었던 영국을 대상으로 '무장한 국민파'(nation in arms ′ lobby)를 중핵으로 하는 밀리터리즘의 존재를 지적하고 있다. 특히 그와 같은 밀리터리즘을 리버럴리즘의 공존으로써 파악한다. 또 영국과 미국에 공통하는 밀리터리즘의 특징으로는, 인력부족을 보충하기 위해 테크놀러지와 전문가에 의존하는 것, 공격대상을 적국의 군대뿐만이 아니라 민간인과 경제에도 설정하는 것이다. 제 2차 대전에서 독일 폭격을 전형적인 예로, 전략 무차별폭격의 개척자는 영국이라고 한다.

따라서 중요한 점은 영국 전체의 정치문화가 틀림없는 리버럴리즘이라고 하더라도, 그와는 별도로 '국가 문화'(state culture)가 있으며, 양자가 분리해 있는 좋은 예가 리버럴·밀리터리즘과 그 확장으로 과학기술이나 산업국가에 지원한 역사에 있다고 한다. 사실, 영국의 국가 기강은 리버럴 정책과는 별도로 근대적인 기술주의적 밀리터리즘을 끊임없이 키워왔다.

그래서 결과를 요약하면, 리버럴·밀리터리즘은 고유의 보편주의적인 이데올로기와 세계질서관으로서 팍스 부리테니카(Pax Britanica), 또는 팍스 아메리카나(Pax Americana)를 목표로 돌진하는 것이 최대의 특징이다. 또 에저튼(Ejerton)의 언설에서 흥미진진한 것은 그러한 리버럴·밀리터리즘, 또는 반동적(反動的) 근대주의의 결정적인 기둥이 되는 것은 미국이든 영국이든 거대한 군산복합체라는 것을 명쾌히 지적하고 있는 점이다.

리버럴·밀리터리즘, 또는 리버럴·파시즘이라는 용어를 사용해서 분석하려는 목적은, 현대사회가 퍼시피즘(평화주의)을 포함해서 데모크라시나 리버럴리즘이라는 개념에 의해, 국가나 사회의 본질인 밀리터리즘이나 파시즘에 내포된 위험한 이데올로기가 은폐되는 실태를 어떻게 인식해 가는지가 문제인 것이다. 데모크라시, 리버럴리즘, 퍼시피즘이 실제로 밀리터리즘이나 파시즘의 에너지에 의해서만 성립하는 사상이나 운동이라는 결론에 도달할 수밖에 없는 상황을 어떻게 자각하고 인식하는가가 문제인 것이다.

필자가 이상의 문제에 구애하는 것은, 전후 일본의 보수주의가 데모크라시를 내세우는 한편, 그 본질에는 밀리터리즘이나 파시즘의 정치사상을 내재화시키고 있으며, 그것이 미일 안보체제에 의해 표출의 기회를 놓쳐 온 점이다. 또 냉전구조가 종언되고 미일 안보체제의 글로벌화가 선택되자, 내재해 있던 밀리터리즘이나 파시즘이 경우에 따라서 활개를 치며 재등장한 것이 아닌지 심각하게 받아들이고 있기 때문이다.

그런 의미에서, 전후 일본의 보수주의는 데모크라시의 형식을 밟으면서도 실제로는 대단히 세련된 내용으로 데모크라시에 밀리터리즘이나 파시즘의 다양한 요소를 넣어 왔고, 그것을 전후 보수주의라고 칭하는 것에 불과하다. 그 점에서 일본의 보수주의의 위험성은 이미 나카소네 야스히로(中曽根康弘) 내각, 그리고 '제 2의 나카소네 내각' 이라고도 할 수 있는 현재의 고이즈미 준이치로(小泉純一郎) 내각의 여러 정책에서 단적으로 나타나고 있다. 이것은 바로 부드러운 보수주의 속에 미소를 띤 밀리터리즘과 파시즘이 현재 기세를 얻어 나타나고 있는 것이다. 그처럼 현재 위험성을 가진 보수주의를 시종일관 지탱하고, 거기에다 미국형의 밀리터리즘과 파시즘으로 유도하는 매체로써 미일 안보체제가 존재하고 있는 것이다.

# Ⅱ. 역사에서 파병국가를 묻는다

## 1 미결의 전쟁책임이 군사국가를 낳는다

### 역사를 되돌아보는 것의 무거움

256년간에 이르는 도쿠가와(德川) 봉건체제가 붕괴되고 중하급 무사를 중심으로 하는 쿠데타에 의해 메이지(明治)국가가 성립한다. 역사상에는 '메이지 유신'이나 때로는 '메이지 혁명'이라는 용어가 쓰이지만, 실태는 구태의연한 봉건사상이나 봉건체제에 고착하고, 서구의 산업혁명에서 시작된 자본주의화나 근대화에 뒤떨어지지 않으려고 중하급 무사들이 중심이 되어 새로운 정치체제를 구축하려고 발상한 정변(쿠데타)에 불과했다. 그 때 신정권은 어떠한 권위도 가지지 않았기 때문에 권위부여를 위해 추대한 것이 당시의 '다마(玉)'라는 은어로 표현된 천황이었다.

메이지 신정권은 '부국강병'의 슬로건을 내세우고, 영토확장 정책에 의해 한층 강화할 필요성이 요구됐다. 거기에는 자본주의의 발전을 예측해서 시장의 확보라는 목적이 없었던 것은 아니다. 메이지 초기에는 여전히 극히 불안정했던 국가 내실과 외형을 동시에 강고한 것으로 만들기 위해, 해외팽창정책을 적극적으로 채용해 간다. 메이지 정부는 이미 1875년 9월, 이씨 조선에 개국을 요구하고 강화도사건을 일으켜 조선의 무력점령을 기획한다. 그로부터 20년 후, 1895년 10월에는 조선왕궁인 경복궁에서 국모 민비를 습격해 살해하는 만행을 한다. 이렇게 해서 조선지배의 발판을 만들어 간다.

한편, 1894년 8월부터 개시된 청일전쟁에 의해 대만을 손에 넣은 일본은, 대만점령에 항의하고 이듬해 5월, '대만 민주국'으로서 선언한 대만인에 대해 철저한 탄압을 개시한다. 그때까지 청국의 소유지였던 대만은 독립 당시 몇몇 종족들로 구성된 약 260만 명이 거주하는 섬이었다. 대만 사람들은 지속적으로 일본의 군사점령에 철저히 항전하고, 일본군이 대만의 군사점령에 일단 성공하는 것은 다이쇼(大正) 시대에 들어가서이다. 그야말로 20년 가까이 장기간에 걸쳐 독립투쟁이 지속돼 온 것이다.

여기에서 일본이 장기간에 걸쳐 식민지 통치를 행한 조선과 대만을 사례로 든 이유는 조선이든 대만이든 간에 그 식민지 통치는 결국 군인총독에 의한 총독부 통치가 행해졌고, 그것은 군사력에 의한 탄압과 억압 속에서 강행된 또 다른 침략전쟁이었다는 것을 다시 강조하고 싶었기 때문이다.

실제로 조선에서 1907년 8월부터 본격화되는 항일의용운동에서부터 1910년 8월의 한일합병 사이에 일어난 3・1만세 사건(1919년 3월), 거기에다 조선이 해방되기까지 지속돼 온 항일운동의 역사가 전후 일본의 역사교육에서 반드시 정면에서 다루어지지 않았던 경위가 있다. 이씨 조선에서는 수구파와 혁신파의 대립이 계속되고 국왕의 권위가 실추된다. 그 틈을 타서 중국, 러시아, 일본이 '진출'하고 마지막에는 일본의 승리로 끝났다는 정도의 역사인식이 자리잡았을 뿐이다. 거기에는 조선인들과 싸운 역사나 그들에 대한 탄압과 억압의 사실에 대한 진지한 학습이 완전히 결락해 있었던 것이다.

대만에 대해서도 마찬가지이다. 최근, 대만 식민지연구에서는 일본이 대만을 청국(靑國)으로부터 양도받아, 대만을 식민지화해 가는 과정에서 생긴 싸움을 '대(大) 식민지 전쟁'이라고 부르려는 역사인식이 추진되고 있다. 약 260만 명의 대만인은 장기간에 걸친 청국으로부터의 지배를 피하기 위해 '대만 민주국'으로 독립을 선언하고, 청국을 대신해서 새로운 지배자인 일본으로부터 독립을 관철하기 위해 일어섰다. 그러나 일본은 압도적인 군대를 투입하고, 그 결과 대만은 패복해서 수많은 희생자를 내게 된 것이다.

## 봉인된 역사 속에서

지금까지 조선의 역사와 마찬가지로 전후, 많은 일본인은 중국으로부터 대만을 전리품으로 양도받고 대만은 그 후 일본의 새로운 '영토'로서 설탕이나 장뇌(옷벌레 등을 제거하는 약)의 세계적인 산지로서 일본에 큰 이익을 초래했다는 정도의 역사인식밖에 가지고 있지 않았던 것은 아닐까. 전후 교과서에서는 그 정도의 지식밖에 배우지 않았다.

이처럼 일본이 식민지로서 상상을 초월하는 만행을 반복하면서 철저히 그 자원을 탈취하려고 한 조선과 대만에 대표되는 해외직할 식민지에 대한 역사인식이 전후 일관해서 봉인된 채로 있다. 식민지과정에서 행한 일본의 역사 전체의 되물음 없이는 적어도 조선이나 대만에 거주하는 사람들의 일본에 대한 냉엄한 시선은 사라지지 않을 것이다.

문제는 이와 같은 역사사실을 직시하려고 하지 않고, 조선과 대만은 일본에 통치됨으로써 개발과 근대화가 크게 이루어지고, 일본의 식민지정책에 고마워하는 사람들도 많다고 생각하는 경향이 여전히 강한 점이다. 분명한 것은 일본과의 관계에서 혜택을 받은 일부 특권계급에 속하는 사람들도 적지 않으며, 그와 같은 마음을 갖고 있는 사람이 존재하는 것도 부정할 수 없는 사실이다. 그러나 압도적 다수의 사람들은 일본의 탄압・억압정책의 사실을 숙지하고 있고, 그 피해체험을 통해서 제국 일본의 실태를 알고 있기에, 지난날 일본의 통치지배에 대해서 결코 환상을 품지 않는다.

최근 매스컴을 포함한 소위 '납치보도'는 그야말로 각 미디어가 경쟁하듯이 보도되고 있다. 납치피해자의 입장에서는 분명히 끓어오르는 분노를 품고 있는 것을 알 수 있다. 그러나 여기에서 우리들이 조심해야 될 것은 왜 이만큼 '납치보도'가 되풀이되는가라는 문제이다. 거기에는 어떤 종류의 정치적인 의도를 느끼지 않을 수 없다. 납치사건을 인정하고 어느 정도의 사죄를 행한 조선민주주의인민공화국(이하 북한)에 대해, 국가범죄의 무서움을 필요이상으로 부추기는, 비판이라기보다 전면 부정에 가까운 논조로 북한을 도마 위에 올리고 있다.

이전 북일 수뇌회담(2002년 9월 17일) 시에 '평양공동선언'의 의의를 적극적으로 평가해서 여전히 많은 문제를 안고 있는 북한을 고립화시키지 않고, 국제사회의 무대에 불러내는 것이 진정한 의미에서의 평화적이고 우호적인 관계 수립으로 이어진다는 긍정적인 자세를 계속 거부하는 일본 정부의 존재가 눈에 띈다. 북한 문제를 제시해서 정치적 의도를 달성하려는 정치가나 집단의 존재에 대해 도리어 불안을 느끼지 않을 수 없다. 납치피해자의 가족으로 결성된 조직 또한 일종의 정치적 동원의 대상이 된 현실의 배후에는 어떤 정치적 의도가 있는 것일까.

## 군국주의로의 권유

과거 일본의 식민지통치의 범죄성이라는 면을 소멸시키려는 것처럼, 납치라는 결코 용서받지 못하는 국가범죄를 필요이상으로 부추겨, 북한이 극히 위험한 국가이며 마치 이 지구상에 존재해서는 안 되는 것과 같은 일종의 말살논리가 버젓이 통과하고 있다.

2700만 명 이상의 사람들이 살고 있는 북한이라는 국가를 범죄자의 집단으로 취급하려는 캠페인이 의도하는 것 중의 하나에는 과거 일본의 전쟁책임, 구체적으로는 36년간에 이르는 조선 식민지 지배하에서 실행된 조선문화의 말살 등 과거의 범죄를 완전히 어둠속에 묻어 과거 추구(追究)를 영구적으로 회피하려는 것과, 그로 인해 식민지지배 자체의 범죄성에서 해방되어 전전 국가에 대한 긍정적 사고에 박차를 가하려고 하는 것이다.

두 번째로는, 일본의 구체적이고 현실적인 '적'이나 '위협' 또는 '위기'를 설정해, 미일 안보체제를 항구적으로 존속시킴과 동시에, 그 정당성을 확보하기 위해서 북한의 존재를 절호의 '적'으로 일본 국민들에게 인식시키려는 의도가 있을 것이다.

21세기는 틀림없이 국가라는 틀 속에 사람들이 묶이지 않는 국가를 초월한 국제적인 공동체가 형성돼 가는 세기가 될 것이다. 유럽의 EC를 비롯해, 그와 같은 움직임이 싹이 트고 있는 사례가 많다. 결국 종래형의 '국민 국가'의 틀구조가 흔들리기 시작하고 있는 것이다.

그와 같은 사태를 저지하려는 사람들은 더 강한 '국민 국가'를 형성해 가는 위해, 특히 국민국가나 내셔널리즘을 강조하려고 한다. 교육기본법의 개정에 의해 '나라를 사랑하는 마음'을 계몽하려고 하는 시도는, 말하자면 새로운 국민국가 일본을 낳기 위한 수단인 것이다. 거기에는 극히 편협한 내셔널리즘으로 흘러갈 가능성이 크며, 이문화와의 교류나 융합 속에 공생・공존의 사상을 튼튼히 해 가려는 보편적인 시점이 결락돼 있다.

지난날 나치・히틀러가 국내외에 '유대인'이라는 적을 설정하고, 이들을 철저히 말살해 가는 과정에서 독일 제일주의, 게르만 국가 제일주의을 내세우고 전쟁국가 독일이 돼 갔다. 그와 같이, 일본도 전전기에는 천황을 정점으로 천황제 지배국가를 구축함으로서 대단히 견고한 국민국가 일본을 구축하고, 이 국가 체제에 포함되지 않는 사상, 조직, 단체, 개인 등에 대해서는 철저한 억압과 탄압을 가한 것은 역사가 증명하고 있다.

그 속에는 다양한 가치관이나 사상 등이 배제되고 단일적인 가치관이나 사상이 위에서 억지로 강요돼, 국민은 그것을 감수함으로서 처음으로 생활의 터전을 보장받는 상황에 쫓겨 가게 된 것이다. 그것을 우리들은 군국주의 체제라고 부른다. 그런 의미에서 본다면, 오늘날 북한이나 이라크 등에 상징되는 '적'의 설정이 의미하는 것은 극히 위험한 군국주의로의 권유라고 할 수 있다.

## 부의 역사를 정면에서 응시하기

'말살'이라는 표현이 지난날 일본의 조선 식민지지배 때 사용된 적이 있지만, 그것은 직접 사람의 목숨을 빼앗는 것만으로는 멈추지 않는다. 조선 사람들이 가지고 있는 문화・전통을 교육이나 법률을 이용해서 조선인으로부터 모조리 빼앗아 소멸시키는 것이다. 이를테면, 서울에 흐르는 한강이나 시내를 전망할 수 있는 남산, 현재 서울타워라는 관광명소가 된 장소에 일본은 조선 식민지통치시대에 동양최대의 신사인 조선신사를 건립하고 조선인에게 신사참배를 강요했다.

그 뿐만 아니라, 조선 사람들에게 사사건건 동경의 황거방면을 향해 궁성요배(宮城遙拜=황거를 향해 절을 하는 것)를 의무화시키고, 조선인에게 일본명을 억지로 붙이기(창씨개명)도 했다. 이것을 전부 포함해서 황민화정책이라고 하는 것은 주지대로이다. 실은 대만은 조선보다 빨리 황민화정책을 강행해 왔다. 이처럼 이 나라는 보이는 것뿐만 아니라, 보이지 않는 것까지도 크나큰 폭력을 행해 온 과거의 역사가 존재한다.

북한도 분명히 인정한 것처럼, 납치사건은 냉전시대에 이루어진 국가범죄이며, 그것이 어떤 경위로 실행됐던지 간에 그 자체는 도저히 용서받을 수 없다. 그렇다고 해서, 북한에 대한 적개심을 필요이상으로 선동하고 북한을 이 지구상에서 말살하려는 것조차도 정의라고 주장하는 논에는 동조할 수 없다.

이는 일본이 지난날 행한 야만행위로 인해 북한을 비난할 자격이 없다는 논과는 다르며, 오히려 과거의 부의 역사를 정면에서 받아들여 철저한 반성과 교훈화의 작업을 하여 과거의 식민지책임, 전쟁책임, 강제연행책임 등 많은 책임을 평화의 창조라는 움직임 속에서 완수해 가는 것이 무엇보다도 요구되고 있다는 점을 자각해야 할 것이다.

그러나 지나친 적개심의 선동이 그와 같은 책임의식을 매장해 버린다. 우리들은 왜 북한의 지도부가 납치사건이나 의심되는 선박을 비롯해 국제법 위반을 반복하는지 오히려 냉정히 생각해야 할 것이다. 전후, 일본은 미국과 함께 한국에 대해 집중적으로 경제적 지원과 정치적인 동맹관계 강화를 서두르면서 북한에는 철저한 차별정책, 적대시정책을 채용해왔다. 미국이나 일본뿐만 아니라, 많은 서측진영이 지금까지 북한의 고립화정책에 전념해 왔다. 그 때문에 중국 등 일부 국가와 연계할 수밖에 없는 고립된 국가로 국제정치의 한구석에 쫓겨 갔다. 말하자면, 냉전시대 속에서 철저히 음습한 '학대'를 받아 왔다고도 할 수 있다. 그처럼 지속적으로 학대를 받아온 약소한 경제력을 가진 국가가 군사력에 몸을 맡길 수밖에 없었던 점도 부인하지 못한다. 그들의 수단은 결코 인정받을 수 없지만, 동시에 그만큼 북한의 고립화에 영향을 준 일본의 전후 책임도 문제로 삼아야 할 것이다.

## 위협설정은 무엇을 위한 것인가

이상과 같은 과제를 뒤로 미룬 채, 집요한 북한 때리기가 반복되고 있으며, 거기에는 일종의 일본정부의 계산이 있는 것으로 보인다. 그것은 '북한은 위협적인 나라'라는 이유를 붙여 일본을 또 다시 군국주의 시대로 되돌리려는 큰 흐름이 의도돼 있는 것이다.

이번처럼 일본이 지나칠 정도로 미디어를 동원해서 국외에 위협을 설정하려는 일종의 국가체질은 지금 시작된 것이 아니다. 전전기, 메이지 국가가 성립되고 얼마 지나지 않을 무렵부터 중국(당시 청나라)을 '잠자는 사자' 즉 위협적 국가로 선동시켜 중국을 대처한다는 구실하에 군비확대에 분주했다. 그리고 청일전쟁에 승리한 후, 이번에는 '세계 최대의 육군대국'인 러시아에 대한 위협을 선동해 러시아의 스파이(=로탄)가 국내에 잠복해서 일본으로 침략할 기회를 엿보고 있다는 철저한 반 러시아 선전을 반복하게 된다.

러시아혁명 이후, 일본의 제 1 가상적국으로 육군은 소련, 해군은 미국이 설정되었다. 그 후부터 일본은 적색(赤色)혁명에 대한 공포심을 강조하는 한편, 미국의 '태평양국가'로의 전환에 대한 경계심을 계속해서 강조하게 된다. 그래서 일본 군부는 소련의 대일침공 시나리오를 의미하는 '1935 · 6년 위기설'의 선전을 반복한다. 더구나 아시아태평양전쟁이 개시되기 전후부터 '귀축미영(鬼畜美英, 귀신이나 짐승같은 나라 미국과 영국)'이나 'ABCD(미국 · 영국 · 중국 · 네덜란드) 포위망'의 캠페인이 펼쳐지고, 국내에서는 전쟁을 향한 인적 · 물적동원이 추진된다. 이 나라 사람들은 정부나 군부가 자의적으로 설정한 '위기'나 '위협' 앞에서 침묵할 수밖에 없었으며, 그 정신도 사상도 자유롭게 표현할 수 없었던 것이다.

전후에도 이러한 정치수법은 기본적으로 변하지 않았다. 이를테면, 전후 일본이 최초로 설정한 위협대상국은 중국이었다. 그러나 1972년 중일 국교회복의 첫걸음을 내딛자, 다음 위협대상국은 소련으로 바뀌었다. 그리고 소련이 1988년에 해체되자, 이번에는 북한이 위협대상국이 된 것이다. 왜 이처럼 일본은 항상 자의적으로 위협을 설정하는가.

말하자면, 일본은 위협의 대상을 항상 외국으로 설정함으로써 본래 우리들이 자유롭게 나누어야 할 많은 국가의 국민들과의 관계를 자르는 구조가 무슨 이유인지 성립돼 있다. 그 구조를 많은 국민들이 지지하고 받아들이는 군국주의적 문화가 실은 전후 빠르게 성립돼 버린 것이다. 필자는 그 연장으로서 북한위협론이 파생하는 역사적 배경이 있다고 생각된다.

## 필요한 역사 체험이란

북한이 행한 납치나 괴선박 등 여러 행위는 국제법에서 보더라도 평화를 원하는 우리들의 마음에서 보더라도 도저히 용서할 수 없다. 그러나 그로 인해 일본의 과거역사에 눈을 감고, 나아가 타자・타국가・타민족・타사상 등 '타'와의 사이에 처음부터 무조건에 가까운 형태의 담을 쌓아서는 안 된다. 그 담을 정책 차원이든 심적 차원이든 간에 높이 쌓아 있으면, 정말은 보이는 것조차도 보이지 않게 된다. 자기 속에 타자와의 담을 높이면 높일수록 그 관계도 이해도 될 리가 없다.

필자는 오늘날의 지나친 납치보도에 의해 북한의 실태가 분명해지는 반면, 일본이 다시 넘어갈 수 없는 정도의 담을 만들어 버린 것이 아닌가라고 생각하지 않을 수 없다. 그것이야말로 전전의 시대상황과 유사점이라고 할 수 있다. 높은 담을 넘어가려는 사람이나 사상 또는 운동을 탄압이라는 형태로 끌어 내리려는 국가의 행위에 의해, 전전의 사람들은 높은 담의 안쪽에 숨지 않으면 안 되었다.

이 정도로 정보화된 사회와 국제화 시대라고 하면서 이 나라 사람들이 놓여진 상황은 전전과 본질적으로 크게 달라지지 않았다고 지적하지 않을 수 없다. 그런 점에서 본다면, 현재 일본은 북한 사람들이 놓여진 위치와 어떤 부분에서는 공통점조차도 보여진다.

그럼 왜 이와 같은 역사인식의 결락이라고까지 할 수 있는 문제가 생긴 것일까? 전후 일본은 왜 역사교육뿐만이 아니라 역사의 실태에 눈을 감아 온 것인가.

그 이유는 지난날 아시아 태평양전쟁의 총괄방법이 극히 정치주의적인 판단에 치우쳐 있던 것이 하나의 원인이다. 결국 지난 전쟁은 첫째, 아시아 특히 중국과의 전쟁에 국력을 소모하고 그 연장으로 대 영미전쟁이 일어난 것에도 불구하고, 전후 많은 일본인은 미국과의 물량작전에 패복했다고 총괄해 버렸던 것이다. 전후 일본을 점령한 GHQ, 즉 사실상의 미국은 그러한 총괄을 일본에 요구하려고 패전 후 지난 전쟁을 '태평양 전쟁'이라고 부르게 지시를 내렸다.

미국으로서는 전후 일본을 간접통치하기 위해서는 일본이 연합국뿐만이 아니라, 어디까지나 미국에 패복한 것이기 때문에, 일본을 실질적으로 통치하는 권한은 미국 일국에 있다는 자세를 굽히지 않았다. 미국은 소련이나 다른 연합국의 개입을 배제하고, 일본을 단독 점령하기 위해 국력이 피폐해져 사실상 전력도 파멸해 있던 일본에 2발의 원자폭탄을 투하한 것이다. 미국이 그만큼 단독점령을 고집한 것은 전후 미소냉전을 주시하고 있었기 때문이다.

그와 같은 미국의 의도도 있었기에, 일본인에게 있어 지난 전쟁은 아시아와 전쟁한 결과 패복한 것이 아니며, 더구나 대만이나 조선의 식민지경영이 방해했다고는 꿈에도 생각할 수 없었다. 식민지 경영에서 일부 자본가는 국책에 편승해서 막대한 이익을 손에 넣은 케이스도 있었지만, 국가 전체에서 본다면 주둔하는 군대의 체류경비와 항일운동의 탄압과 억압에 대량의 경찰력 동원이 불가결했던 점도 있었기에, 도리어 경영에 막대한 비용이 들어 귀중한 국비가 유출함으로써 국력쇠퇴에 박차가 가해진다.

다시 말해, 지난 패전은 아시아와의 관계에 중요한 원인이 있으며, 미국과의 전쟁에 의한 패복은 말하자면 마지막 일격에 불과했다고 보는 것이 정확할 것이다. 여기에서 우리들이 생각해 두어야 할 것은 그러한 의미에서 전쟁의 원인, 전개, 결과를 역사사실에 따라 정확하게 인식하는 것이다.

당연히 해야 할 노력을 하지 않은 채, 전후 일본인은 거듭해서 아시아를 잊고, 일본인 스스로가 '전승국'으로 적극 인정하는 미국의 물량에 놀라, 두 번 다시 패전의 아픔을 겪지 않기 위해서는 미국과 같은 국가가 되는 것이 최우선이라고 믿게 된다.

그 과정에서 일본의 대 아시아 인식은 희박화하는 한편, 무역수출 상대국으로 문자 그대로 집중호우적인 수출공세를 하면서도 아시아 사람들과 시선을 동일시하는 것을 완강히 거부했다. 어느새 일본도 일본인도 미국의 어깨너머를 통해서만 아시아를 보게 된 것이다.

지난날 메이지 국가가 근대화를 추진하면서 후쿠자와 유키치(福沢諭吉)는 『서양사정(西洋事情)』속에서 '탈아입구(脫亞入歐)'라는 표현을 썼지만, 이것을 빌려 말하면 전후 일본은 '탈아입미(脫亞入美)'라고도 할 수 있는 전환을 해 온 것이다. 그래서 아시아에 대한 침략전쟁도 패전책임조차도 교훈화하고 청산하는 것을 포기해버린 것이다.

이처럼 일본인에게는 대만 대식민지전쟁의 역사사실도 조선병합 전후의 정책에 관한 역사사실도 완전히 관심 밖에 있었다. 그래서 1980년 무렵부터 문제로 부상돼 온 종군위안부 문제나 강제연행 문제 등 봉인돼 있었던 역사사실이 차차로 밝혀지자, 많은 일본인과 일본 정부로부터 아주 형편없는 거부반응이 나오게 된다. 이전 어떤 역사가가 '역사를 잊은 민족은 역사에 의해 제재를 받는다'는 말을 남겼지만, 역사를 가볍게 보는 것은 우리들의 앞날을 가볍게 보는 것뿐만 아니라 역사에 의해 틀림없이 아픈 보복을 받게 될 것이다.

## 2 새로운 '준(準) 군사체제' 시대를 맞이하여

### '준 전시하'에 들어간 일본

필자는 현재 일본이 이미 '준 전시하'에 들어갔다고 보고 있다. 물론, 전시를 어떻게 파악하는지에 따라서 전시라고 할 수 없는지도 모른다. 전전기에도 '준(準) 전시체제'라는 표현이 사용됐지만, 굳이 말하자면 오늘날의 상황도 '준 전시체제'라고 부르기에 어울린다. 전시체제든 준전시체제든, 그것이 구체적으로 어떤 시대상황을 나타내고 있는지를 지적하기는 비교적 용이하다.

중일 전면전쟁이 1937(쇼와 12)년 7월 7일부터 개시되지만, 그 조금전부터 '준 전시체제', 즉 전쟁은 아니지만 전쟁에 가까운 상태로 불려지고, 중일 전면전쟁 이듬해 국가총동원법이 공포되고나서 본격적인 전시체제에 들어갔다고 한다.

여기에서 강조하고 싶은 것은, '준 전시체제'라는 시대 배경이 대체 언제쯤부터 시작된 것인가에 대해서이다. 1920년대 후반, 세계공황이 일본에도 파급해 불황이 심각화되는 와중에서 점점 군부의 힘이 강해지고, 1931년 9월 만주사변에 의해 단숨에 전쟁과 파시즘 시대를 맞이한다. 더구나, 이듬해 1932년 5월에는 이누카이 츠요시(犬養毅) 정우회 내각이 테러에 의해 무너지고, 그 결과 정당정치에 종지부가 찍혔다(5·15사건). 이어서 1933년 3월에는 일본이 국제연맹에서 탈퇴한 것을 계기로 일본 국내에서는 '비상시'를 부르는 목소리가 커진다. 그와 동시에 천황을 정점으로 하는 '국체(國體)'가 강조되기 시작한다. 일본은 어디까지나 천황을 중심으로 운영되며, 정신면에서의 가치의 기원을 천황, 군사면에서의 최고사령관인 천황이라는, 천황의 큰 권한이 전면에 나와 있다.

이러한 움직임에 박차를 가한 것이 1936년 2월에 일어난 2·26사건이었다. 문제는 그 사이 5~6년간에 걸쳐, 여러 사건이 일어나는 중에서 당시 일본이 점점 '준 전시체제'에서 '전시체제'로 전환해 간 점이다. 그것은 매년 몇 개의 사건을 매개로 했기 때문에, 어떤 면에서 전시체제로의 전환은 일본인 중 다수가 지각(知覺)할 수 있었을 것이다. 무언가 무서운 일이 시작될 것 같다는 불안감이나 공포감을 누구나 적지 않게 느끼고 있었다. 그러나 그것을 아무도 진지하게 말하려고 하지 않았다. 또 말하는 것은 어떤 의미에서는 불가능했는지도 모른다.

하루 하루를 열심히 살아가는 것만으로도 벅찼던 시대에, 상황의 악화에 눈치챘다고 하더라도 어쩔 수 없었던 것이 아마 그 당시 살아온 사람들의 실감일 것이다. 그러한 공통인식, 또는 공통감각이 존재했다는 것을 상상하기는 어렵지 않다. 평시에서 준(準) 전시, 준 전시에서 전시로의 전환이라는, 기본적으로 저항이 불가능한 상황에 몰려간 채, 그러한 시대적 상황을 받아들일 수밖에 없었던 것이다. 이처럼 지각이 가능한데도 이를 거부하지 못했다는 통각(痛覺)만이 전후 많은 양심있는 사람들의 가슴속에 새겨져 갔다.

### 역사인식의 부재성

여기에서 문제는, 이러한 통각이 전후 시대상황 속에서 활용됐다고는 도저히 할 수 없다. 어떤 경위를 거쳐 평시에서 전시로 전환해 갔는지에 대해 더욱 더 민감해져야 하는데, 그 민감성이 존재하지 않는다. 그 이유는 대체 어디에 있는 것일까.

일본과 일본 사람들은 중국과 약 15년간에 걸친 전쟁, 소위 '중일 15년 전쟁'에 관한 관심이 어떤 의미에서는 그 당시부터 희박했다고나 할까, 다른 표현을 한다면, 거기에 자책의 마음이 희박했던 것이 아닐까. 중일 15년 전쟁이란, 전후 역사연구의 축적속에서 정착된 표현이지만, 당시 많은 일본인은 중국과는 '전쟁'이 아니라, 당시의 표현으로 일본의 말을 듣지 않는 중국을 '폭지(爆支=폭력을 휘두르는 중국)'라고 부르고, 그 중국을 '응징'한다, 즉 '혼내준다'든지 '따끔한 맛을 보인다'는 감각이었다. 그 결과, 사실상의 침략전쟁에 가담해간 것이다.

그 배경에는, 메이지 근대국가가 형성되는 과정에서 배양된 방만하고 고압적인 대 중국 인식이나 대 아시아 인식이 밑바탕에 존재하고 있었다. 한편, 일본은 자원소국이었기 때문에 중국 등지에서 자원을 확보하는 것이 급선무였으며, 최종적으로는 군사력에 의존하더라도 자원을 획득하는 것이 불가결하다는 인식이 정착돼간다. 이런 제 멋대로의 인식은 일본정부의 교묘한 여론조작과 일본과 중국을 둘러싼 국제정세의 현실에 의해 더욱 깊어지게 된다.

이를테면, 일본정부가 중국에 최후까지 선전포고를 하지 않았고, 그 이유는 일단 국제법에 따라서 선전포고를 하면, 제 3국으로부터 자원을 공급받을 수 없기 때문이었다. 당초, 미국은 그런 일본정부의 태도를 암묵리에 지지했다. 미국의 자본에 있어서도 일본은 소중한 무역대상국이기 때문이었다.

어쨌든 중국과의 전쟁이 개시된 후에도 미국으로부터 석유와 철, 공작기계 등이 수입되었고, 극단적으로 말하면, 일본인은 나쁜 것은 중국이라는 정도의 인식을 가지고 사실상의 침략전쟁에 가담해 갔다. 전후에도 동일한 실태가 존재했기 때문에, 다수의 일본인은 언제까지나 중국과의 전쟁인식이 매우 희박했다. 그러나 당시의 현실은 중일전쟁이 깊은 수렁에 빠져, 거기에서 아무리 발버둥쳐도 빠져나오지 못했다.

간단히 일본의 승리에 의해 종식한다고 멋대로 생각하고 있던 사람들은, 그 때 처음으로 자기들이 엄청난 시대에 내던져졌다고 자각하기 시작한다. 일전오리(=당시의 화폐로 미미한 금액)의 빨간 종이를 손에 넣자마자, '전쟁터' '출정(出征)'이라는 말이 실생활에 다가왔다. 대체, 그 때까지 전쟁을 어떻게 보고 있었는지,

왜 그와 같은 전쟁체제에 들어가게 됐는지, 역시 양심있는 사람들은 생각하지 않을 수 없었다.

이미 늦었는지도 모른다. 그러나 획득한 교훈은, 전쟁이란 평상시에는 어느새 소리없이 숨어 들어와 증식을 반복한 결과, 어떤 국면에서 단숨에 부상할 때까지 많은 사람들의 사고회로에 들어오기 어렵다는 것이다. 앞에서 기술한 것처럼, 전전기 일본에서는 역사적 사건이 차례로 일어나, 앞날에 대한 불안감을 사람들에게 계속 주었는데도, 다수의 일본인이 예기하지 못한 중국과의 전면전쟁에 돌입했다.

그 연장으로서 압도적 다수의 일본인은, 적어도 1940년대에 들어가기 전까지 미영일(美英日) 전쟁에 이르리라고 상상은 하더라도 현실화되리라고는 생각하지 않았다. 그러나 '제국 육해군은 오늘 미명, 서태평양에서 전투상태에 들어갔다'는 대본영 발표를 라디오 방송으로 들을 때까지, 사실이 될 줄은 꿈에도 생각하지 못했다. 전쟁이나 유사상태란 본래 그런 것이다.

### 진행하는 전쟁구조의 일상화

반대로 오늘날의 상황을 보더라도 역시 같을 것이다. 21세기를 맞이한 현재, 심각한 불경기 시대, 그리고 많은 사람들의 마음에서 떠나지 않는 폐색감, 더구나 납치사건이나 대량 파괴무기의 보유문제 등에 의한 대외위협감 심기 등, 1920년대 후반의 시대상황과 극히 유사한 환경 속에 우리들은 놓여져 있다.

분명히 현시점에서는 1931년 만주사변이나, 1932년 5・15사건, 1936년 2・26사건과 같이, 자위대에 의한 쿠데타가 일어날 가능성은 작을 지도 모른다. 그러나 필자는 그런 대담한 수법이 아닌 다른 방법에 의해, 우리들이 충분히 자각하지 않은 채, 일본은 '준 전시체제'에 들어간 것이 아닌가라고 생각한다.

그것을 재는 지표 중에서 가장 큰 것은 군사법의 등장일 것이다. 여기에서 군사법이란, 군사법제 관련3법만으로 멈추지 않는다. 1999년 8월 주변사태법, 2001년 10월 테러대책 특별조치법, 그리고 이미 시민법의 얼굴을 하면서 실제로는 군사법으로 봐도 좋은 '군사법'을 일본은 벌써 많이 보유하고 있다.

이를테면, 대규모 지진대책 특별조치법도 지진대책 입법으로서의 성격만이 아니다. 그것은 지진예측을 구실로, 일정한 지역이 화재출동하는 자위대에 의해서 '제압'돼 버리는, 말하자면 지역 계엄령의 일종이기도 하다.

거기에는 시민의 인권을 보호하면서 재해의 위기에서 구제한다는 시민법적 발상이 완전히 결락돼 있다. 안전확보를 위해서는 다른 무엇보다도 우선된다는 대단히 난폭하고 조잡한 논리로 인권이 일축되는 것에 이 나라 사람들은 순응해 버린 것이다. 그 결과 진짜 군사법이 등장해도, '안전확보'를 위해서라면 흔쾌히 감수한다는 군사법지지의 분위기로 간단히 흘러갔다.

여기에서 강조해 두고 싶은 것은, 이 나라는 전후 미일 안보체제하에서 언제든지 군사법을 낳을 수 있는 토양이 준비돼 있었으며, 소리없이 차례로 군사법을 제정해 가는, 법에 의한 '쿠데타'에 의해 일본은 전시체제화가 진행하고 있는 점이다. 전후 미일 안보체제사 등을 구체적으로 검토해보면 그것을 확신할 수 있다.

그런 의미에서 본다면, 전전은 굉음을 내는 폭력적인 군사체제화가 진행된 반면, 전후는 그와 같은 수법이 채용되지 않았을 뿐이라고 할 수 있다. 이 나라의 군사체제화를 도모하려는 사람들은 과거를 단단히 교훈화하고 있는 것이다. 그러한 수법이 전후 민주주의나 평화헌법 속에 깊숙이 들어와 진행된 것을 충분히 알아채지 못한 것이 오늘날과 같은 사태를 초래한 것이 아닌가라고조차 생각하게 된다.

## 헌법원리 강화의 방향

하나 더 지적해 두고 싶은 것은, 전후 민주주의나 평화헌법에 대한 과신과 의존이 진정한 평화구축이나 군사체제화를 저지하는 에너지를 죽여왔는지도 모른다는 것이다. 그런 의미에서 필자는 무조건적인 헌법옹호론자가 아니다. 더구나 전후 민주주의에 아무런 환상을 품지 않고 있다. 오히려 전후 민주주의나 평화헌법의 평가에 대해서는 비판적인 입장이다.

오해를 두려워 않고 말한다면, 필자는 언젠가 현행헌법을 전환해야 한다고조차 생각하고 있다. 물론, 헌법 제 9조의 자의적인 해석을 용서하지 않는 절대평화나 비폭력주의 이념을 중핵에 놓은 헌법원리를 구상하고 싶다. 거기에 들어있는 '제 1장 천황'의 장에 대해서는 당연히 근본적인 수정이 불가결하다.

군국주의의 온상으로서 천황제를 존치하기 위해, 일본의 철저한 비군국화정책 실현을 요구한 제 9조가 준비됐다는 유력한 견해가 나타내는 것은, 천황과 제 9조가 원세트로 돼 있는 헌법의 실태를 어떻게 개편해 가는가라는 문제점이다. 즉, 천황제 존치에 대해서는 미국과 함께 일본과 싸웠던 영국, 네덜란드, 중국 등의 연합국측으로부터의 비판, 다시 말하면 천황제야 말로 일본 군국주의를 낳는 모태라는 비판을 봉쇄시킬 필요성과, 일본 군국주의 부활에 대한 제어책으로서 제 9조가 구상되고 조문화됐다는 역사해석이다.

그와 같은 역사해석이나 경위는 두고서라도, 필자가 강조하고 싶은 것은 거래의 일환으로 성립된 소극적인 평화조항이 아니라, 헌법 9조의 존재 자체가 군국주의의 온상인 천황제 자체를 허용하지 않는 확고한 평화조항으로 만들기 위해서는, 적극적이고 보편주의적인 내용으로 전환시켜야 한다는 것이다.

그러나 전후 평화운동 속에서 이런 되물음이 어느 정도 진지하게 다루어져 왔는지 자신이 없어진다. 실은 진지하게 물어오지 않았던 것이 아닐까. 필자의 조어는 아니지만, 평화헌법에 '매달려' 있었던 것만은 아닐까. 평화를 만들기 위해서는 평화헌법을 지키는 것만으로는 안 된다. 중요한 것은 '헌법에 매달리기' 상태에서 벗어나, 평화헌법에 나타난 이상이나 이념을 실천해갈 수 있는 프로그램을 만들어 운동을 통해 살리는 것이었다.

그런 의미에서 헌법 제 9조도 결코 금과옥조(=절대불변)로 삼아서는 안 된다는 것이다. 되묻고 보강하며 단련하는 노력을 충분히 하지 않고, 단지 그 자리에 멈춰 '그대로 계속 놔둔다'는 상태에서는 GHQ권력이 준비한 천황존치에 계속해서 도움을 줄 뿐이다. 이것은 대단히 강한 표현인지도 모르겠지만, 제 9조를 지키기 위해서 천황제까지도 옹호한 결과가 된 것은 아닌지, 적어도 천황과 제 9조의 원세트론에서 보면, 그렇게 지적할 수밖에 없는 상황이었다고 생각된다. 앞으로 이 점에 대해서는 운동레벨과 연구레벨에서 동시에 많이 논의해야 할 점이다.

필자는 전후 평화운동이나 헌법옹호운동을 부분적으로 평가를 하는 반면, 그 속에서도 민주주의의 움직임 속에, 현재 진행되고 있는 전시체제를 지각 불가능하게 만들어버리는 논리나 사상을 배양해온 것이 아닌가라고 생각한다. 그래서 전시체제화를 용서해 버리고 있다고. 그 점에서 본다면, 전시체제화를 저지하기 위해서는 전후 민주주의를 재검정하고, 평화헌법을 재정의해가는 작업이나 논리를 구축해갈 필요가 있다.

『먹는 사람들』 등의 뛰어난 작품을 잇달아 발표해온 작가,

헨미 요(辺見庸)가 말하는 '전쟁구조의 일상화'는 오늘날의 상황에서 우려해야 할 것을 지적하고 있지만, 어쩌면 그것이 여기에도 존재하는 것이 아닐까. '전쟁'이란 포탄이나 미사일이 날아다니는 상태만을 나타내는 것이 아니다. 그것은 군사적인 가치관이나 표현방법, 행동에 긍정적인 대응을 하려는 정부나 개인의 의식에 내재하는 것까지도 포함한다. 그것은 폭력에 대한 무한한 긍정에 귀결하는 부정해야 할 사상이며 심정이다. 그리고 타자(타국가, 타민족)와의 관계에서 폭력을 개재시켜 대처하고, 억압해 말살하려는 것이며, 차별과 억압의 감정을 끊임없이 낳는 논리를 절대화하는 것이다.

이러한 의미를 포함해서 일본은, 국가나 사회가 이미 전쟁에 상징되는 폭력이 활개를 치며 걷기 시작했다. 이것이야말로 '전쟁구조의 일상화'의 의미가 아닐까. 전쟁상태가 이미 '구조화'돼 버린 상태, 환언하면 유동화 상태에서 구조화・고정화 상태에 들어가 있기 때문에, 좀처럼 자각하지 못하는 상태가 이어지는 것이 아닐까.

필자는 이런 헨미의 지적을 받아 들여야 한다고 통감한다. 구조화한 것을 해체하기 위해서는 엄청난 에너지를 필요로 하며, 왜 우리들은 전쟁상태가 구조화할 때까지 눈치채지 못했는지를 묻지 않고서는, 이를 해체해서 구조화된 전쟁상태로부터 해방되기 위한 실마리를 찾지 못할 것이다.

## 3 군사 국가화의 과정을 되돌아본다

### 군사국가로의 길을 여는 방법

필자는 현재, 일본사회가 진정한 군사국가의 본질을 강하게 준비하는 상황하에 있다고 생각한다. 그 군사국가의 도래를 그대로 나타내는 것은, 실은 지방분권일괄법의 성립으로 보고 있다. 그래서 필자는 지금 새롭게 군사국가로의 전환기가 된 지방분권일괄법의 성립경위에서부터 설명하려고 한다.

시간이 조금 경과했기 때문에 기억이 희미해졌는지 모르겠지만, 오부치 케이조(小渕惠三) 내각 시절, 지방분권일괄법이라는 말 그대로, 많은 법률을 한꺼번에 그리고 단숨에 가결성립시킨 법률이 있다. 필자는 그것이야말로 군사사회로의 길을 열어가기 위해 성립된 법률이라고 생각한다.

그 법률은 대단히 무모한 방법이라고나 할까, 국민을 우롱한 방법이었다. 지방분권일괄법은 간단히 말해서 지방분권, 지방주권은 이름뿐이며 중앙집권제를 강하게 하려는 법률이다. 그래서 이름은 지방분권일괄법이 됐지만, 말하자면 지방자치법을 무너뜨리는 것과도 같은 법률이다.

지방자치법은 1947년 4월에 공포된 법률이다. 이를테면 일본의 47도도부현(都道府縣)의 지사(知事)는 도민(都民)·부민(府民)·현민(縣民)이 공천을 해서 선출하고 있지만, 전전기에는 내무성이 각 현의 우두머리를 임명해 왔다. 이처럼 전전기에는 중앙집권체제가 깔리고, 그것이 전쟁국가로의 전환을 용이하게 했다는 반성에서 전후에는 자치법을 만들어, 우두머리를 공천제로 했던 경위가 있었다. 지방자치체의 우두머리는 무엇보다도 소속지역 주민의 안전확보를 최우선으로 생각하고, 그것이 결과적으로 일본을 전쟁국가로 전환하는 것을 저지한다는 생각이 밑바탕에 깔려 있었던 것이다. 그런 의미에서, 지방자치법은 지역으로부터 평화사회를 형성하는 대단히 중요한 법률이었다.

그러나 그 지방자치법의 위치나 목적을 실질적으로 무효로 한 것이 지방분권일괄법이었던 것이다. 일본 전국의 지방자치체에는 주민의 재산인 항만시설이 많이 있으며, 그 시설들은 그 지역의 지사가 관리권자로 돼 있다. 그것은 곧, 항만시설이 소위 '군사'를 핑계로 평화목적이 아닌 틀림없이 군사목적으로 사용될 가능성이 있는 경우에, 우두머리가 싫다고 하면 국가가 사용을 못하는 권한이었다. 지방분권일괄법이나 군사법제에는 이런 우두머리의 권한을 사실상 빼앗아버리는 내용이 담겨져 있다. 만약 우두머리가 사용하지 못하게 하더라도 내각 행정권에서 대신 집행할 수 있는 강제사용권한이 부여된 것이다.

말하자면, 우두머리의 관리권자로서의 입장을 사실상 유명무실하게 만든 것이다. 이 법이론에서 보면, 부민이나 현민의 시설이 군사목적에도 제공된다는 것을 의미한다. 그렇기 때문에 이것은 분명히 지방자치법의 정신을 정면에서 부정하는 것이 된다. 여기에서 국가기강의 재편은 이것뿐만이 아니지만, 몇 개의 법률 안에서 착실히 준비되고 있다.

표면상으로는 성청(省廳, 국가기관) 재편의 슬림화를 도모한다는 식의 보도에만 치우쳤지만, 실제로는 전후 50년간 지속돼온 지방분권 시스템을 크게 해체하고, 국가가 언제든지 모든 자치체 시설을 원하는 대로 사용한다는 기획하에 성립된 측면을 간과해서는 안 된다고 생각한다. 그것은 동시에, 미일안보 관계에서 미군이나 자위대의 기지나 시설로써 사용하는 구조가 생겼다는 것이다.

## '국민 감시법'의 목적은 무엇인가?

다음은 '국민 감시법'으로 일괄할 수 있는 법률이 서로 앞다투며 늘어나는 것에 대해 생각해 보려고 한다. 그런 법률은 1999년 경부터 계속해서 나오고 있다. 또 시간이 조금 지났지만, 치안 탄압법 정비의 대표적인 예가 '도청법'으로 불려진 조직적 범죄 대책 관련법이다. 정부에서 통신 방수(傍受)법으로 표현하라고 열심히 말하고 있지만, 이것은 결국 국가의 도청 행위를 합법화하는 법률이며, 이런 것들이 가능하다.

이것은 국가가 국민을 감시하는 시스템을 기동시키는 것으로, 도청법 반대운동이 꽤 심하게 행해졌지만, 결국에는 통과했다.

물론 이것뿐만이 아니라, 통신 수단으로 메일을 이용하는 사람도 많지만, 이에 대해서도 적용시키는 것이 기술적으로 가능하며 그 법률안이 검토되고 있다.

이것과 관련시켜 본다면, 주기(住基) 네트 문제도 있다. 물론 이것은 '국민총등번호제도'의 문제라는 레벨에서 훨씬 이전부터 큰 문제였지만, 주기네트 문제는 최종적으로 개인정보가 많은 항목을 차지한다. 그 내용은 필자도 대체로 파악하고 있지만, 가족구성뿐만이 아니라, 병력이나 학력까지도 들어있다. 병원 카르테조차도 강제적으로 병력에 입력시키는 것은 시간문제이다. 정부 사이드가 버튼 하나로 악세스해서 정보를 가지는 것이다. 그로 인해, 전쟁에 동원시키려는 사람들이 추출되고 동원되는 것이다.

결국 주기네트라는 것은 전면적 동원이라기 보다는 부분적이며, 개별적인 동원 시스템을 구축하기 위한 대단히 유력한 수단의 하나이다. 물론, 구체적으로 전쟁터에 나간다거나, 국내 군사물자 등을 이동하기 위해서 소위, 군역이라고도 할 수 있는 강제적인 군사동원을 원활히 하기 위한 방법의 하나로써 있는 것은 틀림없는 사실이다.

만약 주민 서비스를 향상시키려고 한다면, 예를 들어 구청 등의 컴퓨터 단말을 정비하거나, 공무원 수를 늘이는 것 등 여러가지 수단이 있는데도, 그런 것은 아예 하려고 하지 않는다.

기계에 의존함으로써 공공 서비스를 편리하게 하는 것은, 말하자면 정당화하기 위한 구실에 불과하다.

이렇게 본다면, 주기네트는 기본적으로 군사적인 사상이 근저에 흐르고 있다고 생각된다. 한 개인이 국가에 공헌하는 자격으로서 데이터화된다는 자체가 이미 군사적인 발상이다. 역사의 흐름 속에서 인간에게 요구되는 것은, 인간으로서 자유롭게 일정한 절도를 가지고, 스스로의 사상과 신조에 충실히 살아갈 수 있는 사회의 실현이라는 목표와는 멀리 떨어져 있다고 생각된다. 그래서 그에 역행하는 발상이나 논리를 인정할 수가 없는 것이다.

### 국민의 사상 · 정신의 동원

다음은 국민의 사상 · 정신의 관리체제와 동원에 대해 언급해 두려고 한다. 그 중에서도 '국기 · 국가법'은 분명히 전쟁국가 일본으로의 전환에 부합한 법률로서 기능하고 있다. 히노마루나 기미가요가 '국기' '국가'로서 법제화된 역사는 메이지 시대의 아주 짧은 기간 외에는 없다. 기본적으로 전전기에 전혀 법제화되지 않았던 히노마루, 기미가요가 왜 오늘날 법제화된 것인지가 문제이다.

그것은 역사 봉인의 문제라고 파악해야 할 것이다. 끊임없이 일본의 전쟁책임을 묻는 일종의 심볼로써 히노마루나 기미가요의 문제가 있지만, 이를 법제화함으로써 정식으로 국가의 심볼로 한다고 선언했다. 이것은 전쟁책임이나 역사인식이라는 추궁대상의 과제를 그대로 방치하는 것이 가장 큰 목적이었다. 그 위치를 둘러싸고 논쟁의 대상이 된 히노마루 국기게양이나 기미가요 국가제창에 대해 주저하는 마음이 있다고 하더라도, 법률로 인정된 이상 의무화된다는 구조를 만들기 위해서 이 법률이 기능하게 된 것이다.

그래서 문제는, 왜 그런 행위가 국가 의사로서 발동됐는가라는 점이다. 국가 측에서 보면 그 조치는 역사논쟁의 방치라는 소극적인 목적 이상으로, 말하자면 국가 심볼인 히노마루나 기미가요를 국민에게 강요해 새로운 국민국가형성의 이정표로 한 것이다.

20세기말부터 본격화된 국민국가의 해체나 약화현상의 위기에 대응해서, 새로운 국민통합을 위한 조작매체로서 자리잡으려는 움직임의 일환이다. 이는 동시에, 국민의 단결과 일체화라는 전쟁국가에는 불가결한 조작이기도 한 것이다. 이처럼 국가의 의사가 법제화라는 수단까지 동원해서 선명해지는 시기에, 우리들은 거기에서 나는 불온한 낌새를 후각으로 캐치하지 않으면 안될 것이다.

전전기 오카다 케이스케(岡田啓介) 내각 시절, 당시 우세였던 천황기관설, 즉 천황도 국가의 일개 기관이며, 법에 의해서도 침해할 수 없는 절대적 존재가 아니라는 설로서, 당시의 자유주의적 천황제 인식이었다. 그러나 이것은 군부나 파시스트들에 의해 문제시되어, 결국 오카다 내각은 2번에 걸쳐 천황기관설을 부정하는 성명으로 유명한 국체명징(國體明徵, 천황제 국가체제를 명확히 하는 것) 성명을 낼 수밖에 없었던 역사가 있다. 1935(쇼와 10)년 8월과 10월의 일이다.

그러나 군부나 파시스트들은 이에 만족하지 않고, 자유주의적인 인물이나 조직・단체에 대한 공격을 늦추지 않았다. 기세를 얻은 군부나 파시스트들은 이듬해 2・26사건을 일으켜, 천황기관설의 입장을 채용한 오카다 내각의 각료와 중신들을 살해해 갔다. 또 이것을 기회로 군부내 통제파는 카운터 쿠데타(쿠데타를 이용한 쿠데타)에 의해 사실상의 군부정권을 만들어 가게 된다.

천황제 사상을 국민에게 심어주기 위해, 전전기에는 국체명징 성명과 쿠데타라는 수법이 사용되고, 오늘날에는 법제화라는 카드를 사용했다는 방법론적인 차이만 있을 뿐이다. 다시 말하면, 천황제 강화의 일환으로 오카다 내각 당시에도 지금 현재에도 국가가 선택한 것은 동질의 것이다. 자유나 평화사상 자체가 한정적인 것이기는 하지만, 결국 천황제에 귀결하는 논리를 다분히 포함한 '국기・국가법'의 성립은 국가가 천황을 적극적으로 정의하고, 그로써 전후 민주주의에 의해 초래된 자유나 평화사상조차도 부정하려는 의사표명이다.

## 교육기본법 개정악 문제와 천황제와의 관계

천황제 문제에 관해 좀 더 언급해 보려고 한다. 또 천황제 문제와 관련해서 교육기본법 개악(改惡)에 관해서도 언급해 둔다. 지금 교육기본법 개악의 움직임 속에서 반복해서 도마위에 올려지는 교육칙어(敎育勅語, 천황이 발하는 공식문서)를 먼저 검토하는 것부터 시작한다.

메이지 초기의 교육정책을 보면, 1873(메이지 6)년 9월에 학교제도가 개시된다. 이는 의무 교육제도의 출발을 의미하지만, 그 내용은 한마디로 말하면 구미형의 근대적인 교육 시스템을 도입해, 개인의 지덕(知德)을 개발하는 장으로 만드는 것이 학교 설립의 목적이었다. 거기에 들어있는 기본적인 방침의 내용은, 개인의 능력을 찾아내는 것에 중점이 놓여져 있었다. 교육이란 영어로 어듀케이션이며, 어듀케이트라는 동사에는 '교육한다' '훈육한다'는 뜻이 일반적이지만, 본래는 '발굴한다'는 의미가 있다.

즉, 메이지 초기에 학교제도를 실시하려고 한 것을 먼저 액면대로 읽으면, 개인의 능력을 의무교육제도 속에서 '발굴한다'는 것에 있었다. 거기에는 일방적으로 '부여한다' '주입한다' '교화한다'는 의미는 적어도 희박했다. 그것은 장기간에 걸친 봉건사회 속에서 개인의 존재가 완전히 무시돼 온 것에 대한 반성과도 같은 것으로 추측된다. 개인의 능력을 개척해 가는 것을 통해서 근대국가의 구성원, 즉 국민의 질을 향상시켜 구미국가들을 따라

잡으려고 한 것이다.

이렇게 보면, 학교제도가 대단히 진보적이고 개인 우위적인 국가건설을 목표로 한 것처럼 받아들이기 쉽지만, 거기에는 또 다른 목적이 있었다. 그것은 개인의 질을 향상시킴으로써 우수한 병사를 대량으로 생산하는 시스템을 교육의 현장에서 준비하려고 한 것이었다. 학교제도의 발포와 그 해 1월, 국민개병(國民皆兵, 징병제)을 슬로건으로 하는 징병령이 발포됐다. 물론, 학교제도와 징병령이 같은 해에 발포된 것은 단순한 우연이 아니다. 결국, 민주적인 교육를 하는 한편에서, 군사적인 체제를 준비하는 '민주' '군국'이 동차원의 과제로 메이지 국가의 지도자들 사이에서 자리잡았던 것이다.

그러나 학교제도가 발포된 지 7년 후에는 이러한 학교제도의 기본적 지침에 대한 맹렬한 반발로 인해, 학교제도를 대신해서 메이지 천황 스스로가 생각해낸 교육방침을 나타낸 교학성지(教學聖旨)가 나오게 된다. 이것은 분명히 유교 교육, 즉 부모가 하는 말은 절대로 들어야 하며, 개인 앞에 공을 우선해야 한다는 개인보다도 공을 앞세운 사상이다.

학교제도 개시로부터 불과 7년만인 1880(메이지13)년에, 그때까지와는 다른 교육(이후, 반동교육)이 개시된 것이다. 그리고 9년 후에는 대일본제국 헌법(메이지 헌법)이 발포되어, 구미적인 시점에서 근대국가형성 방침이 내세워지고, 교학성지의 내용에 나타나는 것처럼 교육영역에서도 반동적이며 복고적인 교육방침이 재평가된다. 이번에는 메이지 헌법에 나타난 '진보적인' 입헌주의에 기초하는 국가 만들기나 천황의 위치에 대해 또다시 반동파의 반격이 시작된 것이다.

그 반동파가 준비한 것이 '교육칙어'이며, 메이지 헌법발포 이듬해, 1890(메이지 23)년 10월에 발포된다. 다시 말해서 단순한 표현을 쓴다면, 메이지 국가 교육사 속에서 진보와 반동의 반복 속에서, 마지막에는 일본의 패전 때까지 바꾸지 않았던 교육칙어가 패전에 이르기까지의 교육방침과 천황 및 천황제의 위치를 확정하게 된 것이다.

그리고 전후, 이러한 반동교육의 지침서를 폐지하고, 민주적인 교육기본법이 친법인 일본국 헌법의 이념을 기조로 삼아 공포됐다. 그러나 메이지 시대와 같은 반발이 여러 곳에서 지속적으로 일어난다. 그리고 지금 개악 작업이 본격화되려고 한다.

### '국민국가' 재구축의 시도

이런 역사사실을 바탕으로 본다면, 오늘날 교육기본법의 개악 속에서 교육칙어의 재평가론이 등장하는 배경을 생각했을 때, 메이지 시대의 교육정책을 알아두는 것은 헛된 일이 아닐 것이다. 교육칙어가 발포된 지, 4년 후 일본은 본격적인 대외전쟁인 청일전쟁(1894~1895)을 일으키게 된다. 전쟁국가에 적합한 '국민'을 양성하기 위해서는 교육칙어가 중요한 역할을 담당하게 된 것은 틀림없는 사실이다. 그와 같은 역사의 공통성에 대해, 시대를 초월해서 재확인해 가는 것이 불가결하며, 전쟁국가에 적합한 국민을 만들기 위해, 끊임없이 천황 이데올로기가 교육칙어를 매개로 발하고 있는 것은 확인할 필요도 없다.

그런데 교육기본법 개악논의 속에서 교육칙어의 재평가가 왜 도마위에 오르는 것일까? 반동파들이 교육칙어를 긍정적으로 평가하고, 또 다양한 말로 들고 나오는 배경에는 교육칙어를 상세히 읽고, 그 의의를 나름대로 찾아낸 것이다. 또 그들이 가장 의의를 가지는 것은, 천황이 애국심을 심어주는 절호의 매개체라는 점이다.

오늘날, 일본 또한 국제화의 흐름 속에서 실로 다양한 문화와 전통의 교류, 나아가 융합의 기회를 가지게 됐다. 우리들은 그 자체를 '다문화 공생의 세기'로서 적극적으로 받아들이는 것이 당연하지만, 반동파들은 그 자체가 불만인 것이다.

그들은 일본의 문화 · 전통을 기본축으로 하는 것이 아니라, 어디까지나 천황으로의 일방통행적인 회귀를 강하게 지향하고 있다. 그 바탕에는 메이지 근대국가 이후의 국가형태, 일본 특유의 천황제 국가로서, 또 '국민국가'로서의 본질을 유지하려고 한 것이다. 그와 같은 그들의 역사인식이나 국가인식에서 보면, 교육칙어에 나타난 애국심이나 국체론은 절호의 지침서인 것이다. 그런 뜻에서 교육칙어의 복권을 의도하고 있다고 보아도 좋을 것이다.

그것은 표면상으로는, '자국을 사랑하라. 자국을 사랑하지 않는 사람은 없을 것이다.'라는 식의 단순하고 소박한 문언으로 무조건적인 애국심 교육을 강행하려고 하는 것이다. 이는 결국, 전전과 같이 보편성을 결락시킨, 타자와의 시선을 동등히 하여 공생관계를 구축해가려는 시야를 완전히 제거하는 것을 의미하고 있다고 생각한다.

우리들이 아시아태평양전쟁에서 배운 점은 가치관이나 국가관, 평화관 등, 여러 관념이 일원적으로 수검돼버리는 사회에 대한 근본적인 반성이 있었을 것이다. 우리는 모든 사람들 앞에서 자유로우며, 다원적이며, 다양성을 존중하는 것을 통해서 오픈된 개인이나 사회를 손에 넣을 수 있다고, 교육현장은 물론 가정에서도 지역에서도 계속해서 배워야 할 필요가 있다.

그런 의미에서 교육기본법의 개악, 법률용어로 '개정'을 반대하는 이유는, 우리들이 여러 면에서 자유롭지 않는 한, 언제까지나 정치적인 도구에 불과한 국가에 정신적으로 예속돼버리기 때문이다. 그래서 우리는 국가를 사랑하기보다, 자유를 사랑하는 것을 최우선으로 하지 않으면 안 된다는 것이다. 또 그런 입장을 강하게 가지는 것이, 지난날 '모든 가치의 근원'이었던 천황의 존재를 정신적으로도 부정해가는 것이 되는 것이다.

# Ⅲ. 파병국가 일본을 고발한다

## 1 고이즈미 정권의 성립과 군사국가로의 길

### 공식참배에 구애하는 이유

2001년 8월 13일, 고이즈미 수상이 국내외의 반대를 물리치고 야스쿠니 신사를 방문했다. 고이즈미 수상이 공식참배를 표명한 이래, 중국과 한국을 비롯한 아시아 국가들로부터 중지요청이 반복되면서 지금까지 보이지 않던 강한 어조의 비판이 일어났다. 그러나 외교절충으로 이를 진정화시키는 것이 가능하다고 본 일본의 외교당국자의 판단과, 아시아 국가들로부터의 비판의 신의를 이해하지 못한 고이즈미 수상의 말표현으로 인해 이 문제는 뒤로 미루어졌다. 결국 고이즈미 수상은 2001년 8월 15일을 피한, 동년 8월 13일에 참배를 강행했다. 바꾸어 말하면 미리 공식참배를 강행하는 유치한 수단을 쓴 것이다.

8월 15일 패전 당일을 고집해서 참배를 강하게 요청하는 일본 유족회를 비롯한 여러 세력의 움직임에 대해, 말하자면 '이름을 버리고 실을 취한다'는 수단에 호소함으로써 국내의 지지자나 요청그룹의 요구에 반(半) 정도 응하고, 패전일을 피함으로써 아시아 국가들의 비판을 진정화시키려는 정치판단이었다.

그러나 국내의 제반 세력들에게는 불만을 남기고, 외국에는 더 심한 불신과 의구심을 강하게 심어준 결과가 됐다. 이러한 일본 정부의 태도가 아시아 국가들과 일본과의 관계를 한층 악화시키고 있다. 이런 사태가 충분히 예측됐음에도 불구하고 공식참배를 고집하는 이유는 대체 어디에 있는 것일까.

그 이유의 하나는 고이즈미 수상이 자민당 내에서의 정권기반이 비약했기 때문에 '야스쿠니' 공식참배를 통한 당내의 지지기반의 강화와 당 외의 지지기반의 확보에 있는 것이 틀림없다. 역대 수상 및 그 시대의 정권과 야스쿠니 신사와의 관계는 자민당 내부를 비롯해, 그 지지기반이나 압력단체에 의해 아주 강한 공식참배요청이 일관돼 왔으며, 역대 수상들은 균형을 맞출 필요가 있어 상황에 따라 대응해온 경위가 있다. 그러나 그 대응여하에 따라 정권의 명맥이 좌우되는 정도의 강한 인상은 주지 않았다.

야스쿠니 신사와의 거리를 두는 방법은 세심한 주의가 불가결하다고 하더라도 더 자세히 보면 집표머신으로써 야스쿠니 신사 주변의 여러 단체와 조직 및 그룹의 존재를 무시할 수 없다는 극히 간단한 정치적 판단에서부터 나온 것이었다.

그러나 고이즈미 수상의 야스쿠니 신사 공식참배에 대한 고집은 역대수상들과 결정적인 차이가 있다고 생각된다. 그것은 자신의 정치기반의 강화와 야스쿠니 신사의 정치적 이용가치를 적극적으로 보여주는 참배라는 극히 현실주의적인 판단에서 나온 것 같다.

그래서 고이즈미 정권의 성립사정이나 정권기반이라는 문제는 고이즈미 수상이 분명히 우파로 시프트하는 것으로, 당내외의 지지를 획득하는 것이 정권유지에 불가결했기 때문이다. 그런 점에서 고이즈미 수상의 주체적인 선택이라기 보다는 공식참배의 입장을 명확히 하여 정권기반의 안정화를 도모한 것이다.

고이즈미 수상이 공식참배를 고집하는 제 2의 이유가 가장 본질적인 문제지만, 하시모토(橋本)・오부치(小渕)・모리(森)로 이어지는 정권에 의해 일관적으로 추구돼 온 것처럼 평화 목표를 달성하는 '평화국가'에서 미일군사동맹을 주축으로 한 근본적인 변환이 급피치로 진행돼 왔다. 그 가운데 하드적인 측면에서의 지방분권일괄법이나 주변사태법에 의한 전쟁국가 일본의 형성이

되는 한편, 결락돼 있었던 소프트한 측면에서의 '전쟁국가에 적합한 국민'의 창출이라는 과제달성이 정책상 부상해 왔다. 그러한 정책판단의 연장에 있는 것이 야스쿠니 신사 공식참배라고 할 수 있다.

다시 말해, 일련의 국내정치기강의 재편과정에서 구상된 '전쟁국가 일본'(=고도 국방행정국가)에 불가결한 조건으로써 국가목표실현을 위해서라면 희생 · 충성 · 동원조차도 마다하지 않는 국민의식의 형성에 절호한 정치장치로써의 야스쿠니 신사의 재평가와 동 신사를 천황제 이데올로기 재생산의 원천으로 만드려는 움직임이 공식참배의 형태로 나타난 것이다.

### 공식참배의 어디가 문제인가

고이즈미 수상의 공식참배에 대해 국내에서는 물론 중국이나 한국을 비롯한 아시아 국가들과 미국으로부터도 공식참배에 대한 비판이 빗발친 것은 기정사실이다. 이를테면, 한국의 최상룡 주일 한국대사(당시)가 외무성을 방문해 "한국의 입장과 한국국민의 감정을 존중하고 성의를 보여주기 바란다."고 요청하고, 나아가 한국의 여당인 새천년민주당도 "아시아 국가들과 세계가 그만큼 경고했는데도 결국 전범참배를 강행한 것은 우리나라를 포함한 아시아 국가들에 단도를 들이대는 것과 같다."라고 심한 분개심를 나타냈다.

한국내에서도 최성홍 한국 외교통상성 차관은 데라다 일본대사를 불러 “우리 정부가 반복해서 우려를 표명했는데도 불구하고 일본군국주의의 상징인 야스쿠니 신사에 참배한 점을 대단히 유감으로 생각한다.”고 엄하게 비판했다. 이때 최 차관은 아시아 국가들에 심대한 피해를 준 전쟁범죄자와 합사(合祠)된 신사에 참배한 것은 유감이라는 취지의 발언도 하고 있다.

이러한 아시아 국가들의 정부로부터 비판이나 경계가 수많이 몰려드는데도 고이즈미 수상 자신은 야스쿠니 신사참배가 평화를 희구하고 전몰자에 대해 애도의 뜻을 보이는 것에 불과하며 어떤 헌법에도 저촉하지 않는다고 한다. 또 일본인이라면 극히 자연스러운 감정의 발로라는 인식으로 어디까지나 참배행위의 정당성을 주장해 왔다. 거기에는 크게 두 가지 틀린 점을 들 수 있다.

하나는 고이즈미 수상이 말하는 ‘평화를 희구한다’는 주관적 판단이 보편성이 없다는 점이다. 여기에서 평화란 당연히 아시아 국가들의 국민들을 포함한 세계에 통용되는 보편적 평화가 아니면 안 된다는 것이다. 피침략국가로부터 심한 비판과 경계를 초래하는 참배행위가 ‘평화’의 이름하에 행해지는 무의미성과 위험성을 보여주는 것에 진지한 응답이 필요하다. 고이즈미 수상이 인식한 평화란 일본에서만 통용되는 ‘일국적 평화론’이며, 또 그것은 원래적 · 보편적 평화를 기구하는 다수의 일본 국민의 생각과도 좁혀지기 어려운 거리감이 존재한다.

일본국을 대표하는 입장에서 하는 행위가 세계를 향해서는 공적인 인식을 나타내기 때문에, 개인적인 주관을 말하더라도 객관적이고 합리적인 인식과 행위를 보여줄 필요가 있다.

또 고이즈미 수상의 공식참배를 통해서 발하는 인식이 일본국 정부의 공식견해로서 세계에 발신된다. 그로 인해, 아시아 국가들의 국민들을 상처 입히고 화를 불러오고 불신을 증대시키고 있지는 않은지, 또 평화국가 평화사회 일본의 구축에 매진하고 있는 일본인조차도 낙담시키는 행위가 아닌지를 깊이 고려해야 할 것이다.

두 번째로는 '전몰자에 대한 애도의 뜻을 표시한다'는 것 자체가 개인적 체험이나 가치관에 규정된 순수한 감정이며 타자의 비판과 경계의 대상이 아니라는 점은 논할 것도 없다 그러나 무엇보다도 야스쿠니 신사라는 공간을 이용해서 애도하는 행위가 위법 행위에 멈추지 않고, '영령'화 된 전몰자에 대한 애도가 참배행위자의 의도와 의사를 뛰어넘어 침략전쟁으로서 아시아태평양전쟁을 포함한 일본의 근대화 과정에서 반복된 침략전쟁 전체를 긍정하는 자세가 구체적으로 나타나버린 결과가 된다는 것이다. 대단히 유감스럽지만 이점에 대한 배려가 전혀 느껴지지 않는다.

역사 연구자의 시점에서 감히 지적한다면, 아시아태평양전쟁을 포함한 근대 일본국가는 침략성을 부정할 수 없는 전쟁을 빈번히 행해 왔으며, 거기에서 파생한 많은 일본인의 죽음은 결코 영웅적인 것도 찬양할 것도 아니었다. 그것은 침략행위의 축적 속에서 영토확장과 시장획득이라는 정치적・경제적 목표를 군사적 수단으로 달성해 가려고 한 것이다. 후세의 국민들은 이를 결코 긍정적으로 받아들이거나 인정하지 않을 것이다.

오히려 거기에서의 죽음은 불필요한 죽음이며 천황이나 국가의 이름으로 강제동원돼, 기아와 전상(戰傷)에 대한 공포를 안고 죽음과 마주해 온 병사들에 대한 동정이라고 봐야 할 것이다. 결코 그들의 행위를 영웅시해서는 안되며, 그 고통을 이해하는 것을 통하여 전쟁행위의 절대적 부정에 이어져 갈 것이다. 또 이를 반복하는 것만이 여기에서 말한 전몰자의 혼들이 구제되며, 그들을 '영령'시해서는 안될 것이다. 더 직선적으로 말하면 후세의 정치가나 사람들이 전몰자들을 정치적으로 이용하는 것은 도저히 용서받을 수 없다.

### 아시아의 목소리를 무시하는 이유

2001년 8월 13일, 고이즈미 수상의 야스쿠니 신사 공식참배 이후, 국내외를 막론하고 그전보다 이 문제에 대한 시비를 묻는 논의가 활발화됐다고 생각된다. 그러나 수상주변에서는 참배행위에 대한 반성도 없으며 화난 여론에도 무관심을 정한 듯했다.

그러한 자세를 취하는 이유를 조금 큰 시점에서 술해두려고 생각한다.

신사참배는 일종의 정치적 의도를 띤 문자 그대로 교묘히 검토된 정치행위로서, 동시에 그것은 일본사회 현상(現狀)의 표출이기도 하다. 그것을 구체적으로 보면 다음과 같다.

제 1에 공식참배를 내셔널리즘 재생의 기회로 파악하는 것이다. 다른 표현을 이용하면, 아시아를 향한 대항전략 속에서 수정되고 있지만, 전후판 '국민국가 일본'의 재형성이다. 고이즈미 수상 자신의 사상에서 내셔널리즘으로의 회귀지향이 대단히 강한 것은 지적할 필요도 없지만, 일본국가의 존재성의 희박화라는 현실이 권력층의 주요부분에는 21세기 아시아지역에서 일본의 지위가 상대적으로 저하, 또는 아시아 국가권에 매몰돼가는 징후에 대한 위기의식으로서 강하게 의식된 것이다.

그와 같은 위기의식에서 탈각하는 방법은 편협한 내셔널리즘에 의거하는 '국민국가'를 넘어서 사상적으로도 역사적으로도 보편적인 가치의식을 강하게 가지고, 또 같은 의미에서의 '국경' 의식을 해소해가는 2개 방향을 우선 생각할 수 있다. 현실적으로는 일본의 총자본은 다국적화 되었으며 경제적 레벨에서의 일국경제주의는 파탄했다.

요즘 일본은 그와 같은 실태와는 다른 차원에서 정치적 역사적 사상적 레벨에서의 헌법개악, 군사법제정비, 집단적자위권행사,

교육의 국가통제강화 등, 오부치・모리 등의 정권하에서는 반드시 명쾌히 쟁점화하지 않았던 현안이 고이즈미 수상 정권하에서 연속해서 쟁점화된 것이다. 이 정권은 현재 자민당을 중심으로 하는 지배권력총체가 장기전략 속에서 등장된 극히 위험한 정권이다.

아무튼 고이즈미 수상은 천황제 이데올로기의 원천이며 정치적으로는 '국민국가'화에 박차를 가하는 절호의 장치로써 야스쿠니 신사에 발을 옮기는 행위를 통해 국민의식의 일원화를 목표로 하고 있다. 그렇게 함으로써 21세기 일본의 확고한 역사적 문화적인 위치를 확보해가는 것에 중요한 정치목적이 있는 것이다. 내셔널리즘은 일본을 폐쇄상태에 몰아넣어 시민의식의 발전과 형성을 저지하는 것밖에 없다.

두 번째로 좀 더 마크로적인 시점에서 본다면, 지금 일본은 다시 아시아・먼로주의에 특화하려는 기운이 있으며, 고이즈미 수상의 공식참배의 주장은 실은 완전히 그것에 적합하는 입장이라고 생각된다. 아시아・먼로주의란 아시아태평양 전쟁기에 자본이나 기술을 구미선진국에 의존하고 있던 일본이 그로부터 탈각해서 자립한 제국주의국가를 형성하기 위해 국가전력이나 국가발전의 방향을 전망할 때 제출된 주장이었다. 거기에는 일본이 보다 명확히 패권을 장악하고 최종적으로는 '대동아공영권'을 건설해 일본이 그 맹주에 서려는 것이었다.

21세기 아시아에서는 중국을 필두로 '대국'이 연이어 등장했으며, 거기에서 아시아의 리더 쟁탈전을 두고 작열하는 시점에서 본 경우와, 일본이 중국 등의 경쟁자를 제치고 리더의 위치에서 볼 경우에 필요한 것은 지난날의 아시아태평양전쟁은 결코 아시아에 대한 침략전쟁이 아니라 아시아를 위한 해방전쟁이었다고 일본의 공헌을 역사적으로 평가시키려는 전략이다.

왜냐하면, 침략전쟁이란 점을 인정해버리면 현재 일본지배층이 구상하고 있는 제 2의 대동아공영권은 물거품으로 끝나버리기 때문이다. 더구나 노골적인 형태로 대동아공영권 구상과 같은 이름을 가지고 구상하는 것은 아니지만, 일본의 역사적인 공헌을 평가시키기 위해서는 아시아 해방전쟁론을 국내외에 철저히 보급시킬 필요가 있다.

거기에서 침략전쟁의 실태를 은폐하는 장치로 야스쿠니 신사의 역할이 재부상하고 있으며, 도조 히데키 등 침략전쟁으로 이끈 사람들을 합사하고, '영령'화한 야스쿠니 신사에 참배하는 것은 동시에 아시아해방전쟁론에 대한 인지를 현국가가 총괄하고 요구해가는 결의표명에 지나지 않는다.

아시아해방전쟁론이 전후 일본의 발걸음 속에서 제삼 제기돼온 경위는 기정사실이지만, '역사교과서를 만드는 모임'이 편집한 역사교과서만을 보더라도 침략전쟁을 단호히 부정하는 것을 통해, 아시아의 패권국가 일본의 탄생을 옆에서 전면지원하는 목적이 있다. 그것은 헌법개악에도 연동해 있는 것이다.

결국, 어떻게 읽더라도 지난 전쟁을 침략전쟁이라고 역사인식을 말하고 있는 일본국 헌법을 부수기 위해서는 그 헌법의 역사인식을 부정하지 않으면 안 되며, 그를 위해 '만드는 모임'의 역사교과서 문제나 헌법개악문제의 움직임 등과 궤도를 하나로 한 문맥 속에서 파악할 필요가 있을 것이다.

고이즈미 수상의 공식참배에 대해 가장 엄한 비판의 논진을 편 중국에 대해, 고이즈미 수상과 일본정부는 그 어느 때보다도 고자세의 태도를 선명히 하고 있다. 그 배경에는 미일 군사동맹강화 노선 속에서 일본과 미국 양국 간에 합의된 가상적국 중국을 대상으로 한 정면전략으로 나가려는 문제가 있는 것이다.

미소 냉전구조 붕괴 후, 특히 군사영역에서는 말하자면, '중미 냉전구조'의 형성이 미일의 일방적인 전략으로서 성립되려고 하며, 그를 위한 국내적인 조치로 군사법제정비와 집단적자위권의 문제가 있다. 분명히 일본에 있어 중국은 경제적으로는 중요한 것에는 다름없다. 현재도 중일합병사업 등이 과감히 전개되고 있지만, 중국이 공산당 지도하에 있는 한, 군사적으로 중국을 포위하여 경우에 따라서는 미일동맹에 분주하면서도 새로운 침략국가 일본의 내실을 튼튼히 하려고 하고 있다. 그러한 일본의 위험한 전략의 일단을 나타내는 것이 야스쿠니 신사 공식참배에 나타난 중국 적시의 정치자세이다.

## 공식참배의 정치목적

야스쿠니 신사가 전전과 전후를 통해서 등질화된 '국민의식'을 높이는 장소로 극히 중요한 정치적 장치로써 지속적으로 기능하고 있는 것은 분명하다. 패전에 의해 일단 무너지기 시작한 천황제 이데올로기에 의해 규정된 '국민의식'을 재생시키는 절호의 공간으로서 야스쿠니 신사가 있다는 것은 반복해서 술해왔다. 그 '국민의식'이 공식참배라는 명실공히 '국가행사'에 의해 정당화되려 하고 있으며, 그 결과 새롭게 '국민의식'을 국가가 관리·통제하려는 시도가 고이즈미 수상과 그 주변에 의해 기획되고 있다.

조금 중복될지도 모르겠지만, 그것을 푸는 실마리는 제 1에 '전후판 전쟁국가' 일본에 적합한 새로운 '일본국민'의 형성과 무너져가는 '천황제 국민국가'의 보강책으로 '일본인'의 일체감을 공유하는 장의 확보라는 의도가 노골적이다. 제 2에는 미일 군사일체화 노선의 구축과정과 현실에 유사(=전쟁)에 가담하는 일본자위대 및 주변사태법 제 9조, 나아가 신 군사법제에 의해 동원되는 '민간인'의 희생(=전사자)의 상정과 그 대응책의 일환으로 장래 '전사'의 국가관리와 보상시스템의 준비가 상정돼 있는 것이다.

이 점에 관해 하나의 사례를 든다면, 필자가 거주하는 야마구치현에서는 나카야 야스코(中谷康子) 씨의 합사거부 소송이 1988

년 6월 1일에 최고재판소의 판결이 나온 이후에도 매년 6월 제 1토요일에 야마구치현 보국신사를 방문해 합사 취소요구를 하고 있고, 필자 자신도 약 15년 전에 야마구치로 거주지를 옮긴 후 매년 이에 관련해왔다.

이 시도는 1991년 11월 27일에 PKO협력법이 강제체결되고 이듬해 1992년 9월 17일에는 자위대의 제 1진이 히로시마현 구레항에서 출발하는 상황하에서 한층 열을 올리지 않으면 안되는 단계에 들어가 있었다. 결국, 이 법에 의해 자위대 등의 해외파병이 현실적인 문제로 부상하고 있으며, 새로운 순직자가 나오려는 상황하에서 국가나 방위청 사이드가 야스쿠니 신사 합사의 메리트를 재인식하여 또다시 야스쿠니 신사의 국가관리화로의 길을 모색하는 움직임이 활발해지고 있다.

전쟁국가화 속에서 '합사'가 가진 정치적 의미가 한층 강하게 나타나고 유족을 치유하는 장소라는 단순한 종교적 차원의 문제로는 말하지 못하는 부분이 전면화되고 있다. 유족이 치유된다는 것은 국가에 의해 '개인'의 죽음의 정치적인 의미부여가 아니다. 새로운 희생자를 결과적으로 강요하는 구조를 준비하는 것 자체가 대단히 심각한 문제를 품고 있다는 것을 강조해두고 싶다.

야마구치 보국 신사측은 우리들의 합사 취소요구에 대해, 신사측에도 '참배할 자유가 있다'는 설명을 반복할 뿐이다. 신사측이 어디까지 자각적으로 발언하는지는 두고서라도 '참배할 자유'라는 논리는 바로 현 국가가 강조하는 논리 그 자체이다. 국가의 이름으로 '참배'함으로서 '국가사(死)'의 숭고함을 국민을 향해 재확인시키려는 착상에 잠재하는 위험한 이 논리야말로 규탄의 대상이 되어야 할 것이다. 나카소네 전 수상의 '나라를 위해서는 죽을 수 있다'는 말은 국민의 창출을 준비하려는 국가의 논리이며, 그야말로 지금 엄한 비판하에 있는 것이다.

그런 의미에서 결국 우리들은 전후 '국가사'의 부당성과 위험성을 자각하는 것을 통해 침략전쟁의 가해자가 될 것을 거부하는 평화논리를 획득하고, 또 이러한 행동을 통해 아시아와 세계에 열린 보편적인 공생사상을 튼튼히 해 왔던 것이다. 그래서 국가나 신사의 '참배할 자유'라는 형편주의적인 논리를 인정할 수 없는 것이다.

필자는 본 의견서에서 주로 야스쿠니 신사가 지난 날 해온 역사적 정치적인 역할을 재검토함으로써 이와 같은 역할을 21세기의 시대에도 적용하려는 공식참배의 부당성을 지적해왔다.

물론 고이즈미 수상의 공식참배가 제삼에 걸쳐 각 방면에서 지적되는 것처럼 헌법 제 20조 3항에 저촉되는 것에는 틀림없다. 그와 동시에 실은 전몰자뿐만이 아니라 동경재판에 의해 교수형이 된 A급 전범 도조 히데키 등 14명이 '쇼와의 순직자'로 1978년 합사되고 그 신사에 참배하는 것이 그 주관적 의도와는 다르게 전쟁책임을 묻게 되고 전범이 된 자를 부정하게 된다. 결국 일본

정부는 지난 전쟁을 침략전쟁으로 총괄하지 않았다는 판단을 감수하지 않으면 안될 것이다.

강조해두고 싶은 것은 고이즈미 수상이 말하는 것처럼 일본국가를 위해 사지에 갈 수밖에 없었던 사람들에게 '애도의 뜻을 표시하는 것은 자연스런 감정'이라고 한다면 왜 A급 전범자가 합사되고 공습이나 전투에 말려들어 죽어간 사람들, 특히 오키나와전의 피해자 전부가 합사되지 않았으며, 시베리아 억류에서 목숨을 잃은 사람들과 또 일본인으로 만들어서 일본인으로 전사한 지난날의 조선이나 대만 등의 식민지 사람들 모두가 합사의 대상이 되지 않았던 것은 왜인가. 이 비합리성을 어떻게 설명하는가라는 문제가 남아있다.

그 합사자체의 기준도 애매하며, 또 극히 정치적인 판단에 의해 그 죽음이 선별돼 있다. 그런 의미에서 공식참배는 결코 자연스런 감정의 발로는 아니며 고도한 정치전략에서 나온 것이며, 죽은 자의 정치이용에 불과하며 역사의 곡해를 일부러 만드는 행위라고 할 수 있다.

사법의 판단에 관련해서 말한다면, 1985년 8월 15일 나카소네 수상의 공식참배에 관한 정부답변서에 실린 견해에서 정교분리의 헌법원리로부터 오는 비판을 회피하기 위해 들고 나온 '목적・효과설'이 전개되고 있지만, 이것도 그 종교성의 농담(濃淡)에 의해 헌법논리가 사실상 부정된 것이라서 좋지 않다.

또 1977년 7월의 소송에서 최고재판소의 판결에서는 그야말로 '목적 · 효과설'에 기댄 사법판단으로 주목됐다. 이것은 '허용되는 범위'가 애매하며 어떻게든 기준설정이 가능하다. 그것은 판단의 폭을 경우에 따라서는 무한정으로 확충가능한 논리를 제공하는 것이었다. 실제로 그 이후, 같은 형태의 소송에서의 판결도 그러했다.

거기에서의 '목적 · 효과설'이 정교분리의 헌법원리에 신선한 바람을 가져다주고 헌법공동화의 설을 지적할 수 있다. 더구나 이번 공식참배에 관해 고이즈미 수상이 이 설을 가지고 나온 것이 아니라고 할지라도 헌법위반의 비판을 회피하기 위해서 '목적 · 효과설' 및 소송에서의 최고재판소의 판결에 의거하면서 참배행위가 반복될 가능성이 높다. 그 목적은 대체 무엇인지에 대해 정치정세와의 관계에서 이미 요약했지만, 이하에서는 다른 시점에서 더 자세히 논해둔다. 여기에서는 고이즈미 수상의 야스쿠니 신사참배 소송에서 원고의 주장의 적극적 의의에 관해 적어보려고 한다.

### 정신 · 사상동원 장치로써의 야스쿠니 신사

본건의 '소송'에서 이미 명쾌히 지적한대로 고이즈미 수상의 야스쿠니 신사 공식참배는 야스쿠니 신사에 내재하는 역사성과 종교성, 환언한다면 군국주의와 국가신도라는 두가지의 '사상과 논리'(=이데올로기)에 대해 '일본국민'이라면 찬동하고 따르고 믿으라고 강요하는 행위에 지나지 않는다.

다시 말하면 전후 민주주의가 부정해온 사상을 강제적으로 국민들에게 주입시키고 교화하는 행위로 있다. 그 국가권력의 최고 위에 있는 인물이 바로 공무의 일환으로 '신교(信教)의 자유'를 실질적으로 박탈하는 행위에 이른 것이다. 따라서 정신・사상의 자유를 확보하여 전전기의 정신・사상의 일원화 또는 동원, 또는 국가가 발동하는 전쟁지지를 강요한 역사가 있다. 그 역사를 교훈화하는 하나의 수단으로써 '사상・신교(信教)의 자유'라는 헌법의 조문을 손에 넣은 것이다. 그래서 공식참배는 원고 등의 '종교적 인격권'을 파괴하는 것뿐만 아니라 역사의 교훈을 버리는 행위이다. 그런 이중의 고통을 일부러 하는 행위라고 말할 수 있다.

필자는 역사연구자로서 제 1차 세계대전후의 총력전단계로의 전환이라는 전쟁형태의 변화속에서 군대의 국민화 또는 국민의 군대화의 슬로건 속에서 강행된 정신・사상 동원체제의 실태연구를 장기간의 연구테마로 해왔다. 그 성과로 단저인 『총력전체제 연구 일본 육군의 국가총동원 구상』(三一書房, 1981년), 『근대 일본의 정군관계』(대학교육사, 1987년), 『일본 육군의 총력전 정책』(대학교육출판), 『침략전쟁 역사사실과 역사인식』(筑摩書房, 1999년), 『유사체제란 무엇인가 그 사적 검증과 현단계』(임펙트 출판회, 2002년), 『근대 일본 정군관계의 연구』(岩派書店, 2005년) 등을 출판해왔다.

거기에서는 대량의 국민동원을 원활히 실행해가기 위해 전시 때가 아닌 평시때부터 국민의 정신·사상의 관리와 통제를 밀어붙이고, 전시 동원의 완벽함을 기하기 위한 국민정책이 전개돼온 것을 방대한 자료·문헌의 세밀한 조사와 선행연구의 참조를 통해 논술해왔다. 천황제 이데올로기가 여러 조직이나 기회를 이용하여 철저하게 유포돼온 역사과정을 생생히 보여줬다고 생각한다.

그러한 일련의 연구 속에서 획득한 결론은 국민국가가 국민들의 의식 속에서 천황의 권위나 국가의 권력에 대한 저항감 없는 종족의식을 평시부터 주입해가는 과정을 문자 그대로 여러 기회와 장치를 주입해서 시도해온 것이다.

시민혁명이 미경험이었고 실질적으로는 역사형성과 정치변혁의 주체자로서의 지위에 단 한번도 앉은 적이 없으며, 메이지 국가건설도 메이지 유신이라는 정변(쿠데타)에 의해 도쿠가와(德川) 막번(幕藩)체제의 붕괴가 결정되고, 전후 시대 또한 침략전쟁의 패복이라는 외적요인에 의해 개시됨으로서 일본 역사에서 항상 국민은 주체적인 의식이나 사상에 의해 사회의 변혁을 달성해온 것만은 아니었다. 그와 같은 역사과정을 배경으로 전후 많은 일본인은 국가에 의한 정신·사상의 동원이라는 사태에도 극히 무돈착했다.

또 일본 근대사의 특징이나 일본인이 놓여진 역사적 환경의 특징도 있기에, 지금 또다시 야스쿠니 신사라는 천황 이데올로기의 발생장치가 아주 원활히 가동되기 시작하고 있는 것 같다. 그러한 전체방향을 고이즈미 수상자신이 어느 정도 파악하여 일종의 고도정치전략으로 공식참배의 행동에 이른 것인지는 두고서라도, 적어도 고이즈미 수상의 참배를 거시적으로 본다면 전후판 국민의 정신·사상동원의 구체화라고 볼 수 있다.

그것이 자유·자치·자율을 원리로 하는 전후 민주주의의 목표나 이념, 나아가 일본국 헌법이 내세우는 목표나 이념을 전면 부정하는 행위임을 반복해서 지적하지 않으면 안 된다.

**평화적 생존권에 대한 침해**

아시아태평양전쟁을 비롯해서 지난 대전은 그때까지의 인류가 역사상 경험하지 않았던 심대한 피해를 남기고 거기에는 수많은 참화가 전개되고 국경을 넘어 민족을 넘어 인간이 평화와 안전속에서 살아갈 가능성을 빼앗아 갔다. 종래부터 주권국가의 정당한 권리로서의 국제법, 또한 국제 상식으로 허용돼온 전쟁의 권리(jus in bello) 자체에 대한 재고를 요구하게 됐다. 거기에서 '전쟁의 위법화'(outlawry of war)라는 새로운 관념이 제기되고, 전후 사상이나 전후 헌법 속에 추가되게 된다.

거기에서 특히 강조된 점은 전쟁이 최고의 인권침해이며, 인간이 평화 속에서 생존할 권리를 주장하는 것이야말로 위협적인 전쟁을 거부하는 권리를 인정하려는 것이다. 거기에서 평화적 생존권이나 병역거부권이라는 개념이 제기된 것이다.

이 밖에도 국가에 의한 교전권의 권리제한이나 국제인도법 제정의 필요성이나 비인도적 병기의 사용제한 또는 금지하는 국제법의 정비, 또 전쟁발동국에 대한 국제적인 제재의 실행 등이 주장됐다.

이처럼 국가에 의한 전쟁발동의 원칙적 의미로서의 위법화라는 개념이 넓게 인지되게 되고, 거기에서는 억압과 전쟁의 반극인 '인권과 평화'의 상호의존성 또는 밀접 불가분성이 헌법학자나 정치학자를 비롯해 각계에서 설명된다.

전후 이와 같은 일련의 움직임을 문자 그대로 선행한 헌법으로서 일본국 헌법은 그 전문에서 "우리들은 전세계의 국민이 다같이 공포와 결핍에서 벗어나 평화 속에서 생존하는 것을 확인한다."고 명문화하고 있으며, 평화적 생존권의 개념 획득과 그 실천을 맹세하고 있다.

그 평화적 생존권의 포함된 평화의 달성수단으로써 제 9조의 비무장 조항이 규정되고, 나아가 평화와 상호의존관계 · 밀접불가분성에 있는 인권옹호를 규정한 제 13조 및 제 19조 등이 규정돼 있는 것은 지적할 필요도 없다.

개인이 존중되고 그 개인의 사상이나 신교의 자유가 외쳐진 의미는 국가권력의 발동인 전쟁 또는 전시・유사의 이름하에 국민을 사상적・정신적 및 육체적인 부분을 막론하고 강제동원하여 그에 따르지 않는 사람들을 법적으로만이 아니라 정치적 사회적인 처벌을 가하려는 행위를 금지하는 것에 있다.

그것은 많은 헌법 학자들이 지적해온 것처럼 평화적 생존권을 지탱하는 사상이란「국가의 전쟁행위나 군사력에 대한 개인의 생명 그 밖의 인권우위성의 사상」(야마우치(山内敏弘)『인권・주권・평화 생명권의 헌법적 고찰』일본평론사, 2003년간, 98행)이다. 분명히 나가누마(長沼) 소송의 일심판결 이외에는 평화적 생존권의 재판규범성을 용인하는 사례는 적으며, 최고재판소의 견해가 명확히 나타나지 않았다고 하더라도 많은 재판소 및 사법 관계자들이 이 점에 관해서는 소극적 및 회의적인 것은 사실이다.

그 일례로서 예를 들면, 햐쿠리(百里)소송 공소심판결(동경고등재판 1981년 7월 7일 판지 1004호 3항)에서는 "모든 기본적 인권의 근저에 존재하는 가장 기초적인 조건이며, 헌법의 기본원리인 기본적 인권존중주의의 철저화를 기하기 위해서는 '평화적 생존권'이 현실의 사회 생활상에 실현되지 않으면 안 되는 것은 분명하다."고 평화적 생존권의 의의를 명확히 기술하고 있다.

여기에서는 기본적 인권 존중주의의 철저화를 평화적 생존권의 현실 사회에서의 실현에 의해 도모하려는 극히 주목해야 할 지적이 나오고 있다. 이를 보다 집약해서 말한다면, 인권이 평화 실현에 의해 보증되는 것을 의미하며 그 속에서 인권과 평화는 표리일체의 관계로 파악해야 한다고 설명하고 있다.

한편, 같은 판결문에서 "평화라는 것은 이념 내지는 목적으로서의 추상적 관념이며, 그 자체가 구체적인 의미와 내용을 가진 것이 아니라, 그를 실시하는 수단과 방법도 다기다양하기 때문에 그 구체적 의미와 내용을 직접 전문 그 자체에서 꺼내는 것은 불가능하다."고 그 재판규범성에 관해서는 의문을 제기하고 있다. 그러나 평화의 개념이 '추상적 개념'이며 '구체적인 의미와 내용'을 가지지 않는다고 일축하는 견해를 이유로 재판규범성을 용인하기 어렵다는 것은 극히 결핍된 논리라고 지적할 수밖에 없다.

왜냐하면 먼저 일본국 헌법 전문 및 제 9조에 표시된 소위 평화주의 원리는 구체적인 국가목표와 이념의 획득을 나타내고 있으며, 특히 제 9조에 이르러서는 평화를 비무장정책에 의해 실현하기 위해 물리적 폭력체인 군대의 보유를 인정하지 않는다는 형태로 조문화하고 있다. 그 비무장에 의한 평화실현를 통해 평화적 생존권을 담보로 하려고 한다면 평화는 결코 추상적인 개념이 아니라 구체적인 정책임을 파악할 수 있을 것이다.

나가누마 소송 일심판결(삿포로 지방재판소 1973년 9월 7일 판시 712호 24항)에서는 평화적 생존권을 재판규범성을 가진 구체적인 인권으로 구성해서 원고 등의 호소가 적합하다고 인정받은 판례도 존재하지만, 이것은 평화적 공존권이 일본국 헌법의 목적과 이념에 합치하는 것임을 사실상 인정받은 사법판단이라고 생각된다.

많은 소송사례 속에서 여전히 평화적 생존권의 재판규범성을 용인하는 사례는 소수에 멈추는 것이 현실이다. 그 이유는 다양하지만, 그 중의 하나는 전후 제기된 '전쟁의 위법화'라는 새로운 개념에 대한 역사과정을 충분히 밟고 이해되지 않은 점, 또 새로운 개념이 국가의 권력을 상대화하고 국가라는 기존의 정치적 틀을 뛰어넘을 가능성과 그 논리를 내포하고 있기에 그러한 새로운 개념에 대한 저항감이 존재하기 때문일 것이다.

### 야마구치(山口) 규슈(九州) 이즈미(泉) 야스쿠니 신사 공식참배 위헌소송의 의의

그러나 근대에서 전쟁의 피해나 영향력을 개인의 생명이나 인격보호라는 관점에서 고찰한다면, 그와 같은 피해나 부의 영향력에서 인간을 보호하기 위해서는 이미 국가에 내재하는 전쟁발동이나 전쟁정책 자체를 위법화하는 것 없이는 완전함을 기할 수가 없는 데까지 와 있는 것이 현실일 것이다.

그 전쟁위법화의 동향을 밟아서 등장한 것이 평화적 생존권의 의의와 또 본건에서의 원고들의 호소가 보호성을 가진 것을 지적한다면 다음과 같은 것이 있다.

제 1, 평화적 생존권이란 평화 속에서 생존할 권리 또는 생명이 박탈되지 않는 권리를 의미하고 있다. 동시에 평화적 생존권이란 평화의 위협과 군대의 강제에서 벗어나 평화 속에서 여러가지 기본적 인권을 누리는 권리를 의미한다. 그 경우 평화란 차별・빈곤・억압・부정 등 불가시한 폭력에서 해방되는 상태를 나타내는 극히 구체적 개념이며 노르웨이 정치학자인 요한・가르동은 이를 '구조적 폭력'의 개념으로 일반화하고 있다. 그리고 이 '구조적 폭력'을 하부구조로 하면서 파생하는 것이 가시적 인권 파괴의 최상에 있는 전쟁이다.

그런 의미에서 말하면 평화란 단순한 '평화가 되지 않는 상태=전쟁'만을 가리키는 것이 아니라 사회의 여러가지 모순에 의해 분출하는 가지각색의 폭력이 없는 상태를 평화라고 말하며 진정한 구체적인 과제로서 파악해야 할 것이다. 환언하면 폭력총체에 대해 인간적 저항의 상태를 평화로 보는 적극적인 재고가 요구되고 있다.

그리고 이 폭력이 축적돼가는 과정에서 발생하는 것이 전쟁이며, 이 사회는 우리들의 발밑에 수많은 전쟁에 대한 요인을 안고 있는 것이다. 그렇게 보면 평화는 결코 추상적 및 관념적인 개념이 아니라 극히 구체적이고 창조적인 개념으로 파악하지 않으면 안 된다.

특히 오늘날 유사법제라는 이름의 군사법제가 정비되고, 미일

동맹선이 강화되는 속에서 이라크 파병이 강행되는 국내상황을 생각하면 일상사회에 숨어있는 수많은 폭력에만 한정되지 않으며 현실의 전쟁의 위협에 놓여지고 또 유사법제의 연장으로서 국민동원법이라고도 말할 수 있는 '국민보호법제'의 구체적 검토가 되고 있다. 그것은 자위대의 국내이동을 원활히 하기 위해서 사실상 군대에 의한 강제가 국민보호를 명목으로 강행하려는 것이다.

이것은 문자 그대로 시민의 군대화를 의도한 극히 위험한 정책비판이다. 문제는 이와 같은 위기의 시대에 그에 박차를 가하는 것과 같은 행위로서 고이수상의 야스쿠니 신사 공식참배는 그러한 일련의 움직임을 정당화하려는 행위로 받아들여야 할 것이다. 거기에서 원고 등이 전쟁의 위협과 폭력의 사회화가 강행되려는 것에 비해, 깊은 분개와 동시에 평화존속의 위기, 평화적 생존권의 위기의식을 가지는 것은 극히 당연할 것이다.

### 원고 등의 보호성에 대해서

1989년 12월 14일의 나카소네 수상 공식참배 위헌소송에서 후쿠오카 지방재판소의 판결문에 명기된 내용은 많은 논의를 부르게 된다. 그것은 나카소네 수상(당시)의 '공식참배에서 원고들이 불쾌, 분노, 또는 국가신도 부활에 대한 의구 등 감정을 품는 것은 쉽게 알 수 있지만, 원고들이 주장하는 종교적 인격권,

종교적 프라이버시권, 평화적 생존권이 내각 총리대신의 야스쿠니 신사 참배에 의한 국가배상 법상 법적보호에 해당하는 명확한 권리인 것까지 인정하는 것은 곤란하므로 원고들의 권리가 침해됐다고까지 할 수 없으며 법적침해가 있었다고 인정할 수 없다'(『서일본신문』1989년 12월 14일 석간)는 부분이다.

여기에서 제 1에는 인격권이나 종교적 프라이버시권과 같이 평화적 생존권이 대체 어떤 경위로 등장했는지 특히 지난 대전을 교훈으로 삼아 그것을 헌법화하는 과정에서 중요한 기본적 인권의 일부로서 구상되고 실태화된 것인지에 관해 인식이 불충분하다. 굳이 말하면 현행헌법의 기본적 인권존중주의의 구체적 표현이 평화적 공존권인 한, 이에 대한 인식을 나타내지 않는다면 그것은 사법판단으로서는 헌법에 대한 해석에 관해 태만이라고 할 수 있다.

제 2에는 동소송에서도 또 본건의 소송에서도 분명한 공통점은 원고가 평화적 생존권을 야스쿠니 신사에 공식참배라는 행위로 상처받게 하고 군국주의 이데올로기의 발생장치로써의 야스쿠니 신사의 정치이용이 공식참배에 의해 상태화하는 것에 대한 공포와 경계의 위기의식이었다.

그것은 나카소네 수상이 당시 대담히 강행하려던 미일군사일체화 노선에 의해 평화국가 일본이 향해갈 길이 굳게 닫히려는 것이며, 전쟁국가로 시프트하려는 것에 대한 저항의식의 표명이었다. 그건 바로 전쟁발동이나 전쟁체제화나 전쟁긍정론의 고양에 의해 기본적 인권이 공동화돼가는 것에 대한 심각한 위기의식의 표명이었으며, 평화적 생존권 박탈에 대한 가능성을 파악한 뒤의 행동이었다.

그와 같은 생각에 의해 소송에 나간 원고들의 의사가 사법의 장에서 받아들여지지 않은 것은 대단히 유감이다. 그리고 이번 고이즈미 수상 야스쿠니 신사참배 위헌소송에서 원고들의 호소는 나카소네 수상공식참배 때보다도 국내의 유사법제 정비의 상황이나 자위대의 항상적 파병체제의 구축에 구현되는 것처럼 국가의 전쟁발동의 가능성과 사회의 군사화경향의 현저화경향은 당시보다 더 평화적 생존권의 존속의 위기적 상황에 있다고 해도 과언이 아니다.

이와 같은 점을 고려했을 때 일본국 헌법과 비교해 보더라도 원고의 호소가 극히 당연한 행위이며 재판규범성에 합치한 것으로 이를 인권보호라는 관점에서 본다면 한층 보호성을 가진다고 이해할 수 있다.

보호성의 필요성에 관해 부기해둔다면 이 나라의 민주주의의 시스템을 강화하는 것으로 인권존중주의를 관철해가기 위해서도 평화가 인권보장의 전제라는 인식을 깊이 가지는 것이 더욱 더 요구된다. 거기에는 "생존할 권리가 모든 인권중에서 제1의 권리다. 생존할 권리란 전쟁의 폐지를 의미한다."(『법률시보(法律時報)』

제 45간 제 14호, 후카세(深瀨忠一) 논문)는 인식을 공유해가는 것이 불가결하다.

여기에서 함축된 것은 평화적 생존권이란 개념이 기존의 기본적 인권을 보수하는 것만이 아니라 이를 위협하고 위험에 빠뜨릴 가능성이 있는 국가의 정책이나 판단이 내려질 때 적극적으로 이에 의의를 제기해야 할 소위 저항권을 발휘하는 것이 전제 개념인 것이다. 실로 기본적 인권이란 주어진 권리로서 존재하는 것이 아니라 항상 이동하고 단련하여 고쳐가야 할 권리이기에 결코 정적인 자세 속에서 그 속에 품고 있을 권리가 아니다.

필자는 지난 아시아태평양전쟁을 역사의 교훈으로 할 작업을 오랜 시간 해왔으나, 1999년에 출판한 『침략전쟁—역사사실과 역사인식—』(치쿠마 서방(筑摩書房) 간행)의 마지막을 다음과 같은 말로 매듭지었다.

즉 "평화적 공존이란 현행헌법에 명시된 우리 시민들이 희구하는 평화를 침해하고 평화 속에서 살 권리를 침해할 가능성이 있는 모든 정책을 채용하려는 정부나 기관에 의의를 제기할 권리이다. 평화적 생존권의 확립을 위해 노력하는 것은 일본국민이 동등히 책임져야 할 책무이다."(동 226항)라고.

여기에서 필자가 가장 강조하고 싶었던 것은 평화적 생존권은 주어진 권리가 아니라 실은 과거의 전쟁이나 억압, 빈곤, 차별 등의 안팎에 존재하며 또 현재도 지속해서 존재하고 있는 폭력의 해소를 일상적으로 정면에서 해결하려는 자세 없이는 본래 의미의 평화실현은 있을 수 없다는 것이다. 그런 의미에서 본건의 원고의 호소는 구체적인 전쟁발동의 위기를 앞에 두고 평화의 논리나 사상을 튼튼히 함으로서 이와 같은 위기를 해소하고 인간이 인간으로서 자유로이 살아갈 수 있는 사회를 구축해가기 위해 모든 사람들에게 과해진 책무라는 생각이 드는 것이다.

그것은 결코 보호행동이 아니라 앞으로 획득해가기 위한 책무의 발로로서 받아들여져야 할 것이다. 따라서 원고의 행위야말로 헌법을 살리고 인간을 살려 사회의 활용에 연결되는 소중한 행위인 것이다. 그것을 모든 사람들이 공유했을 때 우리들은 본래 의미의 자유를 획득할 수 있을 것이다.

### 왜 고이즈미 정권이 성립했나

일본의 7월 20일은 지난 날 메이지 천황이 동북・아이누모시리를 순방하고, 요코하마 항에 귀항한 날을 기념한 '바다의 날'이다. 다시 말하면 그 후의 류큐(琉球)와 같이 아이누모시리를 야마토화(=일본화)하는 것으로 강권에 의한 상부로부터의 '국민국가화'를 달성하려는 메이지 국가의 노골적인 자세의 표출이었다. 거기에는 이단자총체를 배제하고 차별화하는 사상으로서의 단일민족국가의 이데올로기가 천황제 지배국가원리 그 자체인 것을 단적으로 나타낸 사례라고 할 수 있다.

그 문제성을 염두에 놓고 군사국가로의 길을 크게 연 전 고이즈미 정권의 위치를 다시 되물어보려고 한다.

여기에서는 당시 고이즈미 수상의 야스쿠니 참배 문제를 들면서 오늘날 자민당정치의 위험성에 관해 적어보려고 생각한다. 그 전에 원래 고이즈미 정권은 대체 어떤 역할을 띠고 등장해왔는가에 대한 점에서 이야기를 시작해보자.

먼저 고이즈미 정권의 성격에 관해 들어보면 당시 고이즈미 내각의 압도적인 지지율이 연일 보도됐지만, 그 이유는 역으로 종래형의 자민당정치가 분명히 한계점에 와있다는 증명이라고 생각한다.

이를 조금 큰 시점에서 본다면 자민당정치는 1955년의 보수합동 이후, 바로 냉전구조를 배경으로 미국의 동맹국이라는 형식을 밟으면서 실은 미국 자본주의 시장으로써 거대한 자본과 기술의 대상국으로 자리잡고, 그 결과 특정한 경제분야에서의 성장을 초래했다. 그 정치적 조정역으로서 자민당 정치의 역할이 있었던 것이다. 바로 미국의 아시아전략과 연동하는 형태로 기능해온 것이다.

물론 미국의 아시아 전략은 상황에 따라 변용하며 일본에 대한 역할 기대도 변화된다. 1960년 안보 이전에는 군사보다도 경제의 지렛대 넣기가 대일정책의 기본에 놓여진다. 안보개정 이후 1978년 구가이드라인까지의 군사와 경제의 균등화, 나아가 구가이드라인에서부터 신가이드라인을 얻어 오늘날까지 경제보다도 군사영역에 대한 지렛대 넣기가 현저해졌다. 이처럼 거기에는 꽤 큰 진폭이 보인다.

문제는 역대의 자민당정권이 기본적으로는 그러한 미국의 아시아전략의 변용에 철저히 추종함으로서 정권을 유지하려고 했으며, 재계의 지지를 부추겨온 것도 사실이다. 그런 의미에서 자민당은 미국의 아시아전략에 추종하는 것밖에 정권을 유지하지 못하는 체질을 몸에 익힌, 다시 말하면 그것을 구조화해 왔다고 할 수 있다.

그 속에서 자민당이 재계나 관계의 지원을 받는 형태가 아니라 소위 유착을 강하게 하는 과정에서 스스로 확보한 권력을 사용하여 이익유도형의 정치 스타일을 정착시켜 간다. 그로 인해 유권자나 지방 우두머리의 지지를 획득하고 그를 위한 자금을 재계나 압력단체 등으로부터 조달하는 메카니즘을 기능시켜 간다.

그러한 전후의 자민당정치는 미소 냉전구조라는 배경이 있었기 때문에 일단은 기능했지만 그것이 종언을 맞이하자마자 종래형의 자민당 정치가 기능부전에 빠지기 시작했다. 권력에 의한 극히 자의적인 이익분배나 이익유도가 잘 되지 않았다. 그 징후는 냉전구조의 종언직전기에 성립된 나카소네 내각 시절에 이미 보이기 시작했다.

당시, 자민당은 그러한 위험한 징후를 살피고 꽤 변칙적인 수단으로 나간다. 그것이 나카소네 정권의 성립에 있었던 것이다. 그로써 나카소네는 그의 독특한 캐릭터도 도와서 일종의 국민적 인기를 얻게 된다. 거기에서 나카소네가 행한 것은 철저히 미국에 붙어 떨어지지 않을 정도로 착 달라붙어 미국에 추종하는 대담한 정책으로 나갔다.

나카소네가 미국을 방문했을 때, 레이건 미 대통령(당시)을 향해 일본불침 항공모함론이나 삼해협(대마 · 쓰가루 · 소야) 봉쇄 등 대단히 강한 발언을 반복하고 미일 운명공동체론을 발언했다. 그로 인해 냉전구조가 종언된 이후에도 일본과 미국이 '군사'라는 굵은 선으로 이어져 있는 것에 대한 확약을 받으려고 했던 것이다.

그것은 미국도 원하고 있었기에 이 나카소네류의 군사동맹론을 높게 평가하게 된다. 이로 인해 나카소네는 지지율에서 이미 장기하락경향이 멈추지 않고 있던 자민당의 재생의 길을 열게 된 것이다. 이것은 단순히 군국주의의 부활이라는 정도에 그치지 않는 자민당이라는 권력집단이 가볍게 할 수 있는 기술이기도 했다.

### 고이즈미 정권은 '제 2의 나카소네 정권'

나카소네 정권에 대해 길게 얘기한 것은 고이즈미 수상이 '제 2의 나카소네 정권'이 아닌가라고 생각하기 때문이다. 오늘날의 구조적 경제불황, 방대한 적자를 안고 있는 국가재정, 중국의 약진 등에 의한 아시아 지역에서의 일본의 열세화 등 자민당 정치를 둘러싼 환경은 최악의 상태다.

그래서 자민당정권은 연립정권을 유지하면서 다시 한번 미국과의 군사동맹 강화책을 중심으로 하는 나카소네 정치이상의 군사 시프트를 분명히 하고 있다. 집단적자위권에 대한 발언, 유사법제정비, 헌법개악 등 그 어느 것도 미국 측에서 강한 요청이 나온 과제를 정리함으로써 미국의 아시아 전략에 완전히 들어가게 되고, 그로 인해 자민당정치의 생존을 걸려고 한 것이었다.

그것을 누가 담당할 지에 대해 나카소네 정권 시절과 같은 수법을 자민당은 채용했다. 결국 대파벌 출신자가 아니며 여러가지 퍼포먼스를 연기할 수가 있고 국민적 인기를 기대할 수 있는 인물, 그리고 나카소네처럼 현재 일본에 있어 여전히 리스크가 큰 군사 시프트로의 대담한 전환을 선언할 수 있는 또는 말하게 할 수 있는 것이 가능한 인물로서 고이즈미가 대발탁된 것이다.

리스크가 큰 군사 시프트선언에 문제가 생긴다면 말한 사람을 자르면 자민당 및 지배권력에 불티가 튕기지 않는다. 또 잘 되면 이를 기화로 한꺼번에 일을 진행한다. '어느 쪽을 넘어지더라도 득'인 인물로서 고이즈미가 대발탁된 것이다. 고이즈미 진영에서는 바로 '표주박에서 망아지가 나왔다=(의외라는 뜻)'는 심경이었다고 생각된다. 아마 '나라도 괜찮을까?'라는 마음과 동시에 당연히 고이즈미 자신이 자민당 및 지배권력이 자신에게 무엇을 기대하고 있는지 잘 알고 있었다고 생각된다.

그래서 고이즈미는 수상취임과 동시에 야스쿠니 참배, 유사법제정비, 집단적자위권 행사, 그리고 헌법 '개정'을 이어서 명언하게 된 것이다.

지금까지는 고이즈미 퍼포먼스에 많이 부풀려진 감이 있지만, 고이즈미 정권성립의 배후사정을 읽어볼 때 부풀려진 나카소네 정권성립과 혹사한 부분이 있다. 고이즈미의 '의견역할'로서의 나카소네 그 사람이 늘 붙어 나오는 것은 잘 알려져 있다.

필자는 역사연구자이므로 언제나 현대정치의 흐름속에서 전전과 비교를 하는 버릇이 있지만 이 고이즈미 등장의 과정을 보면 1937년 6월에 등장한 고노에 후미마로(近衛文麿)라는 인물을 상기한다. 그 당시 일본은 현재와 꽤 다른 환경에 있었고 폐쇄된 정치경제상황을 일소하기 위해 짊어진 것이 고노에였다. 그러나 그 고노에 내각때 개시된 것이 중일 전면전쟁이었다.

그래서 필자는 폐쇄된 시대의 '국민적 인기'를 가진 역사의 두려움을 통감하는 것이다. 동시에 고이즈미의 인기는 역으로 자민당의 실질적 지지율을 보면 알 수 있다. 결국 부지지율이 90%에 가까운 자민당이라는 정권정당이 지지율 90%에 가까운 고이즈미에 의해 불안정한 걸음을 걷고 있는 상태라고 생각된다.

그럼 그와 같은 고이즈미 정권에 과해진 역할은 어디에 있는지에 대해 적어본다. 자민당 내에서 기반이 약한 고이즈미는 우정사업의 민영화는 당면의 현실성이 약하며 그것은 고이즈미의 독자성을 강조하기 위한 위세에 불과하다. 그런 입장에 있는 고이즈미 수상은 앞에서 술한 대로 나카소네 정권과 같이 단숨에 군사시프트를 깔아 자민당 내의 지지획득에 나서고 있다.

다른 표현을 쓰면 그런 고이즈미이기 때문에 자민당이나 그 주변이 실현하고 싶은 현안을 말하게 하고, 실현하게 할 수 있다고 읽은 것이다. 나카소네가 그만큼 정권기반이 약하다는 말을 들으면서 5년간의 장기정권이었던 것처럼 자민당 내의 지반침하 속에서는 오히려 나카소네나 고이즈미라는 정치가가 쓰기 쉬운 인물이다.

### 왜 공식참배에 구애하는가

중국이나 한국을 비롯한 아시아 국가들 거기에다 미국조차도 공식참배의 중지요청이나 걱정표명이 반복되고 있는데도 불구하고 마치 듣지 않으려는 자세를 일관해서 버리지 않으려는 이유는 어디에 있는 것일까.

그 문제를 천황제 이데올로기의 원천지이며 정치적으로는 국민국가화에 박차를 가하는 절호의 장치로써 야스쿠니 신사에 걸음을 옮기는 행위를 통해서 국민의식의 일원화를 목표로 하고 있다. 그렇게 함으로써 21세기의 일본의 확고한 역사적 문화적인 위치를 확보해 가려는 것이다.

필자는 내셔널리즘을 완전히 부정하려는 것이 아니지만, 적어도 여기에서 재형성하려는 내셔널리즘은 일본을 폐쇄상황으로 몰고가 시민의식의 발전과 형성을 저지하는 것밖에 아니다.

나아가 지금 일본은 다시 한번 지난날의 군사대국으로의 길을 선택하려고 하는 것과의 관계이다. 결국 전전의 일본은 아시아에서 패권을 장악해 최종적으로는 대동아공영권을 건설해서 일본이 그 맹주에 서려고 침략전쟁이나 식민지지배를 행한 것이다. 전후 미국과의 군사동맹을 배경으로 또다시 아시아의 군사대국으로서 아시아에서 패권을 장악하려 하고 있다.

거기에는 대두가 현저한 중국과의 관계가 있다. 결국 미국은 아시아에서 사회주의국가 중국이 아시아의 대국으로서 미국의 아시아 진출을 저지하는 능력을 가지기 전에 일본과 공동으로 대 중국포위망을 구축하려고 하는 것이다. 그 점에서 일본의 미국과의 공동관계는 일본의 국가전략에 합치하는 것이다.

미일 안보에 의해 창출된 미일동맹은 오늘날 대 중국 군사동맹으로서의 역할을 담당하기 시작했다. 거기에 한국을 넣으려고 하고 있다. 그런 의미에서 말하면 한미일 3국동맹은 필연적으로 대 중국 포위전략으로 실행하게 된다. 현재 강행되려는 미군재편(GPR)도 그 문맥에서 이해해야 할 것이다.

21세기 아시아에서는 중국을 필두로 대국이 차차로 등장해

온다. 거기에서 아시아의 리더를 둘러싼 경쟁이 작열하는 시점에서 일본이 중국 등의 경쟁자를 뿌리치고 리더로서의 위치에 서려고 할 경우, 필요한 것은 지난날의 아시아태평양전쟁은 결코 침략전쟁이 아니라 아시아 해방전쟁이었다고 일본의 공헌을 역사적으로 평가시키려는 전략이다.

왜냐하면 침략전쟁인 점을 인정해버리면 현재 일본 지배층이 구상하는 제2의 대동아공영권 구상은 꺾이기 때문이다. 더구나 노골적인 형태로 대동아공영권 구상과 같은 이름을 가지고 구상하는 것은 아니지만 일본의 역사적 공헌을 평가시키기 위해서는 아시아 해방전쟁론을 국내외에 철저히 보급할 필요가 있다.

거기에서 침략전쟁의 실태를 은폐하기 위한 장치로써 야스쿠니 신사의 역할은 크며, 도조히데키 등의 침략전쟁의 담당자들을 합사해 영령화하고 있는 야스쿠니 신사에 참배하는 것은 동시에 아시아해방전쟁론에 대한 인지를 현국가가 전력으로 밀고 나가려는 결의표명에 지나지 않는다.

아시아 해방전쟁론이 전후 일본의 걸음 속에서 제삼에 걸쳐 제기돼 온 경위는 일본국내에서 주지의 사실이다. 또 새로운 역사교과서를 만드는 모임이 편집한 역사교과서도 침략전쟁을 단호히 부정하는 것으로 아시아의 주도 국가 일본의 탄생을 측면에서 전면 지원하는 목적을 가지고 있다. 그것은 또 헌법개악에도 연동해 있다.

결국 어떻게 읽어도 지난 전쟁을 침략전쟁이라는 역사인식을 가진 일본국 헌법을 없애기 위해서는 그 헌법의 역사인식을 부정하지 않으면 안 되며 그래서 만드는 회의 역사교과서는 침략전쟁 부정에 분투하고 있는 것이다.

그런 의미에서 야스쿠니 신사 공식참배 기간의 교과서문제나 헌법개악의 움직임 등 전체가 하나로 된 외교인 점을 강조해 두고 싶다.

여기까지 말하면 아마 중국이나 한국·북한을 화내게 만들면서까지 참배를 강행한다면 아시아의 리더의 자격을 의심받을 뿐만 아니라 그것은 서투른 선택이 아니었는가라고 생각하는 사람도 많을 것이다. 다음은 그 점에 대해 적어본다.

지금 일본의 지배층에는 예를 들어 중국에 대해 지금까지 없었던 강한 태도가 선명하고, 지적할 것도 없이 그 배경에는 미일 군사동맹 하에서 양국에 합의된 가상적국으로서의 중국을 대상으로 하는 정면전략으로 내딛는 문제가 있다.

미소 냉전구조 붕괴 후 특히 군사영역에서는 말하자면 중미 냉전구조의 형성이 미일의 일방적인 전략으로서 성립하려고 한다. 그 때문에 국내적 조치의 문제로 돼 있지만 유사법제정비와 집단적자위권의 문제가 있다.

결국 일본에 있어 중국은 경제적으로 너무나 탐이 나는 존재인 것은 변함이 없으며 현재도 중일합병사업 등 화려한 전개가 이루어지고 있다. 그러나 동시에 군사적으로 중국을 포위하고 경우에 따라서는 미일공동으로 공갈도 하면서 새로운 침략국가 일본으로의 내실을 강하게 하려고 하는 것이다. 그렇게 하는 것밖에 일본자본주의는 살아남기 힘든 곳까지 몰려와 있는 현실을 지적하지 않으면 안될 것이다.

### 천황제 이데올로기와 야스쿠니

야스쿠니 신사가 대체 어떤 곳인지 어떤 역사경위를 가지고 정치장치로써 기능해왔는지는 이미 반복할 필요도 없지만 시간이 없기에 간단히 정리해 둔다.

야스쿠니 신사는 전전과 전후 등질화된 국민의식의 발양의 장으로 극히 중요한 정치장치로써 기능해온 것은 분명한 사실이다. 패전에 의해 한번은 무너질 뻔했던 천황제 이데올로기에 의해 규정된 국민의식을 재생시키는 절호의 공간으로 야스쿠니 신사가 있는 것은 지금까지 거듭 반복한 대로이다.

그 국민의식이 공식참배라는 명실공히 국가행사에 의해 정당화되려고 하며 그 결과 새로운 국민의식이 국가에 의해 관리 통제되는 행위가 고이즈미 수상과 그 주변에 의해 기획되고 있었다.

지금 왜 그와 같은 행위가 진행되고 있는가하면 필자는 우선 두 가지를 지적할 수 있다.

제 1에는 전후판 전쟁국가 일본에 적합한 새로운 국민국가의 형성과 무너져가는 천황제 국민국가의 보강책으로써 일본인의 일체감을 공유하는 장의 확정이라는 지배층의 계산이 있는 것이다.

제 2에는 미일 군사체제의 구축과정과 현실에 유사(=전쟁)에 가담하는 일본자위대 및 주변사태법 제 9조, 나아가 신유사법제에 의해 동원되는 민간인의 희생(=전사자)의 상정과 그 대응책의 일환으로 장래의 전사의 국가관리와 보상 시스템에 대한 준비가 예정돼 있다고 생각된다.

국가의 이름으로 '기원한다'는 것은 '국가사(死)'의 숭고함을 재확인하려고 나카소네는 아니지만 '나라를 위해 죽는다'는 국민의 창출을 준비하려는 것이다.

우리들은 전후 그와 같은 의미에서 국가사의 부당성이나 위험, 고통을 자각하는 것을 통하여 침략전쟁의 가해자가 되는 것을 거부하는 평화논리를 획득하고 그 행위를 통해서 아시아나 세계에 열린 보편적인 공생사상을 튼튼히 했어야 했다. 그래서 국가나 신사의 이기적인 '신앙의 자유'라는 형편주의적인 논리를 인정할 수는 없는 것이다.

특히 이 점에 대해 적어본다. 고이즈미 수상의 야스쿠니 신사 공식참배에 반대하는 정당 중에서 야스쿠니 문제에 관련해서 왜 '국립전몰자 기원'이 제기되고 있는지가 문제이다. 반복되지만 필자는 거기에서 야스쿠니와 본질적으로 변하지 않는 '국가사'를 기본적으로는 배양하는 사상이 숨을 쉬는 태세를 취하고 있다.

필자는 그와 관련해서 중국의 제삼에 걸친 공식참배중지요청에 완강히 수긍하지 않는 이유가 숨어있다고 생각한다.

일본은 스스로도 중무장을 하고 있지만, 동시에 미국의 군사력을 빌려 강행태세를 채용한다면 진정 슬픈 태도라고 할 수 있다. 문제는 그와 같은 어이없는 상태에 의해 일본을 여전히 지난 침략전쟁에 정면에서 마주하는 자세를 취하지 않고 그것을 은폐하는 작업을 하고 있다고 생각된다.

정치장치에 의해 사후에 국가의 논리에 수검되는 '국가사'를 인정해버리는 것은 개인의 자유나 평등에 대해 부당한 개입이다. 어떤 의례를 갖춘다고 해도 그것은 용서받을 수 없다. 우리 개인의 죽음은 항상 개인 및 그 가족의 죽음이며 그것은 정신과 사상의 문제이다. 그것을 '전몰자'(=국가에 의한 강제적 죽음)라는 이름을 통해서 '국가사'로 바꾸는 것이 문제인 것이다. 거기에서 필요한 것은 '전몰자 위령'의 발상에 잠재하는 국가에 의한 '개인사'에 대한 관리・통제・동원의 논리를 해체하는 것이라고 생각한다. 국가・정부는 대체 누구를 '국가사'로서 재확정하려는 것일까.

거기에는 '전몰자'라는 가치중립적인 파악의 문제성도 지적해두지 않으면 안되지만, 그 말이 독립・건국이나 발전의 표현으로서 권력의 정당성을 확보하는 수단으로 쓰는 정치조작으로 기능해 온 것과 또 상부로부터의 내셔널리즘 배양기능만이 아니라 국가에 의해 분식된 '죽음'을 매개로 하부로부터의 내셔널리즘조차도 환기하는 말로 반복 사용돼온 것에 주의할 필요가 있다.

유족의 슬픔을 치유하는 시도로써 '전몰자 추도'가 실행되고 있지만, 이거야말로 '침략국가' 또는 '전쟁국가' 일본의 부의 역사를 은폐하는 의식으로 전후 일관해서 기능해 왔다는 점을 다시 한번 생각해야 할 것이다.

우리들 자신이 우리들의 가족이나 죽음까지도 국가에 의해 자의적으로 정해지고 우리들이 전혀 원하지 않는 방향으로 국가관리가 강행되는 것은 용서되지 않는다. 그러한 부당성을 전혀 무시하는 국가가 어느 정도 위험한지 반복해서 파악하는 작업을 할 필요가 있다. 그렇게 하는 것이 일본이 전쟁국가로 나가는 길을 막는데 중요한 과제라고 생각한다.

## 2 '국민보호'라는 이름의 국민동원

### '국민보호법'의 정체는 무엇인가

유사법제관련 3법 중에서 법정비의 일정이 정해진 국민보호법을 검토해 보자. 거기에는 유사법제에 대한 국민의 비판을 줄이려는 의도와 함께 실질적으로는 유사시의 국민동원과 통제의 처방전이 써있다. 또 그것은 오늘날 진행 중인 군사국가 일본으로의 전체 마무리의 뜻이 담겨 있다.

2002년 4월 16일, 국회에 상정된 동법에 대한 국민의 불안을 불식시키는 것과 동시에 국민생활이나 자치체의 권한에 대한 영역까지 들어간 또 다른 유사법제로서 등장해 왔다. 그건 이름이 나타내는 것처럼 결코 국민보호를 목적으로 하는 것이 아니었다.

종래 방위청도 그 외에의 여러 관청도 직접적인 연관을 경원해 왔던, 문자 그대로 국민의 인권을 제한하거나 정지하는 내용을 가진 것이다. 결국 '국민보호법제'란 유사법제의 최종적 현안을 한꺼번에 해결하려는 것이었다.

정부와 방위청은 국민들에게 국민보호법제를 제시함으로써 국민들에게 유사법제를 발동 가능한 법률로 철저히 주지시키기 위해서 미국의 이라크 침공 작전후의 북한에 대한 봉쇄작전에도 적용시키기 위해 유사관련3법을 조기에 성립시키려는 계산이 들어 있었다. 그래서 국민보호법의 제정은 차기 최대목표로 정해지게 된 것이다.

국민보호법제는 유사관련 3법이 최초에 제출된 시점에서 무력공격사태법에서 제 23조(사태 대처법제의 정비), 제 24조(그 밖의 긴급사태 대처를 위한 조치)의 각 조항에서 무력공격대처를 목적으로 '국민의 생활안정'에 관한 법제를 법률 시행 후 2년 이내에 정비한다고 돼 있다.

이러한 당초의 정비계획에 대해 2년 이내라는 형태로 미룬 것은 국민의 생명・재산・인권을 현저히 제한하거나 정지시키는 내용이었기 때문이다. '국민보호법제'는 정부・방위청에 있어서 양쪽 날을 가진 검이다. 결국 무력공격사태법안이 유사법제인 한 유사시(=전시)의 대처로써 국민생활의 희생을 강요할 수밖에 없으며, 한편으로는 이를 전면에 냄으로써 국민의 반발이나 불안을 초래할 것이 예상됐기 때문이다. 그래서 애초에 관련 법안을 성립시키고 그 조문항 속에서 '국민보호법제'의 정비를 넣는 일시적인 단계를 밟은 것이다.

그런데 유사관련 3법이 국회에 상정된 이후, '국민보호법제'를 미루는 유사관련 3법에 대한 비판이 정부내외로부터 나오게 된다. 거기에는 크게 나누어 2개의 비판론이 혼재하고 있다고 생각된다.

그 중의 하나는 유사관련 3법의 중핵을 이루는 무력공격사태법이 실효성이 있는 명실공히 군사법인 한 군사방위를 보완하는 의미에서의 '국민보호'론의 환기와 실태화가 불가결한데도 불구하고 이를 미룬 것은 군사법으로서의 완결성을 훼손하는 것이 아닌가라는 것이다.

2번째는 동법을 원활히 성립시키기 위해서도 무력공격사태의 발생을 상정해 유사시의 '국민보호'를 위한 조치를 사전에 철저히 주지시키는 것이 긴요한데도 그 방침을 사실상 방치해 두는 것은 문제가 있는 것이 아닌가라는 것이다.

말할 필요도 없이 이 견해들은 유사관련법의 조기성립을 책정하는 사람들에 의해 거듭 발언돼 왔다. 정부는 이와 같은 견해를 배경으로 하여 이라크 침공이 개시된 현재와 앞으로 예측되는 북한문제에 대응하면서 앞에서 서술한 것처럼 국민보호법제의 문제를 강조하게 된 것이다.

**사회의 군사화를 초래한다**

그럼 국민보호법에는 대체 무엇이 써있는가.

먼저 서두에서 그것이 '현 단계에서의 국민보호를 위한 법제의 윤곽을 나타낸 것이다'라고 한 후에 그 목적을 "목적①국가, 지방공공단체와 그 외 기관의 상호협력 ②국가전체로서 완전한 태세를 정비 ③국가, 지방공공단체의 책임 소재와 권한을 명확화"시킨다.

다시 말해, 무력공격사태(=전시)에서 '국민보호'를 목적으로 국가와 지방자체단체 및 자체단체 주민과의 연계를 튼튼히 하여 무력공격사태에 대응해 가려는 것이다. 당연히 거기에는 유사(=전시상황) 속에서 국민보호를 관철하려고 한다면 평상시에 보장된 국민의 인권이나 재산권의 제약이나 일시정지는 필연적이라는 생각이 들어 있다.

보다 구체적으로 보면 정부가 공표한 국민보호법의 개요는 다음과 같다.

즉, ①총칙(국가, 자치체, 지정공공기관의 역할규정 등) ②피난조치(경보의 발령, 피난 지시・유도) ③피해 최소조치(교통수단・중요통신 확보, 생활관련 중요시설의 안전확보, 부상자의 긴급반송 및 의료, 생활필수물자의 확보, 사설주택의 설치 등) ④복구조치(학교, 병원 등의 생활관련시설, 도로, 항만, 철도 등의 복구)의 4항목으로 구성돼 있다.

말하자면 이는 곧 전쟁피해에 대한 대응조치로 국가의 통제・지도에 의해 완전을 기하려는 내용이다.

다시 말해, '국민보호법제'에 밑바탕에 흐르는 것은 일련의 유사법제정비 연구에서 제 3분류(소속관청이 명확하지 않은 법령)의 영역에 들어가는 것으로 반복 검토돼 온 '민간방위' 그 자체이다.

결국 전쟁피해라는 무력공격사태에 불가피한 사태의 대응은 원칙적으로 국가의 통제・지도하에서 지역주민이 주체적으로 담당해야 할 과제이며, 국가는 국가자체의 안전을 도모하기 위한 자위력(군사력)을 발동하는 책임을 가진다는 역할분담론이 존재하는 것이다.

정부・방위청이 이 '민간방위'에 관해 '유사시 자위대는 국민을 도울 수 없다. 자위대는 적과 싸우는 것에 전념해야 하며, 재해시처럼 주민을 구조할 여유는 없다. 자위대가 없으면 피해가 확대되며 그 틈을 메우는 것이 민간방위이다'(『동경신문』 2002년

6월 6일)라고 어떤 의미에서는 명쾌한 주장을 하고 있다.

결국 '민간방위'란 자위대의 군사행동을 보완하는 민간인에 의한 군사지원 행동을 말한 것이다. 또 '민간방위'는 정부·방위청에 있어 유사법제 정비의 중요하고 미묘한 과제로써 정해져 있다.

조금 거슬러 올라가면 1968년 3월 25일 소네하라 방위청장관(당시)이 중의원의 예산위원회에서 '민간방위'의 필요론을 공언한 이래, 정부 자민당과 방위청은 일련의 유사법제 연구에서 '민간방위'의 실시를 향해 여러가지 포석을 쳐왔다.

사실, 1998년도의 '방위백서'에는 '민간방위의 노력은 국민의 강한 방위의사의 표명이기도 하며 침략방지에 연결되어 나라의 안전확보에 중요한 의의를 가진다'(172항)라고 돼 있는데, 이시바(石破) 발언도 『방위백서』의 문언도 이러한 흐름을 따르는 것이다. 그러나 그 어느 쪽도 '민간방위'에 대해 아주 자의적인 해석이 의도적으로 행해졌다는 것을 지적해 두지 않으면 안 된다.

'민간방위'란 본래 "적대행위 또는 재해의 위기에서 일반시민을 보호하고 일반주민이 적대행위 및 재해의 직접적 영향으로부터 회복하는 것을 도우며, 또 생존을 위해 필요한 조건을 제공할 것을 의도한 하기의 인도적 임무의 일부 또는 전부를 수행하는 것을 말한다."(제네바조약에 관한 추가 의정서의 제 1의정서 '제 6장 민간방위')는 것이다. 결국 '민간방위'란 이시바 씨가 말하는 것처럼 자위대 군사력의 보완 또는 대체기능을 구하는 것이 아니라 어디까지나 시민보호와 안전확보를 확고히 하기 위한 하나의 수단으로 구성된 것이다.

그러나 '민간방위'의 이미지는 소방단이지만 군사적인 재해에도 대응하는 점이 본래적인 의미에서의 민간방위와는 근본적인 차이가 있다. 일본정부가 의도하는 민간방위의 목적에는 군사적인 위기에 대한 의식을 평시부터 심어두면 전쟁에 대한 동의을 쉽게 얻을 수 있다는 기본의식이 존재하는 것이다.

본래적인 의미에서의 '민간방위'란 『방위백서』에 기록된 것처럼 '국민의 강한 방위의사의 표명'이나 '침략 저지에 이어져 국가의 안전확보'를 목적으로 하는 것은 결코 아니다. 여기에서 일본국 헌법의 제 9조를 인용할 것도 없이 교전권의 포기나 전력 불보유를 명언한 규정에서 본다면 군사적 수단과 행사 및 이를 시민 레벨에서 실행시키려는 방위청이나 아시바가 말하는 '민간방위'는 분명히 헌법에 위반된다.

### 국민보호법제의 기점과 본질

국민보호법제 구상은 지금 당돌히 등장해온 것이 아니다. 그것은 전후 유사법제 연구가 개시된 시점에서 극히 중요한 목표로 설정돼왔다.

이를테면 획기적인 유사법제 연구로 「1963(쇼와38)년도 통합

방위 도상(圖上) 연구」(통칭, 미츠야(三矢) 연구)의 「비상사태 조치 제법령 연구」에서는 (1)국가총동원 대책의 확립, (2)정부기관의 임전화, (3)전력증강의 달성, (4)인적·물적 동원과 병렬해서, (5)관민에 의한 국내방위태세의 확립이야말로 국민보호법제의 최종목표인 것이다.

「비상사태 조치 제법령 연구」는 '전시 국가체제의 확립'의 요건으로서 국가 비상사태의 선언, 비상행정특별법의 제정, 계엄·최고 방위 유지기강이나 특별정보청의 설치, 비상사태행정 간소화의 실시, 임시특별회계의 계상 등을 들고 있다. 나아가 「국내치안유지」로써 국가공안의 유지, 스트라이크의 제한, 국방비밀보호법이나 군기보호법의 제정, 방위청 사법제도(군법회의)의 설치, 특별형별(군형법)의 설정이 검토됐다.

또 동원체제로써 일반 노무징용이나 방위징집·강제복역의 실시, 방위산업의 육성강화, 국민 의식주의 통제, 생활필수품 자급체제의 확립, 비상물자 수용법(징발)의 제정, 강제소개의 실행, 전재(戰災)대책의 실시, 민간방공이나 향토방위대·공습방위 조직의 설립이 명기돼 있었다.

이러한 내용의 「비상사태 조치 제법령 연구」는 그 이후 많은 유사법제 안을 낳아가게 된다. 예를 들면, 1963년 10월 항공막료감부 총무과 법규반이 작성한 '임시 국방기본법(사안)'에는 '제5장 국가 비상사태의 특별조치'의 장이 설치돼 있고 '(내각 총리대신은) 긴급히 설치하지 않으면 해당사태에 대처하지 못한다고 객관적으로 인정될 경우는 각의에 청한 다음 전국 또는 일부의 지역에 관해 국가 비상사태의 포고를 발할 수 있다.'(제50조)고 돼 있다.

또 내각 총리대신(내각행정권)에게 국가 비상사태에서 지휘권을 부여하고 일단 국가 비상사태를 총리대신이 포고를 발한 경우에는 지방자치체의 업무를 통제(제 53조)하고 기존의 모든 법률을 능가하는 것이 가능(제 54조)하다고 된 것이다. 거기에다 국민을 자위대 또는 향토방위대가 행하는 방위활동에 대한 강제종사 명령권(제 55조)을 가지고 국가 비상사태의 선언하에서 노동자의 스트라이크권 등 노동자의 고유의 권리를 박탈하는 권한(제 58조)을 병행한다고 돼 있다.

### '민간방위'라는 이름의 국민동원 구상

보다 구체적인 내용을 조목별로 나타내면 다음과 같다.

①중앙에 국방성·국방회의를 설치해서 국방계획을 비롯한 중추업무를 담당시키고 지방행정의 통합강화를 도모하기 위해 총리부에 지방행정 본부를 설치한다.

②국방성의 외국(外局)으로서 '향토방위대'를 두고 도도부현(都道府縣)에 제각기 '향토방위대'를 두고 '육상자위대의 방면총감(자위대의 고급 사령관의 명칭)의 명령'하에 필요한 경우에는 무기

를 사용하게 한다.

③국방상의 조치로는 '국민의 방위의식의 고양'에 애쓰는 외에도 '국방상의 비밀보호'에 관한 필요한 조치, 국방훈련이나 물자의 비축 등을 행하게 한다.

④내각총리대신은 '국가 비상사태의 포고'를 하는 권한을 가지며 긴급사태하에서 필요한 범위 내에서 국가 및 지방 공공단체의 기관이 행하는 업무를 통제할 수 있다.

또 비상사태 포고의 경우에는 아무도 '조언비어(造言飛語)'를 말해서는 안 되며, 공익 사업종사자는 스트라이크나 사보타쥬 등의 행위를 해서는 안 되며, 나아가 '공공의 질서를 깨는 자' 등은 '일정기간 구금'되게 된다는 내용이었다.

여기까지 오면 비상사태에 대한 과도적 조치로써 일시적 기본적 인권의 제약이라는 레벨을 넘어 비상사태를 구실로 공갈에 의한 민중의 군사적 통합과 억압의 법으로 유사법제의 정비가 구상된 것을 이해할 수 있다.

향토방위대 설치구상은 지난 오키나와 전에서 군인・군속으로 소집되지 않았던 대부분의 오키나와의 사람들을 방위대로 군사조직화하여 정규군의 보완부대로써 전선에 내보냈던 역사를 상기시키는 내용을 포함하는 것이었다.

다시 말하면 일련의 민간방위론은 국민보호의 이름에 의한 국익 제일주의며, 또 국가가 국가의 보호자인 것을 무조건 밀어붙이려는 것이었다. 거기에는 개인의 인권에 관한 문제가 실질적으로 보류된 채 국가의 위기를 전체화함으로써 국가 이익을 군사력에 의해 보증해 가려는 군사의존주의가 노골적으로 드러난 것이라고 봐야 할 것이다. 또 대규모의 자연재해에 대한 볼란티어의 자발적 및 민주적인 움직임을 국가나 행정이 서포트하는 발상은 전혀 보이지 않는다.

자연재해에도 국가에 의한 강한 관리통제가 강행되는 것처럼 정부가 말하는 비상사태에도 국민의 목소리나 시민사회의 논리를 완전부정한 다음에 대응조치가 행해진다는 점에서 그것은 비군사적인 문제에 대한 대처에도 군사적인 대응을 안이하게 선택해버릴 가능성을 만드는 것이다.

미국에 의한 부당한 이라크 침공에 나타나는 것처럼 군사주의로의 편중이 현저화되고 있는 오늘날의 상황을 생각하면 이러한 시점에서 국민보호법 비판의 논진을 앞으로 한층 강하게 하지 않으면 안 된다.

## 3 전후 군사법제의 궤적을 쫓는다

### 왜 국가긴급권에 구애하는가

국가가 긴급사태(비상사태)에 처하는 경우를 상정하여 평시부터 헌법에 긴급 사태로의 대처법을 넣는 것은 근대국가의 상식으로 돼왔다. 그러나 일본국 헌법(이후 현행헌법)은 국가 긴급권에 관한 규정을 일체 가지지 않는다. 특히 일본국 헌법 제 9조의 조문규정은 긴급사태 대처의 실행주체로 돼온 군대나 군사기강의 존재를 완전부정한 것이다.

전전기 일본은 계엄대권(대일본제국 헌법 14조)나 비상대권(동 제 31조) 등, 실로 다양한 국가긴급권을 제도화하고 그 법제를 중층적으로 실시한 문자 그대로 고도의 긴급권 국가였다. 입법권보다 행정권 또는 군사권을 우위로 하는 고도행정국가였던 전전기 일본국가가 국내에서는 철저한 치안탄압 체제를 깔고 국외를 향해서는 끊임없는 침략전쟁을 반복한 것은 필연적인 결과였다.

이러한 역사사실의 반성에서 현행헌법의 국가 긴급권이 일체 삭제된 것이며 국가긴급권의 부재성이야말로 현행헌법의 결정적인 특징이며 평화헌법이라고 불리는 이유가 여기에 있다.

오늘날 유사법제로 일괄되는 국가긴급권의 발동으로 긴급사태법(비상사태법)은 국가나 국민에 대한 위기대처를 구실로 실제로는 민주주의를 위로부터 파괴하는 역할을 해왔다. 시민사회의 발전을 억제하는 기능을 발휘해 온 역사사실을 되돌아보면 반복돼온 논의지만 권리와 자유의 대립축을 일관적으로 형성해온 병폐를 우선 확인해 둘 필요가 있다. 요약하면 권리와 자유의 갈등 사이에서 국가긴급권 즉 오늘날 말하는 유사법제의 문제가

가로막혀 있으며 단순한 국가와 국민의 준비 문제로 바꿔서는 안된다.

유사법제 문제에는 이와 같은 문제가 내재하기 때문에 국가긴급권 규정부재의 현행헌법이 제정공포된 이래, 실로 중요한 헌법문제로서도 유사법제 논의가 지속적으로 이어져 온 것이다. 현행헌법이 긴급권 규정을 결여한 결과 근대헌법으로서는 결함헌법 또는 미완성의 헌법이라는 논의가 있다.

**최대의 유사법제로서의 미일 안보조약**

물론 일련의 유사법제 논의의 배경의 다른 요소의 하나인 미일 안보조약을 매개로 하는 대미관계 또는 미국의 아시아 군사전략과의 관련을 지적해야 할 것이다. 실은 이 미일 안보 자체가 최대의 유사법제로서 자리잡고 있으며 그 점에서 현행헌법 제정 4년후인 1951년 6월, 현행헌법 체제에는 조문 외에 유사법제가 들어가게 된 것을 잊어서는 안 된다.

결국 미일 안보조약이라는 이름하에 오늘날 최대의 유사법제를 포구로 한층 더 신종의 유사법제를 현행의 헌법체계에 넣으려고 그에 적극적으로 편승하면서 다시 위기대처의 실행주체로서의 지위획득에 나가려는 방위청이나 그 외곽단체의 일련의 움직임이 시종일관 유사법제 논의와 유사법제 연구를 리드해 온 것은 말할 것도 없다.

그 점에서 결론을 먼저 내린다면 지금 유사법제의 이름으로 국가 긴급권 문제에 정부・방위청이 계속해서 관련하는 것은, 제 1에 긴급권 규정의 부재를 하나의 돌파구로 헌법개정의 움직임을 가속하는 것, 제 2에 미국의 군사적 요청에 응하기 위해 대미지원법으로 유사법제를 정비하고 동시에 자위대의 역할기대를 높이고 군사국가 일본의 내실을 준비하게 된 것이다.

거기에는 시민주체의 안전보장체제의 확립이나 시민참가형의 위기대처의 발상이 말이상의 것은 보이지 않고 긴급권의 발동에 의해 불가피한 시민의 인권 침해나 자유의 구속에 관한 무관심이 나타나 있다.

따라서 전후 일본의 유사법제 논의는 일관해서 현행헌법과의 알력속에서 그 구체화가 진행돼온 것이다. 그 점에서 유사법제 연구의 추진은 동시에 현행헌법의 공동화를 의미한다. 그래서 국가긴급사태법(=유사법제)이 근대 민주국가의 운영에 의해 어떠한 합리성을 가지는가라는 냉정하고 객관적인 평가나 검토는 충분하지 않았던 것이다.

그래서 본론에서는 이상의 유의점을 염두에 두고 일본의 재군비를 같은 시기에 개시된 유사법제 논의를 뒷바침하게 된다. 유사법제의 경우는 경찰법(1954년 6월 공포)이나 재해대책기본법(1961년 11월 공포), 또는 대규모 지진 대책조치법(1978년 6월 공포) 등 이미 시행법으로 존재하는 국가긴급권과는 다른, 구체적으로 말하면 군대(자위대)의 사용을 전제로 하는 긴급권체제를 나타내고 있다.

따라서 유사법제론의 경우는 오로지 긴급사태시에 군사력의 투입이 불가피하다는 유사법제정 운동이다. 또 그것은 현행헌법에서의 긴급권의 부재성에 대한 의의를 제기하는 것과 동시에 헌법개정 운동과 표리일체의 관계를 가지는 것이다. 환언하면 유사법제 제정운동이란 또 다른 헌법개정 운동인 것이다.

### 미야(三矢) 연구 이전의 유사법제 논의

자위대법 및 방위청 설치법의 제정시에 보안청의 제 1막료간부가 보안청 장관에게 제출한 '보안청 법개정 의견요강'(1953년)이라는 문서가 유사법제 논의의 효시라고 할 수 있다. 동문서 '5 행동 및 권한 C 방위출동준비'에서는 '(1)외적 침략이 병력의 집중, 또는 근린제국으로의 침략 등에 의해 명백히 드러나고 그럴 위험성이 극히 클 때 미리 자위대를 침략예상지에 집중시키거나 또는 연안배치를 시키는 등 응급처지를 할 필요가 있으므로 방위출동을 명령할 수 있도록 한다'고 제언하고 있다.

이 경우 방위출동은 긴급성 · 신속성의 성질에서 국회에서의 사후승인을 구하는 것이었다. 그리고 최종적으로는 이들의 방위출동태세나 부대의 대부대의 집중 · 전개, 진지구축 등이 신속히 실행되기 때문에 '비상긴급입법'의 국회에서의 의결이 필요하다.

사실 동요강에는 '비상긴급입법'을 따로 정할 것과 출동할 경우 필요한 비상계엄, 비상 징발법 또는 그 밖의 국내법의 적용 제외, 특별 또는 특별법에 관해서는 비상긴급입법으로서 따로 정할 것' 등 이미 긴급권의 법제화를 주장하고 있었다.

이 요강에 대해 보안청 내국은 그 취지에 대한 이해는 보였지만, 사실상 제 1막료부의 유사법제 책정구상에 동의하지 않음을 나타낸다.

여기에서는 제복조의 요청으로 제기된 유사법에 관해, 양복조인 내국이 현실문제로써 유사법을 제정할 만큼의 절박감=긴급성을 나타낼 수밖에 없는 상황하에서 정치적 판단으로 비합리적인 인식을 보이는 것이다.

그러나 이 논리는 절박감이 존재하는 경우, 유사법의 시행이 필요하다는 판단을 나타낸 것이다. 실제로 내국도 상황적 이유에서 시기상조일 뿐만 아니라 '국회에 제안할 수 있도록 준비'해 둘 필요성을 인정하고 있었다. 자위대 창설에 앞서 제복조 주도의 유사법제 논의가 내부에서 시작되고 있었다.

자위대 창설과 방위청 설치에 의해 군사기강의 정비가 본격화되면서 유사법제 연구가 방위청을 중심으로 활발해져 간다. 그 대표적 사례가 육막감리부 법규반이 작성한 「구국방법령의 검토, 그 기본법령」(1954년 11월), 법규반장 사안 「장기 및 중기 견적의 법령의 연구」(1957년 7월), 방위연수소 「열국헌법과 군사조항 제군기강의 형태」(1956년), 육상자위대 간부학교 「인사막료업무의 해설」(1957년 1월)이다.

이 중에서 특히 주목되는 것이 방위청의 위탁을 받아 오니시(大西당시 와세다 대학교수)가 집필한 「열국 헌법과 군사조항」이다. 그것은 주로 행정형 긴급권으로 계엄제도에 관해 상세히 논하고 내각이 계엄선언이 가능한 긴급권의 규정을 설명하고 계엄령에 의해 비상사태의 극복이 제언됐다. 더구나 "계엄은 전시 또는 이에 준하는 내란시에 선고할 뿐만 아니라 공공의 안녕 및 질서를 유지하는 데 필요한 경제적 비상시, 전염병의 대유행시 그 외 지진, 대풍수해 등의 대재해시에도 계엄을 선고할 여유를 남겨두는 것이 최근 세계의 경향이므로 우리나라에도 이 경향에 따르는 것이 바람직하다."(동서, 9항)고 논하고 있다.

다시 말해서 여기에는 자연적이고 민사적인 위협을 구실로 계엄규정의 필요성을 제언한다는 그 이후 유사법제 논의의 설명을 하고 있다. 자연·민사와 군사의 선긋기를 애매하게 하여 사실상 이를 같은 차원에서 일괄하려는 변증법 기원이 여기에 나타난다고 할 수 있다. 군사목적을 민사목적으로 넣어버리는 수법이 정착하게 된 것이다.

또 육상자위대 간부학교 작성에 의한 「인사막료 업무의 해설」(1957년 1월)은 유사시 대주민대책의 기본방침을 명확히 하고 있다. 「제 11장 보외업무」에서 '보외업무란 육상자위대가 지방

관민에 대해 행하는 업무'로 '구군의 계엄에 준한다'고 한다. 「4 보외의 주안」이라는 항목에서는 'a 지방기관 및 주민을 비밀리에 작전에 협력시킨다. b 지방의 제반 기관 및 주민에게 작전을 방해받지 않는다. c 작전상 허락하는 한 주민을 보호한다'고 돼 있으며 국내에서는 「보외업무」규정에서 실질적인 계엄령을 깔아 포함지역의 계엄에서 자유로운 작전수행의 전개를 확보하려는 순군사적인 욕구가 이미 존재하고 있었던 것이다.

### 유사법제의 원형

이 외에도 방위청 연구소가 작성한 「자위대와 기본적 법이론」(1958년 2월)이 헌법개정을 전제로 국가총동원의 전면적 도입을 제기하고 있다. 동문서는 보안청법의 개정이 검토됐을 때 자위대의 방위출동임무가 부여된 것과 관련해 방위출동 상황이 '유사'를 상정한 것으로부터 필연적으로 비상사태법의 책정이 화제가 된 경위가 있었다.

이 책에서는 「제 12장 방위의 조직 및 기본적 운영에 관한 법령의 정비 제 2계엄」의 항을 설치해 "신계엄법에서는 그 명령권자를 어디에 둘 지(내각총리가 국회의 승인을 얻어 발령하는 것을 원칙으로 하며 국회승인을 얻는 것을 조건으로 하는 것이 적당할 것이다) 또 그 지방의 최고권한을 지방총감에 둘 지, 계엄사령관에 둘 지(총력전의 현대적 경향은 완전한 군정을 펴는 것보다 민정을 주로 군이 이에 협력하는 것이 바람직할 것이다), 경찰 및 소방기관과의 협력 및 지휘관계(계엄사령관의 배치하에 두는 것이 적당하다)"고 한 다음 '신계엄법에 최저한 필요한 사항'을 열거하고 있다.

여기에 열거된 인적자원의 동원법은 국가총동원이 제정공포된 이래, 중일전면전쟁의 개시(1937년 7월 7일)에서 미일개전(1941년 12월 8일)까지 그 사이 제정된 유사법제를 거의 그대로 되풀이한 내용에 불과했다.

그 뿐만 아니라 전전기의 국방보안법을 참고로 유사법제를 보수하는 목적으로 '국가보호비밀 규제'(같은 장 제 2절 제 1차)나 '내란, 이적행위 등에 관한 처벌의 규제'(동 제2차)를 위한 국민감시와 억압의 법정비가 검토됐던 것이다. 또 국가 긴급권에 관한 연구도 확실히 진행되고 있었다.

지금까지 든 유사법제안은 현재 판명된 것의 일부에 불과하지만 이들은 현행헌법의 존재를 정면에서 부정 내지는 무시한 내용이다. 거기에는 유사법제안 작성자의 구태의연한 헌법인식을 엿볼 수 있는 것과 동시에 긴급사태법 그 자체가 군사법과 동일시되고 있는 것이 분명하다. 그러한 기본적 입장은 유사법제 논의가 한꺼번에 부상하는 계기가 된 소위 '미츠야연구'에서 전면 전개된다.

## 미츠야 연구의 충격

미일 안보개정(1960년 5월)을 거쳐 미일군사관계가 형식적으로 '쌍무성'의 성격을 가지게 되고 방위청내에는 일본의 자위대 및 방위기강이 일정한 역할을 발휘하기 위해 포괄적이고 체계적인 유사법제의 정비와 그 정치적 정당성을 획득하는 행동지침 확립에 대한 숙원이 축적돼 있었다.

그것이 한꺼번에 정치문제화되어 여론에 심각한 충격을 주게 된 것이 「쇼와 38년도 통합 방위도상 연구」(통칭, 미츠야 연구)이다. 동 연구는 통막회의의 제복조가 제 2차 한국전쟁을 상정해서 미일동맹 작전의 내용이나 국가기강 및 국민의 전쟁동원 체제의 확립이 검토사항으로 돼 있다.

동 연구는 (1)핵무기 사용에 대해 (2)'미일 통합작전 사령부'에 대해 (3)비상사태 조치법령의 연구에 대한 것을 검토사항으로 하고 있었지만 이 중에서 전술 핵무기의 사용이 명기된 것과 동시에 무엇보다도 전전기의 군사입법을 모범으로 기존의 자위대법의 한계성을 함축하면서 보다 포괄적이고 실제적인 '비상사태 조치법령'의 정비를 목표로 했다. 거기에는 법령의 국회통과를 전제로 국민합의나 의회통제는 당연시하는 것이었다. 여기에서는 비상사태를 절대 조건으로 한다면 이상의 과제는 간단히 극복된다는 극히 쉽고 위험한 인식이 노정돼 있었다.

그 중에서도 「비상사태 조치 법령의 연구」의 내용은 (1)국가총동원 대책의 확립 (2)정부기관의 임전화 (3)전력증강의 달성 (4)인적 · 물적동원 (5)관민에 의한 국내방위체제의 확립이 골자로 돼 있었다. 그리고 이를 구체화하는 방책으로 '전시 국가체제의 확립'의 요건으로 국가비상사태의 선언, 비상행정특별법의 제정, 계엄 · 최고 방위유지 기강이나 특별정보청의 설치, 비상사태 행정 간소화의 실시, 임시특별회계의 계상 등을 올리고 있었다.

여기에다 '국내 치안유지'로써 국가 공안의 유지, 스트라이크의 제한, 국방비밀보호법과 군기보호법의 제정, 방위사법제도(군법회의)의 설치, 특별형벌(군형법)의 설정이 검토됐다. 더구나 '동원체제'로서 일반노무징용이나 방위징집 · 강제복역의 실시, 방위산업의 육성강화, 국민의식주의 통제, 생활필수품 자급체제의 확립, 비상물자용법(징발)의 제정, 강제소개의 실행, 전화대책의 실시, 민간방공이나 향토방위대 · 공습방위조직의 설립이 명기돼 있다.

이러한 내용의 「비상사태 조치 법령의 연구」는 형식상 국회에서의 의결을 거쳐 군정으로 이행한다는 '일본유사'에서의 시나리오였다. 포괄적 유사입법으로서의 미츠야 연구를 요약해서 말한다면 노동력의 강제적 획득(징용)과 물적자원의 강제적 획득(징발)을 정부기관의 임전화, 즉 내각총리대신의 권한의 절대적 강화에 의해 실현하는 것, 유사 징병제나 사전의 징용과 징발, 방첩법의 제정, 군법 회의 · 군사비의 확보 등 자위대가 군사행동을 일으키는 데 불가결한 요건을 한꺼번에 개시하려는 의도가 들어있었다.

그것은 헌법을 전면부정한 내용이며 전쟁태세를 평시부터 준비하는 '정부기관의 임전화'가 전전기의 유사법의 집대성이라고 할 국가총동원법을 모범으로 한 것도 있기에 엄한 여론의 비판에 싸이게 된다.

## 본격화하는 유사법제 연구

미츠야 연구의 「비상사태조치법령의 연구」는 그 이후 많은 유사법제안을 낳게 된다. 1963년 10월 항공막료감부 총무과 법규반이 작성한 '임시국방기본법(사안)'도 그 중의 하나였다.

오카자키 요시노리(岡崎義典) 사무관(당시 공막 총무과 법규반장)이 작성한 동법안에는 「제 5장 국가 비상사태의 특별조치」의 장이 설치돼 있었고 "(내각총리대신은) 긴급히 조치하지 않으면 당핵 사태에 대처할 수 없다고 객관적으로 인정될 경우는 각의에 문의한 뒤 전국 또는 일부의 지역에 대해 국가비상사태의 포고를 발할 수 있다."(제 50조)고 하며, 내각 총리대신(내각 행정권)의 국가 비상사태에서의 지휘권을 부여한다고 돼 있다.

그리고 일단 국가 비상사태를 총리대신이 포고를 발한 경우에는 지방자치체의 업무를 통제(제 53조)하며, 기존의 모든 법률을 능가할 수 있으며(제 54조), 국민을 자위대 또는 향토방위대가 행하는 방위활동으로의 강제종사 명령권(제 55조)을 가지며 국가비상사태의 선언하에서 노동자의 스트라이크권 등 노동자 고유의 권리를 박탈하는 권한(제 58조)도 병행한다고 돼 있다.

이에 대한 구체적인 내용은 이미 술했다(146~147페이지 참조).

이처럼 내각총리대신에게 절대적 집중적 권한을 부여하는 사안은 국가비상사태의 중핵적 지도부를 어디에 둘 지에 대해 판단을 명확히 한 것으로 주목되지만, 군사적 긴급권의 사법표현으로 유사법제가 결국에는 내각 행정권의 절대화를 늘 불가피하게 하는 성질이 있는 것을 여기에서 유감없이 서술하고 있는 것이다.

미츠야 연구는 1965년 2월 10일 중의원 예산위원회의장에서 오카다 하루오(岡田春夫)의원(당시 사회당)에 의해 폭로되고 여론에 큰 충격을 가져왔다. 그것이 전전의 유사법제를 재현한 점과 또 현행헌법에 대한 저촉이 비판의 대상이 됐다. 한편 추진세력은 여론의 비판을 회피하면서도 이를 기화로 유사법제 논의를 활발히 해갔다.

이를테면 방위출동・치안출동연구의 최대의 문제점의 하나였던 '국가긴급권'의 법리와 운용의 실체에 대해 연구한 것이 감부법무과 「국가긴급권」이다. 또 자위관 충족에 대한 발본적 교화책, 기지문제해결의 기본대책, 유사시의 필요물자의 조달 및 비축과 인적조건, 도로・항만・운유・통신 등의 방위지원체제, 구호피난・대책 등 국민보호의 대책, 비상사태책, 방위력

발휘의 법제적 조건을 검토한 국방회의 간부회 작성의 '국방종합계획 작성을 위한 검토사항 기본계획'(1964년 7월)을 비롯해 당핵기간부터 1970년대에 걸쳐 방위청내의 연구기관에서도 국가긴급권이나 비상사태법제에 관한 연구가 활발해졌다.

또 1960년대부터 1970년대에 걸쳐 유사법제 연구의 특징은 이후 유사법제의 전체적 과제를 망라한 것으로 국방회의의 레벨에서 유사법제의 골격이 이 시점에서 큰 틀이 형성돼 갔다고 볼 수 있다.

사실 그 이후 유사법제 만들기의 일환으로 교육현장이나 지역사회를 포함한 매스컴이나 정부 공보를 동원해 방위의식의 발양과 국가의식의 주입에 대한 작업이 눈에 띈다.

특히 1965년 6월의 한일 기본조약의 체결에 의해 일본의 한반도 분단정책의 현상을 적극적인 용인과 조선민주주의 인민공화국(북한)에 대한 노골적인 적대정책이 명확해지자, 이 대 북한 정책과의 맥락에서 방위청 참사관 회의는 내국을 중심으로 비상사태책의 추진을 결정한다. 그것은 이듬해 1966년 2월에 작성돼 본격적인 유사법제 준비의 스타트로 된 '법제상 이후 정비해야 할 사항에 대해서'였다.

이 중에서 주목되는 것은 '비상사태의 처리' 항이지만 거기에는 '비상사태에서의 특별조치(비상사태에서의 특별조치에 관한 법률)=비상사태의 포고의 수속 및 포고가 있을 경우에 수상이 취할 특별조치, 그 외 필요사항을 정한다'는 기술밖에 없다. 그러나 분명히 비상사태법=유사법 제정에 대한 강한 관심을 읽을 수 있다.

그러한 사례를 일부 확인해둔다면 방위청 내국의 법제 조사관실이 1966년 2월에 작성한 '법제상, 이후 정비해야 할 사항에 대해서'라는 제목의 「연구요강」에는 전년도의 1965년 8월에 '비상사태 발생시에 자위대가 지장없이 행동할 수 있도록 법령정비의 검토'가 진행되고 자위대법을 개정하여 출동하는 자위대에 특별한 권한을 부여하고 전력으로써 효과적인 운용을 과제로 지적할 수 있다.

이를 받는 형태로 새로운 유사법의 개시가 부상해 온 경위가 있었다. 또 이 문서는 먼저 자민당 국방부회가 작성해 1967년 6월까지 극비로 되어 온 「방위체제의 확립에 관한 당의 기본방침」(1961년 5월 29일)을 기점으로 국가총동원 체제구축을 강하게 지향하는 것이었다.

### 유사법제 연구의 공식화

1978년 7월 19일 구리스 히로오미(栗栖弘臣) 통막의장이 주간지 상에서 자위대의 긴급시에 '초법규적 행동'을 용인하는 취지의 발언은 시비론을 포함해서 그 이후의 유사법제 논의에 박차를 가하게 된다. 특히 후쿠다 수상이 구리스 발언을 받는 형태로 동월 27일 각의 석상에서 유사입법 연구의 촉진을 지시했다.

그것은 벌써 동년 9월 21일에 방위청이 「방위청의 유사법제 연구에 관해서」를 발표한 것으로 이후 홍수와 같이 유사법제안이 차례로 등장한다. 이처럼 유사법제 논의의 제 2단계의 특징은 논의나 연구가 정부의 인지를 받아 공공연히 되고 이 시기에 오늘까지 연면되어 온 유사법제의 골격이 형성된 것이다.

그것은 동년 11월 27일 미일 안전보장위원회가 「미일 방위협력의 지침」(가이드라인)을 결정하고 미일 군사대처행동의 내용을 명확히 한 것처럼 미일안보의 강화가 진행된 사실과 깊게 연동된 것이었다.

후쿠다 수상에 의한 유사법제 연구의 지시는 틀림없는 미일 안보조약의 강화와 실질화를 요구하는 미국 정부 및 미국 국방총성(펜타곤)의 요구의 수락이라는 상황이 배후에 있었다고 하더라도 정부가 정면에서 유사법 연구에 착수한 것을 의미한다. 동시에 그것은 입법행위의 성격상으로도 국가를 총동원한 유사법제 만들기에 나선 것을 국내외에 선언하는 것과 같은 행위이기도 했다.

방위청도 자위대가 「방위출동」시, 도로교통법·해상운송법·항규법·항공법 등 자위대의 군사행동을 제약할 위험성이 있는 현행법의 개정·수정을 시야에 넣은 법령안의 검토를 본격화한다. 이 움직임은 방위청뿐만이 아니라 자민당 국방문제연구회가 작성한 「방위2법 개정 제언」(1979년 6월)에 의해서도 박차가 가해졌다.

거기에서는 「방위 출동시에 필요한 종합적인 법령에 관한 별도 연구」로 하면서 당면은 「국제조약, 국제법에 관련한 법령의 정비」를 서둘러야 한다고 했다.

구체적으로는 자위대법 제 84조(영공침범조치)에 「국제법규관례에 따라」 필요한 조치를 강구하는 내용을 명기할 것, 자위대에 대한 기습(불법행위)에 대처하기 위해서 「자위대의 부대 및 자위함의 자위, 자위대법 제 95조에 내세우는 방위물건의 방위와 보호, 자위대가 사용하는 선박, 청사, 영사, 비행기, 연습장과 그 외의 시설의 관리보전을 위한 장비를 한다」는 것의 규정을 추기하는 것 등이 첨가됐다.

다시 말하면 미일 공동군사 작전의 발동을 예상한 자위대의 해외파병과 당연한 귀결로 집단적자위권 행사와 자위대의 해외파병으로의 길을 열려고 했던 것이다. 그것은 또 국회의 승인을 필요로 하는 내각 총리대신의 방위출동명령이 없어도 현지 지휘관의 판단으로 무력행사를 가능하게 하기 위해 법률의 제정을 실질적으로 요구하는 것이었다.

### 위기관리론의 등장

1978년 6월 21일, 방위청은 유사시에 육해공 3자위대의 대처방안을 확정하기 위해 「방위연구」를 동년 8월부터 개시한다고 발표했다.

이 방위연구에는 통합막료회의, 육해공 각 막료감부의 제복스태프와 내각 방위국 방위과원 등 20여명이 참가했다.

「방위연구」는 방공전투 · 해협방위 · 연안방위 등의 기본방위방침을 확정한 뒤, 특정지역으로의 적의 침공을 상정한 작전운용의 연구단계로 나가 최종적으로는 이를 바탕으로 실제의 방위력정비나 법률개정의 단계에 들어갈 예정이었다. 「방위연구」는 먼저 국회에서 노정되고 심한 여론의 비판을 받게 된 「미츠야 연구」의 사실상의 되굽기였다.

분명히 「미츠야 연구」에서는 ①전쟁지도기강 ②민간방위기강 ③국토방공기강 ④교통통제기강 ⑤운유통제기강 ⑥통신통제기강 ⑦방송 · 보도통제 ⑧경제통제 등에 관해 모두 77개의 국회 제출조건을 예정하는 것이었다. 이 중에서 10건은 국가총동원체제에 이양하는 것으로 돼있다.

이를 실현하기 위해서는 당연히 현행헌법에 저촉된다고 생각되며 그래서 평시부터 유사입법을 성립해 두려고 생각하는 것이다. 이와 같은 유사법제 77의 정비를 진행시키기 위해 준비된 슬로건이 위기관리론이었다.

그 대표적인 예로서 재단법인 평화 · 안전보장연구소가 작성한 「우리 국가의 위기관리의 군사적 측면」(1980년 4월)이 있다. 제 6장 「비군사적 집단에 의한 적대행위와 위기관리」에는 특히 하이재이나 테러대책의 관점에서 위기관리에 대한 국민적 관심을 환기할 필요성을 강조하면서 위기 관리론의 보급을 조급히 도모할 것을 제언한다. 정부의 위기관리 태세가 정비된다고 하더라도 위기관리에 대한 국민적 각성이 확보되지 않는다면 무의미하다는 논의를 전개한 것이다.

이 시기 방위청은 유사시에 대응하여 정비해야 할 법령의 3구분으로 제 1분류(자위대법 등 방위청소관의 법령), 제 2분류(방위청 이외의 다른 성청(省廳)소관의 법령), 제 3분류(소관성청이 명확하지 않은 법령)로 1981년 4월 22일에는 제 1분류의 검토를 종료하고 나아가 1984년 10월 16일에는 제 2분류의 검토가 거의 종료한 것을 밝혔다.

또 도로법・하천법・산림법・자연공원법・건축기준법・의료법에다 기지나 매장 등에 관한 법률, 관계정령, 총리부령, 성령 등의 법령이 특례조치의 추가에 의해 유사대응형의 법령으로 개정된 것이다. 결국 기존의 시민의 생명과 안전을 보호하기 위해 '시민을 위한 법'체계 속에 군사가 포함된 것이다.

### 통합안보론의 전개

넓은 의미에서의 위기관리론으로 1973년 11월에 시작된 오일쇼크를 계기로 그때까지 국제경제질서가 동요되고, 국제정치에 제 3세계의 등장이나 그를 중요한 요인으로 하는 미소 2개의 강대국의 정치적 군사적인 역량의 저하라는 상황을 배경으로 국내에서는 미국에 대한 일방적인 의존을 기조로 해온 일본의 안전보장정책을 수정하는 움직임이 생겼다. 그것이 미국의 위기관리론(Management Crisis Theory)을 본보기로 한 총합안전보장론이다.

이들의 연구보고서에 거의 공통돼 있는 것은 상정할 수 있는 모든 '위기'에 모든 수단을 총동원해서 관리통제해 가는 것으로 1980년대적 위기에 유연히 대응하고, 새로운 통치시스템의 완성을 시야에 넣은 위기관리체제=총합안전보장체제 구축의 필요성을 제언한 것으로 돼 있다.

이 경우, 안전보장의 분석개념은 '①지켜야 할 가치(목적) ②외부로부터의 위협・위험 ③가치를 위협・위험으로부터 지키는 방법(수단)이라는 3가지 측면을 내포하고 있다'(일본경제조사협의회 『우리 국가의 안전보장에 관한 연구보고』)고 하는 것처럼 국가의 목적・가치를 국가의 내외로부터의 위협・위험을 어떤 방법・수단으로 지키는가 다시 말하면 가치・목적－위협・위험－수단・방법을 유기적으로 파악한 바로 '삼위일체'의 개념으로 정하려는 것이었다.

그것은 가치・목적은 불변하지만, 위협・위험의 대상영역의 비약적 확대화 위기회피수단과 방법의 다양성의 증대라는 점에서 종래의 안전보장개념과 구별돼야 할 성질을 가진 것이었다.

거기에서 위기의 내용은 군사적위기 · 정치적위기 · 사회적위기 · 경제적위기의 4개로 분류된다.

군사적위기란 소련의 군사행동, 소련과 중국의 군사충돌, 주변대국의 내란, 중동분쟁, 한국동란 등을 포함하며, 정치적위기란 구미와의 경제적 마찰, 주변대국의 공갈(핀란드화), 한국 · 대만의 핵무장, 산유국 · 자원국의 공갈을, 사회적위기란 대지진 · 콤비나트 등의 대형사고, 식량수입의 두절, 테러, 금융패닉, 해양오염, 전염병 등을 경제적위기란 석유수입의 두절, 우란수입의 두절, 통화혼란, 경제전쟁, 공황 등을 가리키는 것이었다(『국제환경의 변화와 일본의 대응』). 환언하면 위기의 대상은 어느 정도 상정할 수 있는 자연적 · 개인적 · 세계적 규모에 이르고 있다.

이와 같은 대상영역의 무제한의 확대는 직장, 지역사회, 개인의 일상생활에까지 위험의 존재를 관지시키게 된다. 국민들에게는 그것을 현실적인 과제로써 위기의식을 자각시키고 위기상황에 대한 적극적이고 자각적인 대응을 요구한다.

다시 말하면 여기에서 총합안보론은 상정할 수 있는 모든 위기에 모든 수단과 방법을 총동원해 사용할 수 있다는 것이 기본적인 특징이다. 환언하면 군사적위기에 대응하는 비군사적 수단의 채용조차도 포함하는 것이었지만 주안은 오일쇼크와 같은 비군사적인 위기(경제적위기)에 시레인(해상교통로) 방위구상과 같은 군사적 수단의 행사의 채용을 우선적으로 선택하려는 논리를 감춘 것이기도 했다.

### 평시의 유사화를 노리는 위기관리 구상

종합안보론은 평시와 비상시(유사)의 일체화 및 국민통합을 한없이 지향하는 것이며, 위기관리체제라는 이름의 유사법제의 일환으로 파악된다. 위기관리란 '국가가 직면하는 여러 종의 위기 또는 긴장상태를 가능한 한 관리가능한 레벨에서 통제하기 위한 외교, 경제, 문화, 정치, 군사 모든 종합적인 활동의 체계화'(노무라 종합연구소『국제환경 및 우리나라의 경제사회의 변화를 바탕으로 한 종합전략의 전개』)라고 정의된다.

그리고 위기관리 구상에 의한 위기관리체제의 확립에 관련해서『80년대의 통산(通産)비전』에는 "위기가 현실화되고 경제의 안전이 위협받을 경우에는 피해를 최소한으로 줄이고 가능한 한 신속히 회복시키기 위해 사전에 위기관리체제를 확립해 둘 필요성이 있다. 급격한 변화에 견딜 수 있는 유연한 사회조직, 산업구조, 기업체질, 국민의 생활양식을 만들지 않으면 안 된다."라는 기술이 있다.

여기에서 말하는 '급격한 변화에 견딜 수 있는 유연한 사회조직, 산업구조, 기업체질, 국민의 생활양식'의 구체적인 내용은 명확하지 않다. 그러나 경제적 분야에서의 수익자 부담의 철저화에 의한 사적 이해의식의 조장, 그로 인한 공공재의 소비억제,

또는 공공재를 국가안전보장 능력강화를 위해 우선적으로 소비하는 방위비 다소비형의 재정정책의 확립이 염두에 놓여져 있다.

또 정치적 분야에서도 보수일당지배의 비안전성을 보강하는 중도세력의 지렛대 넣기와 보수적인 경향을 현저화시켜온 '혁신' 세력의 재검토, 국내의 산업구조는 종래형의 자동차 · 조선 · 기계를 주축으로 하는 자원 다소비형 산업구조에서 지식집약형 · 서비스산업 구조로의 전환, 기업체질인 이익우선주의를 시정하고 지역주민에 대한 이익환원을 도모하며, 그로 인해 기업비판을 완화시키고 기업자체도 적극적으로 지역공동체의 중핵으로서의 역할을 다할 것, 나아가 생활양식에서는 에너지절약 캠페인을 통해 국민들에게 침투하고 있는 대량소비지향의 억제와 그로 인한 자원절약 · 비축에 대한 국민적 동의의 획득 등이 감안된 것이다.

덧붙여 두면 미츠비시 종합연구소의 『일본 경제의 시큐러티에 관한 연구』에서는 위기관리정책으로서 경제 · 기술협력, 자원개발에 대한 투자 · 참가에 의해 경제교류를 늘 항시 실시해 긴급물자 · 자원의 비축, 배분체제, 정보수집과 그 체크시스템의 확립을 도모하는 '위기 회피책', 위기대응 스테이션 설치, 자원의 비축량 · 소비절약량을 조정하는 국내경제정책의 실시, 위협에 대한 거부저항력의 명시를 도모하는 '위기 대응책', 위기의 톱관리와 명확한 상황평가에 따른 일관된 국내정책을 수행하고 대외정책으로서 분쟁해결능력국과 단결협조해 강제수단의 행사를 준비하는 '위기수습책'의 3개로 단계구분함으로써 상황의 추이에 따라 대처 가능한 정책체계를 확립하려는 안을 제언했다.

이러한 위기관리 구상의 실체화에는 정책권력이 고도의 중앙집권성을 발휘하는 것이 당연히 기대된다. 그 때문에 직장에서의 노동관리, 학교교육에서의 애국심 배양, 매스미디어에 의한 정보조작 등에 의해 개인적 레벨에서의 수평적 연결을 고립화・분단화할 위험성이 제삼 지적되게 된다.

### 선행하는 포괄적 유사체제

미소냉전 구조의 종언이라는 국제정치의 드러스틱한 변화에 의해 위기관리조직의 중심적 조직으로서 자위대의 적극적 위치부여가 걸프 전쟁을 절호의 계기로 강행되게 된다. 즉 소해정의 페르시아 만 파병(1991년 4월), PKO협력법(동년 11월)에 의한 자위대 군사력의 해외파병의 기성사실화를 위한 시위행동과 법제화가 강행됐다.

그리고 미국의 군사전략의 '지역분쟁 대처전략'(MRC)에 대한 전환과 태평양에서 페르시아 만에 전개가능한 유일한 전방 전개부대로서의 재일 미국군・제7함대를 지원하는 자위대 및 일본의 지원태세를 확인한 신 가이드라인 합의(1979년 9월)는 평시・전시를 불문하고 미일협력의 세부 항목을 구체적으로 정해 보다 포괄적인 군사협력체제를 확약한 것이었다.

이 신 가이드라인 합의야 말로, 유사입법을 촉진하는 이 단계에서의 최대의 촉진 계기이기도 했다. 그 결과 주변사태에서 실로 40항목에 이르는 협력사항을 약속하게 된다.

신가이드라인 합의와 유사법제 연구와의 관련성을 정비해 둔다면, 제 2에는 먼저 미국의 군사전략에 호응하는 것으로 일본의 유사법이 규정되게 된 점, 제 2로 주변사태(주변유사)와는 기본적으로는 미국의 유사이며, 광범하고 다양한 해석 속에서 유사가 규정돼 있는 관계상 일본의 유사법도 극히 광범다의한 내용을 가질 수밖에 없게 된 것이다. 이것이 유사법의 촉진에 한층 박차를 가하고 있다.

그러나 일련의 유사법연구와 그 실체화는 어떤 의미에서는 지금 시작됐다. 벌칙규정이나 손결(損欠)보상의 조항을 준비한 보다 완결성이 높은 본격적인 유사법 만들기가 금후 급피치로 시작될 것이다.

그래서 최종적인 유사법제가 일본유사, 주변사태, 재해・치안출동 등 여러 종류의 '유사'에 상응가능한 법제 정비에 있는 것은 이미 많이 지적한 대로이다. 유사법제의 확립을 위해서는 개별적인 영역에서만이 유효한 법체계로는 한계가 있으며 다시 말하면 종합적이고 포괄적인 유사법의 정비가 불가결하다.

자민당안보조사회・외교조사회・국방부회・외교부회가 주

변사태법의 법안제출에 먼저 작성한 「당면의 안보법제에 관한 생각」(1998년 4월 8일)이라는 문서에 따르면 법안의 국회제출을 서두르고, 아울러 법정비를 도모하는 것이 긴요하다며 유사법제 정비에 관해서는 정부가 종래부터 취해온 국회제출을 예정한 법안준비가 아니라는 전제조건을 급히 고치도록 요청하고 있다.

그리고 구체적인 법제정비는 “이번 국회에서 국회회기의 상황을 밟아 차기 국회 이후로 하며, 이미 연구성과의 보고가 된 제 1분류(방위청 소관의 법령), 제 2분류(타성청 소관의 법령)에 관해서는 차기 국회이후 신속히 법제화를 도모할 수 있도록 필요한 준비작업에 착수해야 할 것이다.”라고 이후 소집된 국회에서도 계속해서 유사법의 입법화 촉진을 정부에 강하게 요청하고 있다.

다시 말하면 현안사항인 대부분의 유사법제를 단숨에 성립시켜버리려는 것이다. 여기에 보이는 입장은 자위 외에 개정이나 PKO협력법의 개정 등 개별적인 법제도의 수정이나 법제도 만들기가 아니라 어디까지나 위기관리형의 ‘종합·일관된 법체계’ 만들기에 있으며 문자 그대로 포괄적인 유사법 제도이다.

### 신 유사법의 목적

보다 구체적으로 말하면 1997년 11월에 방위청의 외곽단체인 평화·안전보장 연구소가 공표한 「유사법제의 제언」에 나타난 「국민비상사태법」의 성립이 목론되고 있다. ‘비상사태법’의 연구 자체는 이미 활발히 실시돼 온 것이지만, 처음부터 '국민'을 내세우고 국민에 치우친 뉘앙스를 준 것이 오히려 냄새가 난다.

그 「국민비상사태법」의 내용을 간단히 소개해 둔다면 (1)비상사태개념의 명확화 (2)수상이 국회의 동의를 얻어 비상사태를 선언하는 규정 (3)비상사태의 유효기간을 6개월간으로 한정하고 기간연장은 국회의 의결을 필요로 하는 것 (4)수상은 비상사태의 선언을 바탕으로 법률에 의해 수상권한을 강화 가능한 것 (5)국회의 비상사태 선언의 승인, 수정, 철폐 등의 결의 가능한 것을 명기할 것 (6)비상사태선언에 따라 정부가 입법화할 수 있는 유사법제를 규정하고 이들의 입법화 조치를 할 것 (7)수상은 국회에 요청해 비상사태의 종결을 선언할 수 있을 것 (8)비상사태에 국민이 침해를 입었을 때 정부의 배상, 현상회복과 책임을 명기할 것 등 8항목으로 요약할 수 있다.

한번 읽으면 이해할 수 있는 것처럼 여기에서는 수상권한=행정권의 실질적인 의미에서 무한정한 확대강화가 의도되고 문자 그대로 행정권의 비대화=고도 행정국가로의 전환이 명확히 사정안에 넣어진 것이다.

즉 외부로부터의 무력공격, 치안문제, 경제적 혼란, 대규모 자연재해 등 비상사태를 상정해, 인정권을 내각행정권과 그 우두머리(수상)에 부여함으로서 자의적인 비상사태의 창출을 가능하게 하고, 비상사태에 대한 대응조치를 구실로 마음대로 시민사회를 통제관리하고 나아가 억압체제 아래 두는 포괄적인 유사법제에 의해 실현하려고 한 것이다.

여기에서 중심에 둔 '비상사태의 상정'은 시민사회에서의 개개인의 인권에 관한 문제가 아니라 국가의 위기를 전체화함으로서 국가이익을 군사력이나 합법적 폭력장치를 마음대로 기동시켜 사실상의 군사경찰국가 일본으로 개조해 나가려는 것이다.

자연재해도 국가에 의한 강한 관리통제가 강행되는 것처럼 정부가 말하는 비상사태도 국민의 목소리나 시민사회의 논리를 완전부정한 다음 대응조치가 꾀해지는 점에서 그것은 비군사적인 문제의 움직임에 대한 대응을 쉽게 선택해버리는 입장을 준비하게 한다. 그 결과 항상 국가폭력이 내외의 영역을 향해서 방사되는 체제를 준비하게 된 것이다.

### 내각행정권의 확대와 연동

금후 정부・방위청이 기획하는 유사법은 국민비상사태법에 넣어진 포괄적이고 무제한적인 내각행정권에 전권을 위임하는 성질의 법률이 되는 것은 틀림이 없다. 그런 의미에서 주변사태법은 국민비상사태법을 보다 현실적인 레벨에까지 접근시키기 위한 원스텝에 불과하다는 생각도 가능하게 한다. 왜냐하면 이번 주변사태법은 이미 지적한대로 벌칙규정이나 손실보상 등의 규정이 부재인 등 유사법으로서는 얼마간의 불완전성・비완결성을 가진 것이다.

그 중에서 특히 주의해 둘 것은 다음 유사법에서 '국민의 안전·생명·재산'이 키워드로 다양화돼 있는 점이다.

이를테면 1999년 3월 경제동우회 안전보장문제 위원회가 작성공표한 '긴급히 짜야 할 우리 국가의 안전보장상의 4개 과제'에는 "우리 국가 자체의 유사나 긴급사태에 준비한 법제도 신속히 정비할 것을 요구한다. 이것 없이는 우리 국가의 안전보장의 기본인 국민의 안전과 생존자체를 직접 확보하는 것은 곤란하다고 생각된다."라고 돼 있다.

또 에마 세이지(江間淸二) 방위청 사무차관(당시)은 유사법제의 중요한 테마의 하나인 "국민의 생명·재산에 관한 법제, 즉 대피나 피난 등을 폭넓게 파악한다면 모든 민간방위와 같은 분야에까지 있다."(『아사쿠모(朝雲)』1999년 6월호)고 술하고 있다.

민간방위는 자위대가 국민을 보호하는 것이 아니라 지난날 아시아태평양전쟁시에 오키나와 전에서 전개되는 것처럼 군민혼재에 의한 주민의 강제적 군사동원을 의미하는 것이다. 아무튼 여기에서는 재일외국인을 포함하지 않는다는 의미에서 국민의 '안전·생명·재산'의 반복설명으로 전쟁법인 유사법제 반대의 움직임을 봉쇄하는 시도가 교묘하게 실시되려고 했다.

그리고 무엇보다도 주변사태의 인정자가 사실상 미국(군)인 것은 일본정부·방위청이나 국내유사법 추진자의 본의는 아니다. 말하자면 먼저 외각을 메우려고 외부를 향한 유사법 만들기와 그 불완전성・비완결성을 구체적 사례를 들면서 보다 완전한 유사입법을 단계적으로 세워갈 시나리오가 사실상 정부・방위청에서는 거의 완성됐다고 볼 수 있다.

거기에서의 신 유사법제의 명칭이 '안전보장기준'이든 '국민비상사태법'이든 실제로는 군사적 긴급사태법으로서 유사법제가 제정되려고 한다. 반복하지만 거기에서는 결코 자연적이고 민사적인 레벨에서의 위기대처법인 유사법제가 아닌 것이 소론에서 개관해 온 것으로 알 수 있다.

# Ⅳ. 한미일 군사동맹의 현황과 일본의 임전체제

## 1 임전국가 일본의 등장

### 군사화의 배경

현재 주목되는 것은 미군재편 문제를 일본의 군사화라는 시점에서 보면 어떻게 보일까?

본서에서는 일본의 현상을 군사국가나 군사사회라고 정의하고 있지만 여기에서는 그러한 일본의 동적 움직임을 파악해서 임전국가로 표현한다. 거기에는 미군재편에 기인된 새로운 군확의 연쇄에 편승해서 전체가 총보수화 되어가는 일본이 보일 것이다. 일본은 일원적인 관리나 통제가 통하는 사회를 향해, 나아가서는 국민상호감시체제를 전제로 한 감시사회를 향해 급속히 변용돼 갈 가능성이 크다.

이처럼 미군재편은 단지 미군의 기지 이전이나 전력 재배치에 멈추지 않는다. 그건 새로운 기지피해를 파생시키는 심각한 문제을 안고 있다. 특히 여기에서 문제가 되는 것은 미군재편이 일본 및 동아시아 전체의 정치질서에 새로운 군사적 긴장을 초래하여 지역전체에 군사주의의 흐름을 불러일으키는 점이다. 또 그것은 이미 잠재화된 일본의 군사화를 추진하는 것이 될 것이다.

군사사회로의 변용은 미군재편의 실시나 일미안보의 역할변화로 인해 박차가 가해지고 있다. 그건 지금까지 보수화 경향이 현저했던 국내 언론계나 여론의 움직임으로 인해 한층 가속되고 있는 것이 현실이다.

우리들은 그러한 사태를 어떤 자세로 마주할 것인가. 이미 미일안보 재정의에서는 신가이드라인 합의에서 출발하여 일련의 군사법의 제정이라는 정치과정을 밟아 일본은 임전국가로 규정할 수밖에 없는 상황하에 있다. 그래서 여기에선 임전국가 일본의 등장을 결정하는 미군재편이 무엇인지 생각해보려 한다.

### 왜 일본에서 미군재편인가

미군의 전력 전체에 걸친 개편(『QDR』 2001년판)의 목표가 부시 정권하에서 재편(Transformation)의 이름으로 표면화되고 일본에서는 일반적으로 이를 미군재편이라 부른다. 대부분의 일본 미디어는 재일미군의 재배치라는 레벨에서 해석하고 있지만, 실제로는 포트스 냉전시대의 미 군사전략의 근본적인 수정과 그에 대응하는 미군의 전력 재배치를 의미한다.

미국 당국은 미군재편의 목적을 다음과 같이 들고 있다.

① 미국 본토와 작전상 대단히 중요한 기지의 방위
② 적에게 피난처(은피처)를 알리지 않는 것
③ 진입이 거부되는 지역의 군사능력을 확보하고 방위하는 것
④ 여러 부대가 그 작전을 통합하기 위해 정보기술의 효과를 높이는 것
⑤ 정보 네트워크를 공격으로부터 방위하고 진전시키는 것
⑥ 우주작전 능력을 높이는 것

즉 미국 본토방위를 지상명제로 하는 기지기능의 정리통합, 테러리스트 또는 테러지원 국가에 대해 철저한 공격, 그리고 테러국가 테러지원국가의 해체, 군사혁명의 추진에 의한 군의 초근대화 노선의 견지, 전쟁 구역의 우주공간으로의 확대와 정비에 기본 목표가 있었다. 문제는 이와 같은 의도를 가진 미군재편이 왜 이 시점에서 시작되는 것인가이다.

미소 냉전시대에 미국은 서측진영의 리더라는 대의명분을 얻어 사실상 미국 자신의 국익을 확보해왔다. 그 반공주의는 공산주의의 이데올로기를 대상으로 한 것이 아니라 공산주의 국가가 미자본주의 확대에 있어 장애가 된다는 실리적인 문제였다. 그런 의미에서 미국의 반공주의 캠페인은 미국에 내재하는 제국주의의 폭력성을 숨기기 위한 것이다.

제 2차 세계대전이 끝날 당시 미국은 일본을 포함한 서측의 동맹제국과 함께 반공산 진영의 구축을 도모하고, 미 자본주의를 위한 자원과 시장의 확보를 지향했다. 일련의 흐름 속에서 일본에서는 7만 5천명의 경찰예비대가 창설되고 재군비가 시작되면서 미일안보조약의 체결(1951년 9월 4일 조인)에 이른다. 따라서 일본의 재군비와 미일안보는 냉전구조라는 국제군사질서를 배경으로 했지만, 실제로는 미자본주의 이익의 보수・확대가 목적이며 결코 냉전구조나 반공주의의 산물이 아니라는 점이다.

다시 말해, 일본의 재군비나 미일안보가 냉전구조를 낳는 것은 아니다. 그리고 미국의 군사력은 전후 일관적으로 미 자본주의의 이익의 유지와 확대를 보장하는 것으로 기대돼왔다.

그러나 그것을 지탱하던 미국의 재정 사정은 갈수록 악화되고 (무역적자와 재정적자의 심각화), 그 결과로서 군사력의 양적삭감를 피할 수 없었다. 이런 환경하에서 기대되는 군사력의 역할과 기대에 응하기 위해 미군부(펜터곤)가 20세기말에 제시된 대책이

미군재편에 따르는 군사력의 양적삭감과 질적강화였다.

### 미국의 세계군사전략

소련붕괴에 따른 냉전구조의 소멸로 인해 미국은 일국 패권주의·단독행동주의를 채용한다. 지난날의 소련의 패권지역을 포함해 한꺼번에 시장과 자원공급지가 확대되고 미국은 관여와 확대를 키워드로 새로운 세계전략을 제시했다. 세계의 모든 지역이 미 자본주의에 있어 군사력을 배경으로 하는 관여정책에 의해 이익확대의 대상지역이 되어 간 것이다.

오늘날 빈번히 사용되는 글로벌리제이션은 미국의 이익획득 대상지역이 지구규모로 확대되는 것을 의미한다. 미국은 일본과 영국을 중심으로 동맹국과의 군사적 연계를 한층 강화하고 미 자본주의의 이익을 저해하는 대상지역이나 국가의 배제를 시작했다. 그 상징적 예가 걸프전쟁(1991년 1월 17일 개시)이다.

여기에서는 자본주의적 이익의 확대를 노리는 여러 국가가 미국을 축으로 다국적군을 편성했다. 그러나 그와 같은 군사지상주의에 의한 글로벌리제이션에 대한 반항이 곧이어 무차별 테러사건으로 연결된다. 그 상징적 사례가 2001년 9월 11일 세계를 공포에 떨게 만든 동시다발 테러사건이었다.

미국은 그 직후에 4년에 한 번 공표되는 『전략수정』(QDR)안에 “미 군사력의 목적은 미국의 국익을 옹호하고 진전시키는

데 있으며 만약 억제가 실패했을 경우에는 국익에 대한 위협을 결정적으로 타파하게 된다."(2001년 9월 30일 공표)고 썼다. 미국의 국익옹호와 확충을 위해서는 선제공격을 포함한 단독행동주의에 의한 패권의 관철도 마지않는다는 적나라한 표명이다.

여기에서 말하는 국익이 실제로는 기업이익을 의미하는 것은 틀림없는 사실이다. 그것을 넓게 국익이라는 개념으로 묶어 자본주의 경제로부터 국가전체로 문제를 돌린 것이다. 거기에는 지난날 소련을 대신하는 새로운 위협이 설정돼 있다. 중동에서 동아시아 지역에 이르는 거대한 자원 잠재지역에 군사적 경쟁자가 출현할 가능성이 있다고 이 지역을 불안정한 활모양 또는 도전을 받은 지역으로 설정했다.

중국은 군사적 경쟁자로 매겨졌다. 중국을 대상으로 한 비(非)전쟁능력이나 미사일 방위를 강화하는 구상을 제시했다. 즉 중동에서 동아시아 지역에 이르는 광대한 지역에서 생길 가능성이 있는 미국에 대한 위험의 배제를 새로운 목적으로 한 것이다.

군사력를 주체로 하는 질서의 재구축은 '신냉전구조'라고 불러도 좋다. 두 신구냉전구조에 공통점은 미 자본주의의 보수와 확대를 위한 군사전략이다. 표면상의 목적은 전자가 공산주의 이데올로기이며 후자가 반미 이데올로기를 가진 국가나 조직이다. 양자의 차이는 있지만 신구 냉전구조는 미국이 압도적인 군사력(폭력)을 발동시켜 자국 자본주의의 이익(기업이익)을 유지・확대한다는 점에서 일관적이다.

이와 같은 미국의 신군사전략 또는 신냉전구조는 2006년 2월에 공표된 최신『QDR』에서 '미국은 장기전에 들어간 국가'라고 규정함으로써 한층 더 명확해졌다. 사실상 21세기를 '전쟁의 세기'라고 정하여 미국은 군사적 수법으로써 '선제공격전략'(그들의 용어로는 현예방공격전략)이 채용된 것이다. 그 일부분은 미군재편에 의한 세계 동시적 선제공격체제의 정비에 나타난다.

### 미군의 무엇이 바뀌었는가

그렇다면 미군재편에 의해 미국의 군사전략은 대체 어떻게 변하려는 것인가? 미국과 영국은 '동시다발 테러' 사건을 구실로 2003년 3월 19일, 이라크에 대한 선제공격에 막을 연다. 그 해 7월, 미육군의 현역병력은 약 48만 5천명, 이중 23만 2759명이 해외에 파병돼 갔다. 시기에 따라 다르지만 이라크 침공에는 약 14만 명의 병력이 투입・전개되었다.

그러나 지금은 이라크 전쟁의 '베트남화'은 분명하다. 점령계획은 파탄했다. 이라크는 이미 군사문제가 아니라 정치문제라고 말한다. 미국은 탈냉전시대에 병력의 절대적 부족이라는 문제에 직면해 있다.

미국은 만성적인 병력부족을 보완하기 위해 3~4만 명 규모의 미군 이외의 병력으로 구성되는 '2개 국제사단'을 편성하지만,

이라크 전쟁을 개시한 이듬해(2004년) 11월 단계에서는 미영군 이외의 병력은 1만 6천명(27 개국)에 멈추며 그 구상은 사실상 실패에 끝난다. 현재까지 상당수가 철수를 완료 또는 계획 중이다. 2006년 9월 11일, 현재 2,984명의 전사자를 기록한 미국은 장비면에서의 하이테크화가 시급하며 병력의 효율적 운용이라는 문제에 대한 대책 또한 시급하다. 그 연장선상에 미군재편문제가 있다.

소련의 붕괴로 구냉전구조는 사라졌지만 미국은 국내외에서 모순을 안고 있다. 거대한 적대 정규전력은 소멸했지만 자국경제력의 저하와 더불어 항시적인 전력부족은 미해결인 채이다. 거기에 부상된 것이 미군재편에 의한 새로운 냉전구조의 대응전력의 재구축이라는 과제였다.

이 과제를 해결하기 위해서 미국은 지금 이상으로 동맹국 일본을 중시하게 된다. 미일 양정부는 2국간의 안전보장의 한계를 돌파해서 안보를 아시아 및 세계 전역에 시프트시키기 위해(안보수정) 협의를 시작했다. 그것이 미일안보 재정의이다.

일본은 미국에 있어 대단히 편리한 동맹국이었다. 흔히 말하는 '배려예산'(2006년에 2,326억원, 1978년부터는 누적계산 2조원 이상)에 의해 일본에 전개·배치되는 미군병력과 기지 유지비는 본국에서보다도 싸게 든다. 그 결과, 재한미군의 삭감과 재일미군의 실질적 강화를 목적으로 일본에 대한 전력집중화를 서두르게 된다.

전력의 기동유격군화를 서두르는 미군은 근거지 · 경유지 · 지원기지 · 전선부대 사령부의 기능 모두를 기대할 수 있는 제1군 사령부(미 워싱턴주 포트루이스)가 가나가와현 자마기지에 이전되고 아시아의 전력군을 지휘한다. 또 재일 미군사령부를 겸하고 있는 제 5 항공사령부(요코타(横田))가 괌에 이전되는 등 지금까지 없었던 대담한 병력재배치가 계획되고 있다.

## 미군재편과 일본의 관계

2006년 5월 1일, 미일 안보협의위원회가 「최종보고서」를 공표하자 미군재편의 내용이 명확해졌다. 미군재편과 일본과의 관계가 조금 추상적인 표현으로 된 문언이지만 스트레이트하게 표명한 것이 「최종보고서」와 같이 공표된 「공동발표」(Joint Statement)이다. 「공동발표」에는 이번 미군재편의 목적이 무엇인지, 미일 동맹관계의 강화가 왜 강조되는지 솔직히 적혀있다.

이를테면 미일양국은 '변화하는 지역 및 세계의 안전보장환경에서 확고한 동맹관계를 확보한다'고 주장하고 있다. 말 그대로 일본이 2개국 간의 조약(일본 방위를 주목적으로 하는 조약)을 미일안보를 근거로 '세계의 안전보장환경'의 유지와 구축을 위해서 동맹관계를 강화하자는 것이다.

바꾸어 말하면, 미일안보의 대상지역을 한꺼번에 세계전체로 확대시켜 안전보장환경을 혼란하게 하는 조직이나 국가에 대해 미국의 군사전략에 따라 대응하자고 양자가 합의한 것이다. 이러한 미일의 새로운 움직임이 미군재편이며, "재편안의 실시에 의해 동맹관계의 협력은 새로운 단계에 들어간다."라고 돼 있다. '새로운 단계'란 종래의 미일 군사협력관계보다도 심화되고 확대한 단계를 의미한다. 한마디로 말하면 군사공동체제의 구축, 즉 미국이 실행하는 선제공격에 일본도 동반해서 미국의 전쟁에 전면적으로 부응한다는 뜻이다.

여기에 나타난 내용이 어느 정도 위험한 것인지는 쉽게 알 수 있다. 미국의 형편주의에 의해 안전보장환경을 혼란시키는 대상을 찾아내 안전한 환경을 확보한다는 이유로 군사발동도 정당화시킬 수 있다는 뜻이다.

이를테면 이란, 북한, 수단 등이 미국에 의해 '불량국가'로 불리고, 경우에 따라서는 선제공격의 표적이 될 가능성을 미국은 숨기지 않고 있다. 동시다발테러 이후, 미국은 아프가니스탄(2001년 10월)과 이라크(2003년 3월)에 선제공격을 강행했다.

앞으로도 선제공격전략이 동맹국인 일본이나 영국을 둘러싼 채 실행될 가능성이 아주 높다. 오늘날 탈레반 세력이 되살아나고 있는 아프가니스탄이나 알카에다의 유력한 근거지로 불리는 수단에 대해 미국의 선제공격의 가능성이 나오고 있다. '새로운 단계'에 들어간 미일 관계로부터 자위대의 당핵시설로의 파병도

검토될 것이다. 미국의 선제공격전략에 일본 자위대가 완전히 포함되게 되는 것이다.

## 자위대는 침략군이 되는가

미국의 선제공격전략에 짜여진 실태를 조금 설명해 두자. 현재, 주목되고 있는 자위대의 중앙즉응집단의 창설은 미국의 선제공격전략에 문자 그대로 '즉응' 가능한 부대로 창설되려 하고 있다(2007년 3월에 창설).

중앙즉응집단은 장비면이나 편성 면에서 자위대 최고의 정예부대인 해외출격용 전투부대이다. 당초에는 사이타마현 아사가주둔지에 배치될 예정이었지만, 미군재편과의 연동으로 미 제 1군 사령부의 일본 이주지인 캠프 자마에 배치될 모양이다. 중앙즉응집단은 작전운용사령부(UEX) 의 기능을 가진 미 제 2군단 사령부의 지휘 하에 놓여 질 가능성이 크다. 즉, 자위대 중앙즉응집단이 사실상 UEX직할의 전투부대(UA)로써 존재할 것이 틀림없다.

중앙즉응집단은 표면상으로는 방위청 장관의 직할부대이며, 제 1공정단(나라시노)이나 제 1헬리콥터 사단(기사라즈)을 기간부대로 하는 대단히 고도한 기동력과 공격력을 유지한 부대이다. 이 부대는 해외파병에 관한 계획・훈련・지휘의 일원적인 운용이 실시되고 있으며, 캠프 자마의 UEX와의 통합운용은 군사적으로 자연스러운 움직임이라고 할 수 있다.

중앙즉응집단의 창설은 일본판 파병대의 본격적인 등장을 의미한다. 이라크에 파병된 육상자위대와는 근본적으로 작전 목표가 다르다. 말 그대로 전투부대인 것이다. 그것은 자위대에 대해 침략군으로서의 역할을 짊어지게 하는 것을 의미한다.

미군재편의 극히 중요한 문제는 재일·재한 미군의 일체화 추진이 구상의 중심에 있는 것이다. 미군재편이란 '전세계의 미군 재배치'(GPR)의 추진을 지향하는 것이다. 거기에는 지금까지의 한미동맹과 미일동맹의 기능적 분업을 폐지하고 대 중국전략을 재구축해서 북한에 대한 공갈과 체제붕괴전략에 불가결한 '전쟁의 일상화 체계'을 구축한다.

GPR구상에서는 해외기지를 1급기지, 2급기지, 3급기지, 4급기지의 4등급으로 재편하여 재일 미군기지는 1급기지, 재한미군기지는 1급과 2급의 중간인 1.5급기지로써 재편될 예정이다.

오키나와의 가데나 기지와 야마구치현 이와쿠니 기지는 같은 1급 기지이며, 미국의 대 중국 군사전략의 제 1선의 정면기지로 기지기능이 확대된다. 이에 태평양방면의 미군 지휘계통을 크게 개편해, 미 제1군단의 자마 이동, 미군과 자위대의 육해공 지휘의 일원화, 나아가 요코타 기지가 대 중국이나 대 북한뿐만 아니라 전세계를 사정에 넣은 일원적 전투지휘센터로 재편될 전망이다.

한국에는 현재, 기지사용이 가능한 토지의 사전관리와 통괄을 자유롭게 선택할 수 있는 '연합토지관리계획'이 있으며, 그로 인해 미군은 군사목적에 의한 토지수탈과 사용권이 자유롭게 행사할 수 있게 된다. 그 연장선상에 있는 것이 재한미군의 재배치이다. 이를테면 휴전라인 부근의 재한미군기지를 평택에 집결시켜 북한을 의식한 재한미군의 기능을 평택기지를 중심으로 한 수도권 기지방위라인과 대구・부산의 병점권를 분화시키는 구상이다.

대 북한침략의 전선 육상부대인 미 제2사단의 평택으로의 이전계획은 새로운 전쟁계획을 증명하는 것이기도 하다. 평택이전이 실현되면 종래의 남북분단 라인에 근접한 위치에 있던 제2사단은 자유롭게 기동가능한 대 북한침략 부대로써 기능하게 된다. 다시 말해서 지금까지는 분단라인 부근에서 북한과의 전쟁이 일어난다면 말할 것도 없이 전쟁에 말려들 가능성이 컸지만 앞으로는 침략의 기회를 자유롭게 선택할 위치에 있는 것이다.

### 미국의 '군사우위전략'에 호응하는 일본

이 문제는 미군재편에 관련된 본질적인 특징이다. 일본에서 말하는 후텐마(普天間) 기지 반환으로부터 헤노코(邊野古) 기지의 새로운 건설은 전체적으로 기지 부담경감과 기지피해의 해소라는 문맥만으로 파악되고 있다. 그러나 실은 기지 이전이 시급한 재한 미군기지 기능의 전력향상이 목적이다.

재한미군의 총병력을 37,000명에서 12,500명으로 삭감하는 것은 한미일 전체 관계에서 보면 결코 단순한 삭감이라고 할 수 없다. 재한 미군을 삭감하는 것과 동시에 재일 미군을 강화하고 북한의 붕괴를 준비하고 중국포위를 지향하고 있다. 그를 위한 전력 이전(1.5 기지 구상)이다. 이는 외형만의 삭감이며 실질적으로는 기지의 기능강화 및 전력 확대인 것이다.

재한미군전력의 재구성에 의해 한국에서는 중국의 대안에 위치한 한반도 서해안 연안(수원 · 오산 · 평택 · 군산 · 광주)에 MD의 지상발사형 페트리옷 · 미사일(PAC3)이 배치된다. 최종적으로는 한국 내에 64기가 배치될 예정이다. 한반도가 대 중국전략을 의식한 전진기지인 것이다.

이렇게 중국을 대상으로 철저한 전력재배치의 밑바탕에는 미국의 군사우위전략(military supremacy strategy)으로 불려지는 군사사상이 있으며 이 사상이 지배적으로 되고 있다. 다시 말해, 군사우위전략은 선제공략전략과는 코인의 앞뒤 관계에 있다. 정치외교 교섭에 의한 문제 해결의 자세를 포기하고 군사적인 공갈과 도발에 의해 정치목표를 달성하려는 것이다. 이러한 미국의 전략은 군사연습이나 강압적인 정치판단으로 곳곳에 나타난다.

최근의 사례를 2개 들어보자.

하나는 2006년 6월 하순 괌 근해에서 실시된 대규모 군사연습 '용감한 방패'(Valiant Shield)이다. 이 군사연습에는 3척의 미

항공모함(키티호크, 로날드 · 레건, 아브라함 · 링컨)과 B2 스피릿 전략폭격기(스텔스 폭격기)를 포함한 280대에 이르는 항공기가 투입됐다. 투입된 함대 중에 상당수가 가나가와 현 요코스카를 모항으로 하며, 북한을 사정거리에 넣은 순항미사일 토마호크 수직발사관을 장비하고 있다. 또 6월 하순에서 7월 하순에 걸쳐 하와이에서 미국, 일본, 한국, 캐나다, 오스트레일리아, 페루, 칠레 등 환태평양제국이 참가하는 림펙(환태평양 군사합동연습)이 예년대로 실시됐다.

이러한 대규모 군사연습이 북한이나 중국을 가상공격대상으로 하여 해마다 대규모화되고 있는 배경에는 미국을 비롯한 각국에 군사동맹강화의 지향성이 아주 현저하기 때문이다.

두 번째는 2006년 7월 5일, 새벽에서부터 저녁까지 북한이 실시한 미사일 발사실험에 대해 일본정부가 유엔에 제출한 '제재 결의안'이다. 이 결의안은 경제제재나 무력행사조차도 가능하게 하는 유엔 헌장 제 7장 제 42조(군사적 조치)를 주축으로 한 것이다. 동 조항은 "국제평화 및 안전유지 또는 회복에 필요한 공군, 해군, 육군의 행동을 할 수 있다."라는 조문이다. 다시 말해, 일본 정부는 북한에 대해 군사행동에 대한 '보장'을 받으려는 것이다.

이 결의안 제출이 미 정부와의 협력관계에서 이루어진 것은 명백하다. 군사력의 행사를 포함한 제재는 국가 간 분쟁의 해결수단으로 하지 않고 비군사력을 철저히 해서 국가를 지킨다는 것이 일본국 헌법 9조이며, 이 제재안이 헌법 제 9조에 위반되는 것은 말할 것도 없다. 현 여당정권이 노리는 것은 북한의 미사일 시험 발사를 구실로 삼아 사실상 헌법 9조를 버리거나 무효화시키려는 것으로 보인다.

이 제재결의안은 중국과 러시아의 강경한 반대로 인해 결국에는 유엔 헌장 제 7장에 관한 문언에 기재되지 않은 채, 중국과 러시아의 제기를 받아 제재 의무가 없는 결의로써 겨우 통과했다. 중국은 미국과 일본이 제안한 제재결의안이 가결된다면, 지난날 한국전쟁에서 유엔군(=미군)과 싸운 역사를 다시 반복할 수밖에 없을 지도 모른다고 생각한 것이다. 결국 제재가 미국과 북한 또는 미국과 중국의 전쟁으로 발전할 가능성을 읽은 것이다.

그건 동시에 미국이 진행시키고 있는 선제공격전략에 도움을 줄 가능성을 회피한 것이다. 이번 제제결의를 둘러싼 일본 · 미국 · 중국 · 러시아의 대립에는 미국의 군사글로벌리제이션에 대한 동조(일본)와 반발(중국 · 러시아)이 배경에 있었던 것이다.

### 북한 미사일 발사문제와 일본의 반응

필자는 북한이든 미국이든 모든 핵무기의 제조 · 보유에 반대하며 핵이든 비핵이든 간에 미사일 발사실험에도 반대한다. 일본을 포함해서 미사일 보유국은 현재 세계 40개국 이상이다. 미사일 선진국인 미국이나 러시아를 비롯해, 인도 파키스탄 등은 발사실험을 반복함으로써 개발경쟁과 군확에 열중하고 있으며 이는 핵 확산문제와 더불어 심각한 국제문제이다.

틀림없이 북한의 미사일 발사실험은 불필요한 불신감과 경계심을 증폭시키고 있다. 이미 일본 정부와 방위청이 크게 표명하고 있는 것처럼 미사일방위시스템 배치에 정당성을 부여할 뿐이다.

그러나 미사일 발사실험이 상태화 되어버린 현실을 볼 때, 핵병기와 같이 그 보유나 실험에 대해 강하게 스톱을 거는 국제조약의 체결을 솔선해서 제기하는 것만이 일본을 포함한 관계국가들의 책임이다. 거기에는 미국과 중국 등 핵병기나 미사일 보유국도 예외는 아니다. 미사일이 군사적 목적보다 폭력적인 정치메시지로서 빈번히 사용되는 것이 세계의 현실이다.

왜 북한이 7발의 미사일 실험발사를 강행한 것인지 그 배경을 알아볼 필요가 있다. 북한 국내에서 현저화되고 있는 선군정치를 둘러싼 북한노동당과 군부와의 경쟁이 존재하는 북한 내부사정과 별도로 여기에서는 국외를 향해 발표된 메시지에 관해 요약해보자.

첫째, 북한의 미사일 발사실험이 미국 현지 시간 7월 4일에 조준을 맞춰 결행된 것에서 유래된다. 당일 날이 미국 독립기념일인 것을 의식해서 강행된 것이 틀림없다. 미국에 있어 가장 뜻깊은 날이 선택된 의미는 무엇인가. 6개국 협의를 우선으로 주장하고 북미의 제네바 포활합의(1994년)를 일방적으로 거부해 온 미국에 대해 북한은 2개국 협의를 요구한 것이다.

2005년 9월의 '6개국 공동성명'에서 "북미가 상호의 주권을 존중하고 평화리에 공존할 것, 2개국 간에 관한 각 정책에 따라서 관계정상화의 조치를 취한다."고 명기돼 있다. '대화 대 대화, 공약 대 공약'의 원칙에 따라 북미 쌍방이 단계적으로 사태타개에 진력할 것이 약속돼 있었다. 그런데 미국은 되풀이해서 북미 2국간의 교섭을 버려왔다. 그 반발로 나타난 것이 미사일 발사실험이 아닐까? 물론 이러한 형태의 반발은 아주 난폭한 대응으로 도저히 지지하고 공감할 수 없는 것이다.

두번째, 미일공동으로 정비되고 있는 미사일방위시스템에 대한 반발이다. 북한은 이를 위협으로 느낀다. 일본정부는 MD도입에 대해 미일공동으로 북한의 미사일발사를 억제할 수 있다고 주장해왔다. 이번 발사실험에 의해 MD 억제효과론의 유효성을 부정하는 의도가 있었던 것은 아닐까?

또 요코스카에 배치된 미함선에 탑재된 순항미사일 토마호크(Tomahawk) 수직발사관의 약 반수가 북한을 향해 조준한 상황은 북한에 있어 심각한 위협이 되고 있는 것이 틀림없다. 그리고 MD가 일본열도 각지에 배치・전개되면 공격미사일과 방위미사일이 일체화되어 일본은 아주 강력한 미사일 발사기지화 된다고 보여질 것이다. 그것은 북한이 아니더라도 극히 위협일 것이다.

이처럼 일본 주변을 둘러싼 미사일 시스템에 대한 반항이라는 측면을 놓쳐서는 안 된다.

아무튼 확실한 것은 핵이나 미사일 보유와 발사실험이 결국에는 군확의 응수를 가속시키고, 북한이든 일본이든 군사화에 박차가 가해진다는 것이다. 브레이크가 듣지 않는 군확의 연쇄에 북한도 일본도 깊이 빠져있다.

그러한 군확의 연쇄 속에서 군사의 주문(呪文)의 힘이 점점 강해진다. 북한의 미사일 발사실험에 대한 대응에도 북한에 대한 선제공격에도 자위의 범주라고 단언하는 정치가의 발언이 나오는 것이 그 예이다. 고이즈미 준이치로 전 내각의 누카가 방위청 장관과 아소 외무대신이 적 기지공격의 가능성을 언급한 것이 생생히 기억난다. 이를 암암리에 지지하는 다른 정치가나 여론은 이미 평화실현에 대한 의욕을 상실했다고 해도 과언이 아니며, 평화포기를 스스로 선언하고 있는 것과도 같다.

이런 종류의 발언은 다시 말하면 미국의 선제공격전략(예방공격전략)을 충실히 따라서 말한 것이다. 이미 이런 발언이 공식석상에서 당당히 나올 정도로 일본의 군국화는 급속히 진행되고 있다. 더 큰 문제는 이걸 기회로 삼아 방위미사일·시스템계획의 조기실시를 요구하는 민주당의 존재이다. 게다가 정치가가 이번 미사일 발사문제를 거론할 때 오로지 방위미사일의 정확도 향상만을 강조하여 군사적 효과에 대한 기대감밖에 거론하지 않는다.

지난 미국의 이라크 침공직전시 미국에 추종을 주장해온 전 고이즈미 내각의 브레인이 "미국을 선택할까? 이라크를 선택할까?"라며 2자택일을 국민들에게 묻는 상황과 비슷하며, 이번에도 "미국을 선택할까? 북한을 선택할까?"라는 말로밖에 문제제기가 되지 않았다. 납치사건이나 미사일 발사문제에 대한 경제제재나 압력이라는 정치수단밖에 제시하지 못하는 신정권의 경직된 면도 차후에 큰 문제가 될 것이다.

다양한 정치선택 중에서 가장 유효하고 안전한 방법을 찾아 평화를 실현하는 방법을 찾으려고 왜 노력하지 않는 것일까. 정의와 불의, 적과 아군이라는 이원론으로 모든 정치과제를 파악하려는 이자택일론은 극히 빈곤한 정신에서 나온 것이다.

2006년 6월 22일, 해상자위대의 함정도 참가하여 실시된 하와이에서의 영격미사일 발사훈련은 미국의 미사일공격시스템 정비의 일환으로 실시됐다. 일본이 북한의 미사일개발과 실험을 유인하는 실태를 눈감은 채, 미사일전에 솔선해서 참가하고 북한에 대한 군사제재를 소리 높여 주장하는 정치가가 있다. 이건 하늘을 향해 침을 뱉는 행위이다.

일본은 스스로의 군사주의에 무자각한 채 '임전국가'로의 길을 선택해 버린 듯하다.

### 북한의 핵실험의 대응으로 기세가 더한 아베 정권

일본의 임전국가로의 길은 지난 해(2006년) 10월 9일 오전에 행해진 북한의 지하핵실험의 대응에서 한층 더 박차가 가해질 듯하다.

한국의 국가정보원에 따르면 핵실험은 북한 북동부에 위치하는 함경북도 화대군 무수단리의 지하 항도에서 실시됐다고 한다. 그 규모에서 여러가지 설이 있으나, 과연 핵실험이 성공한 것인지, 실패로 돌아간 것인지조차도 다양한 견해가 있는 것이 현재상황이다.

이번 핵실험이 북한이 말하는 대로 성공이라고 해도 그게 단숨에 핵병기로 실전 배치되는 것은 아니다. 그러나 이미 운반수단을 보유하고 있는 것으로 봐서 의도한다면 핵병기(핵미사일)화의 가능성은 높다고 보는 것이 군사적 면에서 합리적일 것이다. 기술적 문제는 두더라도 북한이 핵실험을 강행하는 것으로 봐서 핵병기보유의 의사를 명확히 한 것만은 분명하다.

북한이 핵실험을 단행하여 핵병기보유의 의사를 보인 이유는 무엇인가? 이미 지적한 것처럼 지난 미사일카드에 이어 핵카드를 내보인 것은 미국을 북미2자회담 테이블에 나오게 하기 위한 것이다. 그리고 앞으로 '핵보유국 북한'으로서 핵의 위력을 배경으로 한 북미회담를 즉시 개최할 것을 요구하고 '초대국' 미국과 직접 담판하여 체제를 유지하려는 것이 북한의 시나리오이다.

그 속에는 틀림없이 핵의 유무에 관계없이 핵병기 포기가 교섭의 중요한 테마가 될 것이다.

그러나 왜 북한은 이 시기에 핵실험을 강행한 것일까? 10월 8일이 김정일 총서기 취임기념일이며, 10일이 북한 노동당 창립기념일이기 때문에 그 사이를 택했다는 설과 미국의 축일(콜럼브스의 미국대륙 도달기념일)을 겨냥했다는 설도 있지만, 아무튼 최근 고립된 북한의 지도부가 핵실험을 함으로써 북한 체제의 중심을 잡으려는 내부적 의미가 강한 것으로 예상된다. 또는 최근 동맹국 중국과의 알력으로 인해 북한 군부의 급진파의 압력이 강해진 결과, 핵실험을 강행했다는 정보도 있다. 특히 중국의 왕광아(王光亞) 유엔대사가 6개국협의에 참가를 거부하는 북한 지도자를 속으로 가리키면서 "나쁜 행동을 취하는 나라는 누구도 보호할 수 없다."는 발언에 대해 북한지도자 중에서도 특히 군부가 맹렬히 반발하고 있다고 한다.

이처럼 핵실험을 둘러싼 북한의 움직임에는 여전히 불투명한 문제점이 많다. 그러나 이번 사건은 지난 번 미사일 발사문제와 같이 연이어 아베정권에 유리할 듯하다. 즉 북한의 지하핵실험의 예측을 정확히 파악하고 있었던 미국과 그 미국으로부터 어떤 정보를 제시를 받아 좋은 타이밍에 한국을 방문한 아베 수상은 현지 서울에서 한일공동이라는 예상치도 못했던 북한에 대한 강경자세를 보일 기회를 얻었다.

마치 야스쿠니 문제를 둘러싼 양국의 험악한 관계가 없어진 듯했다. 중국과의 관계에서도 마찬가지다. 아베수상은 '미래지향'이라는 캐치프레이즈를 다용하면서 말하자면 역사문제를 뒤로 미루기에 사실상 성공했다. 핵보유의 의사를 분명히 한 북한을 공동의 적으로 만들어 한중일 3개국은 대 북한의 대응이라는 것에만 공동보조를 맞추게 된 것이다.

미사일 발사문제에 이어 일본정부 또는 아베 정권은 이번 핵실험 강행을 기화로 지금 이상으로 거리낌 없이 임전국가 일본으로 나아가게 될 것이다. 이에 브레이크를 거는 분위기가 여론이나 T.V미디어에는 없다고 해도 과언이 아니다.

이번 사건에 힘을 얻어 아베 정권은 점점 북한에 대한 봉쇄정책을 할 것이다. 마치 이 기회를 위해서 아베정권이 성립했다는 듯이 강경정책이 실시될 것이다. 그 과정에서 한층 더 아베수상 자신뿐만이 아니라 아베정권을 성립시킨 '일본회의'에 상징되는 체제내 우익조직의 기세가 강해질 것이 뻔하다.

지금 이상으로 북한을 때릴 기회가 또 올 것이다. 그러나 이 시점에서 생각해 봐야 할 것은 일본 독자적인 반핵의 주장일 것이다. 북한이 어떤 의도로 핵보유의 길을 돌파하려는 것인지도 문제지만, 그보다는 단지 때리기나 배제정책을 강행할 것이 아니라 북한이 핵보유에 의해 갑옷으로 무장하고 완고하게 국제사회로부터 거리를 두려는 정책이 배경에 있는 동아시아 정치군사질서의 재검토를 해야 할 것이다.

아베정권은 한미일 동맹을 강화시켜 동아시아의 정치군사질서의 주도권을 잡아 중국에 대해 압력과 회유로 밀어붙이기 위해, 오로지 북한의 낭떠러지 외교를 거꾸로 이용해서 서둘러 일본을 임전체제로 만들려고 하고 있다. 이러한 입장은 단기적인 배외내셔널리즘의 '고양기'를 누르고 있는 국내여론의 지지를 얻을지도 모른다. 이런 기회를 잘 이용한 아베 정권은 교육기본법의 개악, 집단적자위권의 행사, 나아가 개헌으로의 활주로를 어떤 장애물에도 방해받지 않고 출발하기 시작했다. 우리들은 이러한 움직임을 주의깊게 감시하여 그 실현을 저지할 방법을 생각해야 할 것이다.

지금은 침묵하고 있지만, 아베 수상 스스로가 핵무장합헌론를 말한 사람 중의 하나다. 아베수상은 관방부장관 시대(2002년 5월 13일), 와세다 대학에서 있었던 강연장에서 조부 기시 노부스케 수상(당시)이 "전술 핵병기의 사용은 위헌이 아니다."(1957년 5월 7일 참의원 내각위원회)라는 발언을 소개하면서 자신도 "헌법상으로는 원자폭탄도 가질 수 있다."고 발언해 정치문제화 된 적이 있다.

사토 에이사쿠도 오키나와가 반환된 뒤, 퇴임 표명에 이어 일본의 핵무장론을 명확히 하려 했지만, 측근 쿠스다 비서관이 스톱을 건 경위가 있다(『쿠스다 일기』1968년 9월 16일경). 그와 전후

되지만, 사토는 1965년 '사토 존슨 회담'에서 핵무장 발언을 하여 미국의 강한 경계심을 유발시켰다.

다시 말해, 역대 수상 경험자로 국가주의적인 입장을 감추지 않았던 인물은 공언을 하든지 발언을 유보하든지의 차이는 있지만 핵무장의 지향성이 아주 강하다는 점을 염두에 두어야 할 것이다.

일본에서 최초로 건설된 동해 원자력발전소는 영국이 핵개발용으로 제조한 컬더홀형의 원자로이며 이미 1968년 당시 방위청은 동해원자로에서 연간 최대 20발의 핵병기의 제조가 가능하다는 보고서가 나왔다.

동해 원자로와 같은 천연 우란 흑연로에서 일본의 원자로는 더 고도화되었으며 보다 질이 높은 대량의 핵병기를 만드는 능력을 가지고 있다. 즉 일본은 핵병기 제조능력을 충분히 가지고 있으며 또 운반수단으로써 거대 로켓을 보유하고 있다. 거대 로켓은 현재 통신위성이나 기상 위성을 쏘아 올리는 데 사용되고 있지만 뛰어난 정밀유도기술능력을 가지고 있는 점을 본다면 일본의 핵무기 보유 잠재능력은 기존의 핵병기 보유국과 비교해서 월등하다. 지금까지는 비핵 삼원칙을 비롯한 일본의 핵정책이 핵병기 보유의 길을 막고 있었다.

핵 독점을 의도하는 미국을 필두로 핵 대국에 반발하는 한편, 정치군사의 대국화를 지향하는 인도, 파키스탄 등이 핵병기 보유를 단행함으로써 세계는 핵 확산의 방향으로 나가고 있다. 이런 상황에서 일본 국내 또는 일본 정부 내에서는 근린 아시아 국가들의 강한 경계심이나 반발을 전제로 북한의 핵보유를 구실로 삼아 핵무장 논의가 높아질 가능성이 많다.

북한에 경제제재를 과하는 것은 피할 수 없겠지만, 이 이상 에스컬레이트해서 군사제재하라는 목소리가 높아진다면 일본의 임전체제가 단숨에 강해질 가능성이 있다. 이런 점을 감안해서 우리들은 지금까지 반핵・반전의 운영을 재구축할 필요가 있다. 북한의 핵보유를 완고히 반대하는 입장을 관철하면서 동아시아의 군사적 긴장을 완화시키기 위해서는 북한에 대해 공갈정책을 중지하고 위기시대에 들어선 동아시아 지역 전체의 평화공동체를 구축할 구상력을 발휘해야 시기가 아닐까?

우리들은 결코 핵을 둘러싼 갈등 속에 들어가서는 안 된다. 비핵 보유국 중에서 유일한 피폭국가로 세계에 발신력을 높여가기 위해서도 헌법9조의 개헌을 허락해서는 안 된다. 핵이든 미사일이든 군사주의에 의존하는 자는 영원히 평화를 구상할 수 없다는 것을 우리들은 헌법 9조를 지킴으로서 호소해야 할 것이다.

## 2 헌법개악과 자위군 창설

### 어리석은 선택

2005년 10월 28일, 자민당의 '신헌법 초안'(이하, 자민당초안)이 공포됐다. 중간보고의 형태로 된 개요는 이미 주지된 것이었지만 최종안으로 발표됐다. 이것은 자민당 결성 50주년에 해당하는 그 해 11월 22일의 기념당 대회에서 공식적으로 공표되기에 이르며 급격히 논의의 대상이 되었다.

이미 많은 논의가 들끓고 있는 가운데, 쟁점은 현행 헌법의 최대 특색이라고도 할 수 있는 9조(전쟁포기)의 개편과 그 전문이다.

법률용어로 개정이라는 용어를 사용한다면 이번 헌법 개정안을 완전히 무시할 수는 없지만, 헌법 개정의 최대 목적을 9조의 해체 또는 파기에 둔 것은 틀림없는 사실이다.

자민당 초안의 최대 특색은 전문에 들어있는 완전한 역사인식의 망각과 평화인식의 포기에 있다. 즉 지난 아시아태평양전쟁이 군부의 의한 전쟁 발동임을 추가로 묻고, 그 후 적극적인 정책을 전쟁에 채용해 온 일본정부의 판단이 잘못됐다는 반성 위에 '정부의 행위에 의해 다시 전쟁의 참화가 일어나지 않게 한다는 결의'(헌법 전문)를 했을 터인데 이 부분의 문장이 없어진 것이다.

이 부분은 우리 일본국민이 지난 전쟁을 막을 수 없었던 사실과 또 그 사실에 대해 진지하게 마주하고, 두 번 다시 같은 전철을 밟지 않기 위해 지혜와 노력을 함으로써 전쟁으로 크나큰 손해를 입힌 나라의 국민들에게 용서를 빌어 잃어버린 신용을 되찾기 위해 결의를 다짐한 부분이다. 그건 '부의 역사사실'을 직시하고 거기에서 많은 교훈을 얻으려고 맹세한 중요한 부분이다. 그 부분이 삭제됐다는 것은 전쟁의 기억과 교훈을 겸허히 배워가겠다는 평화창조의 자세를 포기한 것이라고 할 수 있다.

더 중요한 것은 '전 세계의 국민이 다 같이 공포와 결핍에서 벗어나 평화 속에 생존할 권리를 가진다'는 부분 또한 삭제된 점이다. 소위 '평화적 생존권'라고 불리우는 이 내용은 인류에 의한 전쟁만이 최대의 공포와 절망을 초래하는 가장 큰 인권침해 행위임을 인식하고 인류가 반복해서 전쟁을 체험하는 속에서 도달하는 진리이다. 평화적 생존권은 국경이나 민족, 종교나 이데올로기 등을 넘어 공유해야 할 진리임을 외친 것이다.

그런 의미에서 전문의 가장 중요한 내용을 삭제하려는 자민당 초안은 역사를 부정하는 것이며 평화창조의 기회를 포기하는 어리석은 내용이라고 할 수밖에 없다. 문제는 왜 이 같은 삭제안을 제기한 것인가라는 점이다.

자위군의 창설이 검토되는 오늘날, 우리 사회는 다짜고짜로 자위대라는 강한 군대를 가지게 된 것을 자각해야 할 것이다. 자위대의 문민통제는 자위군이 등장한다면 형해화는커녕 해체될 가능성조차 있다. 지금은 그런 위기감에 대해 실감을 가지고 말할 수 있다.

본서의 목표는 자위군의 창설을 사정거리에 넣기까지의 자민당 주변의 움직임과 그 배경을 비판적으로 총괄함으로써 다시는 '무력에 의한 평화'가 아니라 '무력에 의지하지 않는 평화'로의 길을 열기 위해 다시 한번 원점으로 돌아가 헌법 9조의 활성화와 실현을 구상하는 것에 있다. 그 때문에도 여기에선 자민당의 우매한 선택의 이유를 찾으려고 한다.

### 헌법 9조의 역할

자위군이라는 이름 그대로 군대가 아무 거리낌 없이 통하게 된다면 그건 단순한 군사조직에 멈추는 것이 아니다. 무력을 장비한 일개 정치조직으로 국가기강의 중추에 자리잡을 것이 예상된다. 그런 역사적 사례를 이 나라는 가지고 있다. 특히 군사와 자본의 연계가 진행되고, 또 여론이 밀어주면 국가방위라는 말이 금과옥조처럼 반복되어 결국 군대는 멈출 수 없는 증식과정을 걷게 된다.

전전의 군사조직 또한 지금의 자위대처럼 국민의 자발적 의지에서 나온 군사조직이 아니었다. 폐번치현(廢藩置縣, 번를 현으로 바꾼 행정개혁)을 통해 급속한 중앙집권화를 서두르는 메이지 정부가 자신들의 무력조직을 보유하기 위해서 유력 번으로부터 번병을 모아 상부로부터 강제적으로 창설한 '고신페이(御親兵)'

라는 군대조직이 모체이다.

그것은 후에 고노에헤이(近衛兵)라는 이름의 천황을 보위하는 군사조직(고노에 사단)으로 확충되고 급기야는 제국 육해군으로서 정치권력을 손에 넣어 간다. 동시에 천황의 군대(=황군)는 침략전쟁의 첨병을 수행한다. 먼저 오쿠라(小倉) · 닛산(日産) · 후루카와(古河) 등 신흥재벌이, 뒤늦게 미츠이(三井) · 미츠비시(三菱) · 야스다(安田) · 스미토모(住友) 등의 구재벌이 식민지나 군사점령하의 아시아 국가와 지역에 자원과 시장을 구하려고 들어간 것이다.

프랑스 혁명의 성과를 지키기 위해 편성된 프랑스 혁명전사나 미국의 독립전쟁에서 싸우기 위해 긴급히 편성된 미니트맨이라고 불린 농민병사로 편성된 '군대'와 '황군'과는 출발이 다르다. 또 소련 혁명이나 인민해방군을 성공리에 이끈 노동자나 농민들로 구성된 '적군'(赤軍)이나 하치로군(八路軍) 등, 후에 국방군과 인민군으로 발전하는 군대와는 다르다. 불 · 미 · 러 · 중 모두가 독립혁명이나 시민혁명의 성과를 지키기 위해 민중들이 자발적으로 창출한 조직이었다.

일본의 경우는 앞에서 기술한 것처럼 국민방위를 위한 무력조직이라기 보다 천황제 국가체제의 방위(국체방위)를 위한 군대로써 창설되었다. 그런 점에서 국민들 중에서 징병된 군대였는데도 불구하고 마지막까지 국민방위의 의식이 크지 못한 채, 천황제국가에 대한 충성심만이 요구된 것이다. 그래서 자국민이나 타국민의 희생에 대한 관심이 희박한 채 지금에 이르게 된 것이다.

또 천황의 군대는 아시아 국가들을 대상으로 한 식민지 통치의 중핵이었으며, 침략전쟁의 주역을 수행했다. 특히 식민지 조선의 총독은 일관적으로 제국 일본의 육해군 군인이며, 허수아비 국가 '만주국'의 사실상의 '황제'는 군사·외교권을 장악한 제국 일본의 육군 군인이었다.

그런 성격을 내포한 전전의 군대를 부정하고 그 군대를 보유하지 않는다고 맹세한 현행 헌법의 전문과 9조에는 전전의 군대조직과 행동규범에 대해 엄격한 비판이 들어있는 것은 당연하다.

그런데도 불구하고 한국전쟁 발발(1950년 6월 25일)을 계기로 7만 5천명의 경찰예비대가 창설(동년 8월 10일)되고 일본의 재군비가 개시된다. 현재 육해공군 3자위대는 총인원이 약 24만명에 이르며 연간 4조 8천억엔(2005년도 예산)의 방위비(군사비)를 소비하는 사실상의 군대이다. 이 역사적 경위로부터도 알 수 있는 것처럼 미국에 의해 외압을 받은 것도 사실이지만 자위대는 일본 스스로가 국가주도에 의해 창설된 군대였다.

그런 의미에서 자위대도 전전과 같이 국가방위를 주임무로 하는 군대이긴 하지만, 결코 국민을 방위하기 위한 무력조직이 아니다. 그런 자위대의 확대와 충실을 허락하면서도 국가방위를 구실로 전쟁발동에 이르지 않은 것은 반전을 전제로 한 전후 민주주의와 국민여론에 폭넓게 뿌리내린 평화에 대한 절실한 소망이 있었기 때문이다. 그걸 받쳐온 것이 헌법 9조이다.

한국전쟁이나 베트남전쟁에서는 일본에 주둔하는 미군 육상부대나 폭격기가 일본기지에서 출격했다. 미국의 점령하에 있었다든지 1972년까지 오키나와는 일본의 통치하가 아니었다라는 변명은 가능할지 모르겠지만, 그런 뜻에서 일본은 참전국이라는 평가를 받았다. 그러나 베트남 전쟁에 약 5만명의 병력을 파병하여 약 3,700명의 희생자를 낸 한국과는 달리 자위대 파병이 강행되지 않았던 것은 틀림없이 헌법 9조가 있었기 때문이다. 일본은 걸프전쟁(1991년 1월 17일 개시)에 전비거출(130억 달러)의 형태로 전쟁에 가담했다. 그러나 자위관은 파병되지 않았다. 여기에도 9조의 힘이 작용한 것이다.

단지, 일본에 대한 미국의 참을성은 이 시기에 한계에 도달해 있었다. 미국의 의향에 따라 자위대의 새로운 역할을 찾으려고 생각하는 정치가와 관료는 9조의 영향력을 무시할 수 없게 됐다. 그래서 모든 수단을 동원해서 9조의 골자를 빼려고 한 것이다. 그것이 신 가이드라인(1997년 9월 23일), 유사관련 3법(2003년 6월 6일) 등의 일련의 유사법제 정비와 이라크 복흥지원특별조치법이었다.

그러나 이라한 대응도 공동군의 형성과 전개를 일본에 요구하는 미국의 기대를 만족시킬 수는 없었다. 동시에 일본 정부주변도 자위대의 적극적인 역할을 주체적으로 선택하여 여론에 호소하여 '자위군'의 창설을 지향하게 된다. 최종적으로는 '자위군'이 집단적자위권의 행사가 가능한 '국방군'으로의 승격을 전제로 하고 있다. 이번 자민당 초안의 '자위군'은 '국방군' 창설구상의 부분적 절충안으로써 있다. '자위군'이 표기에 멈춘 것은 헌법 9조의 존재와 반전평화를 희구하는 여론에 대한 일시적인 타협의 산물이라고 볼 수 있다.

그러나 이 타협도 고이즈미 정권하에서의 잠정적인 타협에 불과하다. 아베 수상은 총재 선거에 입후보한 이래, 개헌을 공약에 거는 한편, 9조가 금지하는 집단적자위권의 행사에 관해서도 현행 헌법대로도 가능하다는 해석을 소리 높여 주장하고 있다. 미국을 표적으로 한 테러 공격이 발생할 경우, 아베 수상은 미국의 보복공격이 있을 시에는 일본 자위대도 같이 작전행동을 취하는 것이 '국제 사회에 대한 적극적 공헌'이라고 보고 있다.

아베 수상이 말하는 '국제공헌'이란 고이즈미 수상과 같은 '대미공헌'에 불과하다. 미일동맹의 증명으로써 일본의 평화주의를 실질적으로 포기하여 특히 아시아 국민들의 불신과 경계를 불러일으키는 것이 과연 현명한 선택이라고 할 수 있을까. 대답은 분명하다. 그와 같은 위험한 선택을 감히 하는 것은 미일동맹을 축으로 정치・군사・경제의 삼위일체의 이익구조가 완성돼 있기 때문이다.

## 전쟁발동으로의 길

그런데 이번 자민당초안에서 가장 주목할 점은 9조 2항(전항의 목적을 달성하기 위해 육해공군 이외의 전력은 이를 보유하지 않는다. 국가 교전권은 이를 인정하지 않는다.)이 삭제된 것이다. 그 초안을 지지하는 측에서 본다면 숙원이었던 자위대가 군으로 승격이 된 것이 큰 전진이라고 받아들였을 것이다. 또 주권국가라면 군대보유를 헌법에 명기하는 것이 당연하다는 소위 '보통국가'로의 동참이 실현 가능하다고 생각했는지도 모른다.

우선 여기에서 자위군의 규정이 자민당 초안에 넣어진 이유를 술해 보자.

현행 헌법 9조의 1항에는 손을 대지 않았지만, 2항이 내세우는 '육해공 그 외의 전력은 이를 보유하지 않는다' 부분을 삭제하는 대신에 자위대를 '내각 총리대신을 최고지휘관'으로 삼는 조직으로 규정하고 '자위군을 보유한다'라며 '군'의 위치를 정했다(자민당 초안 9조 2항의1). 틀림없이 그 목적은 무력행사가 가능한 군대로 첫 발을 내딛게 된다. 현행 헌법 9조 2항은 전력불보유와 교전권부인을 정한 내용이며 이를 삭제하는 것은 자동적으로 전력보유와 교전권용인을 합의하는 것이 된다.

9조 2항의 존재는 실은 전후 일본의 보수정치에 있어 방위정책의 기본적 틀을 형성하는데 있어 불가결한 전제였다. 현시점에서의 일본 정부의 '전력'의 정의는 '자위'를 위해 필요 최소한도를 넘는 것'이다. 그런 점에서 현재의 자위대 장비는 '자위를 위한' 장비이며, 그 이상의 것이 아니라고 한다. 그 자체가 이해하기 힘든 정의를 하면서도 지속적으로 '전력 불보유'를 관철하는 입장을 취해왔다. 이를 내세워 자위대가 위법적인 조직이 아니라고 강하게 변명해 온 것이다.

1년간에 40조엔 이상의 군사비를 사용하는 미국은 두더라도 일본은 핵보유국인 중국의 군사비의 2배 정도(약 4조 8000억엔)를 사용하여 세계에서도 굴지의 전력을 보유하고 있다. 이런 자위대가 군대가 아니며 그 무력도 전력에 해당되지 않는다는 것은 이미 설득력을 잃었다. 핵병기 이외에 모든 근대병기를 보유하고 있는 자위대의 전력이 이미 세계의 톱 레벨인 것은 자타가 인정하는 사실이다. 그 속에는 역대 정부를 괴롭혀온 자위대의 실체와 헌법규정의 괴리의 문제가 있다. 이 괴리를 묻고 자위대의 실체에 헌법을 적합시키기 위해서는 9조 2항의 삭제밖에 없었던 것이다.

그러나 자위대를 군대라고 하는 정의가 공인되기까지는 일본 국민의 저항이나 국제사회, 특히 아시아의 국민들로부터의 반발을 각오하지 않으면 안 된다. 그래서 '군대' 또는 '전력'을 인정하는 한편, 이러한 과제를 해결하기 위해서 9조 1항의 '전쟁포기'를 삭제하는 것은 위험한 선택이라고 판단한 것이다. '군대'나 '전력'을 인정했다고 하더라도 전쟁은 발발하지 않는다는 것이 자민당 초안의 변명이다.

과연 그럴까? 탈냉전시대의 자민당정부는 걸프전쟁(1999년1월)의 전비를 부담하고 미일안보 재정의를 거쳐서 미일 신가이드라인에 합의했다. 그리고 미국의 대 아프간 전쟁(2001년 10월)과 대 이라크 전쟁(2003년 3월 20일 개시)이 일어난다. 그간 일본정부는 일관해서 미정부로부터 자위대파병을 요청받았다. 공갈과도 같은 미국의 엄한 파병요청에 대해 1990년대의 미국정부는 여론의 반응을 곁눈질하면서 바로 전면적으로 호응하는 것에 신중한 자세를 지속했다. '9조의 속박'에 신경을 쓴 것이다.

그러던 중 제안된 것이 PKO협력법, 주변사태법을 포함하는 소위 가이드라인 관련법, 테러 관련3법, 이라크 복흥지원 특별조치법 등이었다. 친법인 헌법의 규정을 회피하는 고육지책으로 극히 위헌성이 강한 개별법에 의해 자위대의 해외파병의 길을 연 것이다. 그러나 이들 개별법은 모두가 미국 측에서 보면 극히 불만이 남는 어중간한 법률일 뿐이었다. 왜냐하면 이들 법률은 '무력에 의한 위협 또는 무력행사'(9조 1항)에 해당되는 행위를 엄격히 금지하고 있기 때문이다.

이러한 규정을 넣을 수밖에 없었던 최대의 이유는 자위대의 해외파병이 자동적으로 집단적자위권의 행사에 직결하는 것이 아닌가라는 강한 경계심과 의구심이 국내 여론에 있었던 것에 대한 배려였다.

최종적으로는 미국의 요청에 응답하는 형태로 자위대의 이라크 파병을 단행하면서도 집단적자위권으로 나가는 것에는 상당한 자제력이 움직이고 있었다. 거기에는 재군비 이후, 일관적으로 논의되어 온 것처럼 일본은 두 번 다시 타국과의 공동군사행동은 선택하지 않겠다고 헌법에 표명하고 자위대는 개별적 자위권의 발동으로써 '전수방위'를 철저히 하는 것으로 그 존속이 허락돼 왔다. 이처럼 전후 일본은 한계에 가까운 헌법 해석을 중복하여 국내외의 반발을 회피해 온 경위가 있었던 것이다.

그러나 요즘에 와서 '교전권 부인'을 명기한 9조 2항을 삭제한 것은 무력행위에 관한 금지규정을 풀려는 의향이 강하게 움직이기 때문이다. 자민당 초안은 9조 1항에 전혀 손을 대지 않았지만, 그건 여론을 불안하게 하지 않기 위한 배려에 불과하다. 즉 '국권의 발동인 전쟁과 무력에 의한 위협 또는 무력의 행사'를 포기하는 현행 헌법 제 9조 1항을 남기긴 했지만, '국제사회의 평화와 안전을 확보하기 위해 국제적인 협조로 행하는 활동'(자민당 초안 9조 2항의 3)에는 무력행사가 포함돼 있으며, 그 정당성도 확보된다고 볼 수 있다.

**집단적자위권**

무력행사가 가능하다면 집단적자위권의 행사는 목전이다. 미일 동맹하의 자위대의 위치를 생각한다면 충분히 예측되는 사태다. 일단 무력행사의 속박이 풀렸다면 틀림없이 한꺼번에 미일

공동군사행동으로 발전할 것이다.

즉 개헌론의 최대 목표가 집단적자위권의 행사에 있는 것은 명백하다. 그러나 자민당 초안은 그 점에 대해 전혀 서술되지 않았다. 그 뿐만 아니라 '자위권'의 용어도 보이지 않는다. 그러나 본심은 종래의 일본정부가 표명해 온 공식견해(개별적 자위권의 용인과 집단적자위권의 금지)를 깨려 하고 있다.

개헌론자가 생각하는 집단적자위권의 행사의 근거는 국제연합 헌장 제 51조(자위권)의 다음 규정에 요구돼 왔다.

'국제연합 가맹국에 대해 무력공격이 발생한 경우에는 안전보장이사회가 국제의 평화 및 안전유지에 필요한 조치를 취하기까지 개별적 또는 집단적 자위의 고유의 권리를 해하는 것이 아니다'

이를 근거로 유엔이 용인하는 집단적자위권의 행사는 가맹각국의 정당한 권리로 해석되고 있다. 앞에서 술한 아베 수상의 집단적자위권 행사의 정당성이란, 동 조항중의 '안전보장 이사회가 국제평화 및 안전의 유지에 필요한 조치를 취하기까지의 기간'이라는 엄한 조건이 붙여진 것으로, 집단적자위권을 해당국에 무조건 부여하는 것이 아니다. 다시 말해, 유엔이 지적하는 집단적자위권이란 긴급 피난적인 것이며 '유엔의 권리'로서 정해진 것이다.

따라서 집단적자위권 행사가 주권국가의 정당한 권리라는 주장에는 당연히 무리가 있다. 과도적이며 임시적인 조치로써 집단적자위권의 보장에 불과한 것이기 때문이다. 여전히 그것을 일부러 무시하는 논법을 채용하는 것은 그 밖에 집단적자위권 행사의 정당성이 없기 때문이다.

지금까지 역대 일본정부의 집단적자위권을 1981년 5월 29일의 '정부답변'(내각법제국)에 따라 다음과 같이 해석해 왔다. 그 내용은 자위권을 가지는 것은 주권국가인 이상 당연하지만 헌법 9조하에서 허용된 자위권의 행사는 우리 국가를 방위하기 위해 필요 최소한의 범위에 멈추어야 한다고 해석하고 있으며, 집단적 자위권의 행사는 그 범위를 넘는 것으로 헌법상 용서되지 않는다고 돼있다.

자민당 초안의 '신헌법 9조안' 삭정에 큰 역할을 해온 이시바 시게루(石破 茂) 전 방위청 장관은 자신의 홈페이지에서 정부해석의 문제점을 다음과 같이 열거하고 있다.

제 1의 문제점은 정부가 말하는 집단적자위권 행사가, 왜 '우리 국가를 방위하기 위해 필요 최소한의 범위를 넘는 것'이라고 말할 수 있는가에 관한 설명이 없다고 한다. 제 2에는 '집단적자위권을 가지고 있는 것은 주권국가인 이상 당연하다'며, '국제법상 가지고 있다'면서 헌법상에 상기의 조건에서 '용서되지 않는다'는 것은 없다는 것이다. 제 3에 정부해석은 집단적자위권이 '행사할 수 없는 권리'로 있는 것과 같다는 법적개념은 성립되지 않는 것이 아닐까라고 말한다. 나아가 유엔헌장 제 5조는 집단적

자위권의 행사나 현행헌법 9조에서 말하는 '국제분쟁을 해결하는 수단으로써'의 전쟁 또는 무력행사와는 다른 것이 아닌가라고 했다.

여기에서 나타난 것은 종래 반복해서 설명한 전형적인 집단적 자위권 합헌론이다. 정부해석 자체가 원래 무리가 있는 해석이며 문제점은 얼마든지 지적할 수 있다.

이시바의 문제 제기에 따라서 정리해보자.

제 1의 문제점은 어떠한 종류, 어떠한 규모의 전투행위든지 현대전에서의 2개국 이상의 공동전투행위에서는 1국만의 군사판단에서 전투의 규모나 기간을 결정하거나 전투행위의 통제·관리는 할 수 없다. 전쟁영역의 광역화도 필사적이며 일본이 단독으로 결정할 수 있는 여지는 없다. 그 안에는 분명히 전투영역이나 전투 목적에서 일원적으로 통제 가능한 '전수방위'의 방위출동과는 다른 양상을 보일 것이다.

제 2의 문제점은 국제법과 국내법과의 상호관계를 어떻게 정하는가라는 헌법원리에 관한 문제이다. 특히 9조의 평화조항이 가지는 보편적인 과제에 대한 인식의 문제이다. 즉, 평화조항은 일본국민이 다같이 희구하는 것이지만 그에 한정되지 않고 국제평화사회의 창조에 공헌하자고 선언하고 있다. 따라서 평화조항을 실현해가는 장은 원래 국제사회이며 국제법과 국내법의 우열을 논할 의미가 없다.

제 3의 문제점은 법적개념으로서 '행사할 수 없다'는 권리는 '권리'가 아니라고 주장하고 있다. 그러나 포인트는 거기에 있는 것이 아니다. 집단적자위권은 자동적으로 전투에 말려들기(자동참전) 때문에 교전권의 발동(선전포고)과 불가피한 관계에 있다. 이건 분명히 9조가 허락해서는 안 된다. 전후 일본은 9조에서 이러한 집단적 자위를 인정하지 않는다고 규정함으로써 두 번 다시 전쟁을 일으키지 않고 전쟁에 말려들지 않으려고 노력하는 비전의 정책을 국가의 방침으로써 채용했다. 반복하지만 이거야말로 아시아태평양 전쟁의 비참한 역사체험으로부터 나온 교훈일 것이다. 자민당은 이 교훈을 버리려고 한다고 할 수밖에 없다.

### 자위군의 자재로운 활용을 노린다

그럼 자민당 초안이 나타낸 자위군은 대체 무엇을 목표로 하는 것일까. 그것을 염두에 두고 자민당초안을 쫓아보자.

먼저 자위군의 역할은 "우리나라의 평화와 독립 및 국민의 안전을 확보하기 위해"(자민당 초안 9조 2항 1)라고 한다. 이것만을 잘라서 읽는다면 어떤 문제도 없는 듯이 보인다. 오히려 마땅한 목표가 아닌가 싶을 정도이다.

그러나 문제는 그렇게 단순하지 않다. 제 1에는 원리적인 레벨에서 말한다면 '평화와 독립'의 확보를 목적으로 자위군이 투입된다는 것은 평화와 독립이 무력행사에 의해 확보되는 대상으로 재정의된다는 것을 의미한다.

그것은 헌법전문에서 "일본국민은 항구의 평화를 염원하여 인간상호의 관계를 지배하는 숭고한 이상을 깊이 자각하는 것으로 평화를 사랑하는 여러 국가의 국민들이 공정과 신의에 신뢰하여 우리들의 안전과 생존을 유지하려고 결의했다."는 전후 일본의 근본이념을 전면 부정하는 것만이 아니다. '평화와 독립'의 확보가 자의적인 구실로 사용된다고 무력행사에 대한 문턱이 사실상 소멸한 것이다. "국민 및 국민의 안전을 확보하기 위해서"라는 표현에도 큰 문제가 있다. 현재 일본 국민은 여행이나 전근 등으로 세계 중에 퍼져있다. 그들의 안전을 언제나 확보하기 위해서 자위군을 세계규모로 전개하지 않으면 안 된다. 아니 역으로 적극적으로 활용하는 것을 의도하고 있다.

구체적으로 생각해보자. 모국의 미사일 발사실험이 일본의 평화와 독립에 대한 위협이라고 자의적으로 해석한다면 미국의 이라크 공격처럼 일본 자위군이 모국을 선제공격하는 것도 있을 수 있다. 또 일본국민의 안전을 이유로 댄다면 타국의 정변이나 폭동발생에 대응해서 일본인 구조의 명목으로 자위군의 해외파병이 강행될 수도 있다. 이를테면 수마트라 지진이 발생했을 때 사실상의 '경공모'라고 불리우는 대형보급선 '오스미'가 파견됐다. 동함대에는 완전무장한 부대를 운반하는 강습양륙용의 LCAC(에어쿠션형 양륙정) 2 척이 탑재돼 있으며 실제로 물자양륙에 사용되고 있었던 것이다.

미사여구로 구슬린 자민당초안 9조 2항 1에는 자위군의 행동을 속박하는 것이 아니라 모든 사태에 대응해서 자유로이 군대를 전개할 수 있도록 하기 위한 규정이다.

동초안 9조 2항 3에도 같은 지적을 할 수 있다. 거기에는 '국제사회의 평화와 안전을 확보하기 위해서 국제적으로 강조해서 행하는 활동'을 하려고 한다. '국제적으로 강조해서 행하는 활동'이란 대체 무엇을 의미하는 것일까. 통상적으로는 국제연합 총회나 안전보장이사회의 결의에 따른 유엔활동을 상기하지만, 과연 그럴까.

역대 자민당 정권의 유엔과의 거리감을 생각한다면 금방 통상의 유엔활동과 연결시키는 것은 적합하지 않다. 또 유엔활동을 지적하고 있다고 해서 문제가 없는 것은 아니다. 한국전쟁이나 걸프전쟁을 꺼낼 필요도 없이 전후 국제사회가 유엔결의의 이름하에서 얼마나 꺼림칙한 전쟁에 '보증'을 부여해왔는지는 주지의 사실이다.

실은 자민당초안이 얼마나 장기적인 전략과 전망하에서 구상됐는지가 문제이다. 동 초안 9조 2항의 3은 역시 미국과의 공동군사행동을 자유로이 취할 수 있는 법체계를 정비하려고 하고 있다.

현 부시 공화당정권의 성립이후 미국은 일본정부에 인적파견을 동반하는 '국제공헌'의 이행을 요구하고 또 자위대에 대해서는 미군재편계획에 따라 새로운 역할을 완수하기를 강하게 기대하고 있다. 이대로 간다면 국제공헌을 구실로 자위대 내지는 자위군이 갑자기 세계에 전개할 가능성이 있을 수도 있다.

하나 더 신경이 쓰이는 것을 지적하지 않으면 안 된다. 그건 동초안 9조 2항의 3의 후반부분에 나타난 내용이다. 거기에는 자위군이 "공공질서를 유지하거나 국민의 생명 또는 자유를 지키기 위한 활동"을 할 수가 있다고 명기돼 있다. 분명히 자위군이 국내의 긴급사태에 대응하는 형식을 준비해 치안유지활동을 할 것을 나타내는 내용이다.

본래 자위대의 치안유지활동을 목적으로 하는 치안출동에 대해서는 자위대의 위헌성으로 인해 엄한 제약이 있었다. 친법인 헌법에 자위대라는 조직의 인정에 관한 조문이 존재하지 않고 개별법인 자위대법에만 규정이 있는 치안출동은 그 발동에 있어 법적 측면만이 아니라 국민감정으로서도 철저히 회피돼 왔다.

오늘날 치안활동에 덧붙여 경호출동의 형식을 취하여 자위대의 국내출동이 완화되는 방향에 있다. 그러나 친법에 치안활동을 용인하는 조문이 없는 것이 여전히 자위대의 국내전개에 무거운 걸림돌이 되고 있다. 그 걸림돌을 이번 자민당초안은 치우려는 것이다.

현행의 자위대법에 의한 구속이 없어지면 국민에게 총구를 댈 가능성이 높아질 것이다. 거기에는 군사력을 대외적인 위협을 준비하는 것처럼 위장하면서 대내적으로는 억압장치로써 기능시키려는 의도가 보인다. 이 나라가 전쟁국가·군사국가로써의 성격을 농후히 가지고 있는 현실에 의의를 제기하는 사람이나 미디어에 대해 자위군이 '공공질서를 유지'하는 목적으로 그 무력을 발휘할 위험성을 느끼게 한다.

**'전쟁의 포기'를 왜 삭제하는가**

현행헌법 제 2장 '전쟁의 포기'는 자민당초안에는 '안전보장'으로 돼 있다. 거기에는 크게 나누어 2개의 문제점이 있다.

제 1에는 '헌법의 원리적 의미'의 전환이 노골적으로 나타나고, 그것이 자민당초안 전체를 관철하고 있는 점이다.

제 2에는 '전쟁포기'를 내세움으로써 세계로부터 특히 아시아의 국민들로부터 겨우 획득해온 '평화국가 일본'에 대한 신뢰를 완전히 부정하는 어리석은 행동이라는 점이다.

근대헌법이란 긴 인류의 역사를 거쳐 도달한 국가와 국민의 관계를 역전시키고 국가가 국민을 관리·지배하기 위해 이용하려는 것이다. 거기에는 국민의 권리가 현저히 제한되고 국민이 수행해야 할 국가에 대한 의무가 반복해서 설명된다. 이를 전형적으로 나타내는 것이 제 2장 '전쟁의 포기'로부터 '안전보장'으로의 명칭변경이다(152항 참조).

전전 천황제 국가에서는 군부가 국민의 직접 관여할 수 없는 국가 시스템을 악용해서 침략전쟁으로 국민을 동원하여 국내외에 심대한 피해를 끼쳤다. 이러한 역사를 진지하게 반성하여 전후 일본은 재출발했다. 그리고 국가를 감시하고 필요하다면 권력을 개편할 권리를 우리들은 손에 넣었다. 일본국민은 헌법을 통해서 어떠한 전쟁도 완전히 '버린다'는 것을 국가에 맹세시키고 이 맹세를 전세계를 향해 발신하면서 지난 전쟁에서 잃은 일본의 신뢰를 되찾으려고 하고 있다.

그러나 '전쟁의 포기'를 '안전보장'으로 변경하는 것은 전쟁발동의 선택권을 보류하는 것이 목적이다. 자민당초안은 전쟁발동 행위는 주권국가의 당연한 권리라는 입장에서 국가의 안전보장을 확보하는 수단으로써 전쟁에 호소할 권한이 있다고 주장하는 것이다. 다시 말하면 현행헌법에서 교전권을 포기하지만 여기에서는 앞으로 '선전포고'를 할 것도 상정하고 있는 것이다.

그렇다면 무엇 때문에 전쟁발동이 상정돼 있는가. 자민당초안의 9조 2항의 문언에 대해서는 이미 술했다. 모두 극히 추상적인 상정이다. 진짜 목적은 '전쟁포기' 조항의 삭제에 의해 자위군이 행동의 자유를 빼앗기는 일 없이 자유롭게 행동할 수 있도록 하는 데 있다. '안전보장'의 개념을 헌법에 도입해 최종적으로는 '자위군'의 군사력으로 일본의 '안전보장'을 확립하려고 한다고 할 수 있다.

안전보장의 개념은 극히 다의적으로 사용되지만 거기에는 군사력에 의한 안전보장의 확보가 전제가 되며, 그 밖의 수단에 의한 안전보장은 염두에 없다. 최초부터 '군사력 의존'의 입장인 것이다. 그런 점에서도 자민당초안은 '군사력에 의존하지 않는 평화창조'라는 현행헌법의 원리를 부정하고 있다.

이러한 생각은 자민당초안을 구상하고 작성한 사람들의 마음 속에 뿌리내리고 있는 예로부터의 군사력에 의한 균형론 내지 억제론을 반영하고 있다. 이것은 19세기형의 안전보장론의 반복에 지나지 않는다.

대체 그들은 2개 대전과 수많은 국지전쟁에서 무엇을 배웠는가. 군사력에 의한 안전보장이 비현실적인 선택이라는 점은 증명이 됐다. 하나의 전쟁은 다음 전쟁을 낳는다. 20세기를 통해서 폭력의 연쇄를 멈출 수 없었던 역사적 사실을 직시해야 할 것이다.

그러나 자민당 의원만이 아니라 야당인 민주당원을 포함해 어디까지나 군사력의 유용성을 계속 물어대는 사람들이 있다. 헌법에서 군대를 인정하지 않는 것은 '이상한 국가'로 '보통국가'에서는 없는 주권국가라면 군대를 보유하는 것은 당연하다고 주장한다. 과연 그것만이 헌법초안에 '자위군'을 명기한 이유일까. 이 외에도 더 중요하고 절박한 이유가 있을 듯하다. 그건 미군재편문제에 관련된 미국으로부터의 강한 요청이다.

## 미군재편문제와의 관련

2005년 10월 30일, 전일 워싱턴에서 열린 미일안보협의 위원회(통칭 2플러스2)에서 일본측(오노 요시노리(大野功統) 방위청장관)과 미국측(콘돌리자 · 라이스 국무장관, 도날드 · 럼즈펠드 국방장관) 사이에서 합의한 중간보고 '미일동맹 미래를 위한 변혁과 재편'(이하, '미군재편중간보고'로 줄임)이 공표되어 미군재편계획의 전모가 명확해졌다('최종보고서'는 2006년 5월 1일 공표). 그것은 탈냉전 시대에 미일안보의 재정의를 시작한 이래로 약 10년간에 걸친 미일 양국간에 검토돼 온 군사동맹의 내실을 나타내는 것이다.

그간 일본정부는 미국의 요청을 받는 형태로 여러가지 군사법제를 제정해왔다. 또 동시에 정면정비의 비약적인 확충에 분주해왔다. 그건 미일양군의 공동성을 높인다는 정도의 군비확충이 아니라 말하자면 미일양군의 일체화를 목표로 하는 것이었다.

'미군재편중간보고서' 및 '최종보고'에 나타난 내용은 지금 이상으로 미일양군의 일체화를 선명히 해왔다. 이하 인용은 '중간보고'의 문장인데 특히 'II 역할 · 임무 · 능력'에서 "오늘날의 안전보장환경에서의 다양한 과제에 대응하기 위해 2국간 특히 자위대와 미군의 역할 · 임무 · 능력을 검토했다."고 하며, 구체적으로는 '일본의 방위 및 주변사태에 대한 대응(새로운 위협이나 다양한 사태에 대한 대응을 포함한다)'과 '국제평화협력활동에 대한 참가를 비롯한 국제적인 안전보장환경의 개선을 위한 대책'이라고 설명하고 있다. 이 문장은 먼저 검토한 자민당초안 9조 2의 3항에 통하는 내용이다.

자민당 초안의 제 9조와 미군재편문제와의 관련성이 선명히 드러난다. 또 그 다음을 읽으면 2국간의 방위협력에 관련한 몇 개의 기본적인 생각을 쌍방에서 확인했다고 돼 있으며 그 생각 안에는 다음과 같은 것이 있다.

'일본은 일본의 유사법제에 기초된 지원을 포함해서 미군의 활동에 대해 사태의 진전에 응하여 끊임없는 지원을 제공하기 위해서 적절한 조치를 한다. 쌍방은 재일 미군의 프레젠스 및 활동에 대한 안정적인 지원을 확보하기 위해 지역과 협력한다.'

미일안보 재정의 이후의 일련의 군사법제가 일본방위라는 표면상의 설명과는 달리 실은 미국 지원을 위한 군사법제인 것이 분명해졌다. 더구나 미군의 전략이나 전력배치, 작전전개에 대응해서 자위대 군사력이 자재로 전개할 수 있는 능력을 준비할 것을 약속하고 있다.

나아가 미일양군이 현실에서 어떻게 대응할 것인지에 대해서는 '자위대 및 미군은 국제적인 안전보장환경을 개선하기 위해 국제적인 활동에 기여하기 위하여 타국과의 협력을 강화한다'고 표현한 것이다. 여기에 나타난 '국제적인 안전보장환경을 개선한다'란 대체 무엇을 의미하는 것일까. 이라크 전쟁을 상기해 주기 바란다.

중동은 미국의 석유전략에 있어 극히 중요한 지역이다. 여기에 반미정부가 존재한다는 것은 미국의 안전보장에 있어 극히 사활적인 의미를 가진다. 이 나쁜 상황을 개선하기 위해서 미국이 선택한 것이 이라크 선제공격이었다. 이라크가 숨겨놓았다던 대량파괴병기의 문제가 결코 아니었다.

이라크 석유는 일본에 있어 중요한 에네르기인 것이다. 그러나 군사력을 투입해서까지 자국의 이익을 확보하려고 한 것은 분명히 국제법 위반이며, 비인도적 행위인 것이다. 그와 같은 선택을 채용하는 것은 일본은 할 수 없다. 그러나 이 보고서에 따르면 일본은 미국의 방법을 따라서 앞으로 제 2, 제 3의 이라크 전쟁에 대응하려고 선언하고 있는 것과 같다.

이와 같은 무모한 선택을 한 일본은 미국과의 협의를 통해서 확인하려고 하고 있다. 그리고 합의를 충실히 이행하기 위해서는 현행 헌법의 틀구조에서 나오지 않으면 안 된다. 그것이 헌법개악의 움직임에 박차를 가하는 풍경이다. 그 중에서도 9조의 개편에 의해 자위대가 자유롭게 전개할 수 있는 환경의 실현을 목표로 나아가 자위대의 '자위군'으로의 탈피가 의도된 것이다.

보고서는 미군재편에 관한 구체적인 실행목표를 세부에 걸쳐 적어 놓고 있다. 중간보고서나 최종보고서와 동시에 발표된 '공동성명'(Joint Statement)의 내용을 보면 현행헌법은 말할 것도 없이 미일 안보조약조차도 이미 완전히 초월해버렸다. 앞으로 미일 양국간의 군사동맹이 농밀히 구축돼 가는 것이다.

이대로 간다면 가까운 장래에 미군재편을 통해서 미일 양군이 하나의 전투 유닛을 형성하는데 그치지 않고 일본 국가 전체가 새로운 지구규모의 군사체제 속에 짜여져 가게 된다. 헌법의 골격을 빼든지 또는 한꺼번에 개편함으로서 일련의 군사공동체가 구축될 때 이러한 움직임을 저지하는 것은 국민여론이나 지역주민에 뒷받침을 받은 지방행정조직의 저항이다. 당연히 중앙·지방을 묻지 않고 행정으로부터 압력이 가해지며 침묵을 강요하는 법률·규제도 여러가지 생길 것이다. 그러나 그와 같은 압제를 용서하지 않고 시민·주민의 연대로 저항의 폭을 넓혀가려고 한다.

## 3 총보수화하는 일본정치의 향방

### 보수재편에 연동하는 미군재편

미일 군사동맹 노선의 진화·확대와 더불어 일본의 임전국가화로의 길이 결정되고 있다. 미군재편도 그러한 의미에서 일본의 국가재편에 깊이 연관돼 있다. 미군재편은 자위대의 조직재편을 촉구하는 것과 동시에 군사화를 키워드로 하는 일본정치의 총보수화를 초래할 것이다.

거기에는 2국간 조약으로 미일 안보조약에 기초하는 종래의 성격이 밑바탕에서부터 변용이 요구된다. 전수방위를 전제로 하는 국토방위청의 자위대가 미군과의 일체화 속에서 침공형 군대로서 그 성격이 나타날 것이다.

동시에 전후 일본의 보수체제를 받쳐온 군사에 의존하지 않는 경제우선형의 정치입장이 후퇴되고 미일동맹의 강화가 가속되는 속에서 군사의존형의 경제적 이권의 획득이라는 거친 정치적 입장이 눈에 뜨이게 될 것이다. 거기에서 전후 보수체제의 일종의 받침대 역할을 해온 현행헌법의 수정, 즉 개헌의 움직임이 한층 명확해졌다. 그런 의미에서 고이즈미 정권을 이어온 아베 신정권이야말로 이러한 보수재편의 움직임에 매치한 정권으로서 등장해온 것이다.

아베 수상에 의한 집단적자위권 행사 정당론, 헌법 · 교육기본법의 수정, '주장하는 외교' 등의 표현에 나타나는 강경한 대아시아 외교자세 등의 일련의 언동은 그런 의미에서 전후 보수체제의 근본적인 수정을 의미하는 것으로 파악할 수 있다.

앞에서 미군재편문제를 미군군사전략의 전환이나 미일동맹의 강화라는 시점에서 추구해왔지만, 미군재편의 문제는 최종적으로 일본의 보수체제의 존재에도 근본적인 변용을 요구하게 될 듯하다. 즉 미군재편은 보수재편에 연동돼 간다.

미군재편에 관한 '최종보고서' 및 '공동문서' 나아가 미군사전략에 관한 문서 등을 보면 미군재편은 군사기지의 재배분 및 전력전개의 수정에 멈추지 않는다. 그 실시과정이나 실현의 전제조건으로서 일본의 외교・방위정책의 근본적인 수정을 요구하는 점이 사실은 중요한 문제이다.

미군재편의 목적에 관해 확인해 둘 점이 3가지 있다. 제 1, 군사기지의 재배분 및 전력전개의 수정, 제 2, 광역을 대상으로 하는 대 테러전쟁의 항구화, 제 3, 미국 자체의 군사화의 흐름이다. 그리고 일본의 군사화 또는 임전국가화의 달성도에 대해 미군재편의 시점에서 평가가 내려진다. 따라서 미군재편의 달성은 자동적으로 일본국가의 정치 시스템이나 경제 시스템 나아가 국민의식의 상태를 규정한다.

미일 신가이드라인 합의의 기점이 되고 다른 한편에서 미군재편이 귀결하게 되는 일련의 미 군사전략의 수정은 미 정부 및 국방총성의 문서 『동아시아 태평양 안전보장전략』(1995년 2월)에 이미 나타나 있다. 동문서는 동아시아에 전개하는 미국의 병력을 장래에 걸쳐 10만 명 규모로 전개하는 이유로 이 지역에서의 미국의 '사활적 이익'이 존재한다고 되어 있다.

구체적으로는 동아시아에 전개하는 미 국적의 다국적 기업의 경제적 이익의 확보와 무기수출지(군산복합체의 이익)의 확보가 목적인 것을 적나라하게 말하고 있다. '국제공헌'이나 '국제평화'라는 '국제공공가치'를 목적으로 한 병력배치도 아니며 전력전개도 아닌 것이다.

여기에서 우리들이 확인해 두어야 할 것이 있다. 하시모토 유타로(橋本龍太郎) 내각이 추진한 안보재정의는 미일간의 외교 문제가 아니라 냉전구조의 종언의 결과인 것이다. 이 점에 관해서 인식이 불충분하다고 말할 수밖에 없다. 그것은 또 미일 안보체결・경찰예비대 창설에서부터 안보대를 거쳐 자위대의 발족(1954년 7월 1일)에 이르는 일본의 재군비는 '냉전의 산물'이라는 역사인식의 과실과 같은 것이다. 안보조약에 의한 일본전토의 기지화는 일본을 자유시장 유지를 위한 군사거점으로 한다는 미국의 구상에서 나온 것이다.

그렇다면 미일안보체제의 모체로 된 미국의 전략이란 무엇인가. 거기에는 이데올로기나 정치목표와는 달리 미 자본주의에 유리한 세계시장 질서를 형성하고 유지한다는 전략목표가 시종일관 관철되고 있다. 이러한 미국의 입장이 제 2차 세계대전기 이후 일관돼 왔던 것에 착목해야 할 것이다.

그런 시점에서 본다면 전전의 나치 독일이나 천황제 일본제국주의, 전후 소련, 리비아(아프리카), 이란, 이라크(중동), 중국・북한(동아시아)도 자본주의의 자유로운 행동을 방해하는 달갑지 않은 존재 또는 위협이라는 점에서 동질의 문제로서 받아들여지고 있다. 이런 문제들의 배경에는 냉전종언에 의해 구 소련・동구권 등이 자유시장에 받아들여져 광대한 시장이 출연한 것이나 새로운 시장의 지배를 노리는 미자본주의(다국적 기업화한 미 기업군)의 요청이 있으며 미군부(펜타곤의 군사전략의 표현)가 중요한 역할을 하고 있다.

과중한 군사비 부담을 가능한 한 경감하면서 미 자본주의의 목적을 달성하는 수단으로써 일본과의 군사동맹의 강화가 끊임없이 지향돼 왔다. 새롭게 획득된 시장의 유지와 확보가 중요한 목적인 '탈 냉전시대'의 미국의 신전략(봉쇄전략에서 확장전략으로의 전환)이 신 가이드라인 안보체제의 결실로 이어졌다고 파악해야 할 것이다.

**일본의 적극적 종속**

미군재편에 연동하는 미일 안보체제의 변경을 미 자본주의와 미군부의 이른바 산군(産軍) 연계에 의한 신전략을 일본이 단순히 수행한다고만 본다면 큰 잘못이다. 전후 일본의 '대미종속'이라는 정치선택의 연장선상에 있다고 이해해서는 안 된다. 여기에는 동 아시아에서의 일본 다국적 기업의 이익확대라는 경제적 이해가 연관돼 있고 대미종속은 적극적으로 선택돼 있는 것이다. 즉 다국적 기업의 경제적 이익의 확대를 담보로 하여 미군과의 공동작전을 시야에 넣은 자위대의 역할에 대한 기대가 일본의 자본주의 진영에서 높아지고 있다. 이것이 필자가 말하는 '적극적 종속'론이다.

반복하지만 미일 동맹노선은 결코 미국의 강요에 의한 결과가 아니라 오히려 일본의 주체적인 선택인 것이다. 그래서 '대미종속'론은 미군재편과 미일 동맹의 의도가 충분히 파악되지 않는다.

1970년대 후반부터 현저화되는 일본 자본주의의 구조적 전환, 즉 종래의 국내생산 주도의 수출형 산업구조에서부터 엔고의 결과로써 해외생산에 크게 시프트 한 결과, 일본 기업의 다국적화에 박차가 가해지고 있다. 그래서 수출지나 해외생산 거점의 정치질서와 노동현장의 안정이 불가결한 요건이며, 해외 여러지역으로의 정치적 관심이 커져 갈 수밖에 없는 것이다.

지난 날 한국, 대만, 필리핀, 인도네시아 등지의 개발독재정권을 밑바침하는 정책이 일본의 수출시장의 '안정' 확보를 구실로 강행됐다. 이를 사카모토(板本義和, 국제정치학・평화학, 동경대학 명예교수)가 '주변군국주의' 또는 '대체군국주의'라고 호칭한 것처럼 개발독재국가들의 군사화는 결과적으로 일본의 수출시장의 안정된 확보에 연계된 것이다. 한편 일본 국내에서는 수출상대국의 시민들이 군사정권이나 강권사회하에서 고생하는 것과 대조적으로 불완전한 '민주주의' 또는 '민주화'가 실천되는 사회 속에서 경제발전을 이루어 왔다.

1980년대부터 90년대에 걸쳐 개발독재국가내에 민주화의 움직임이 커져가는 가운데 이들 시장에서의 기득권익의 확보가 곤란해진다. 이에 대응하기 위해 각국들은 물리적 억제력 즉 군사 프레젠스로의 의존도을 차츰 높이고 있다. 냉전구조의 종언도 거들어 군사 프레젠스가 금방 세계 대전에 직결하지 않는 시대상황도 있으며 '군사적 해결'에 대한 문턱이 낮아졌기 때문이다.

이러한 국제사회의 변용 속에서 일본도 군사를 전면에 내세워 기존의 경제적 패권의 존속과 확장을 도모하려고 하고 있다. 그것이 오늘날 일본의 군사화・우경화의 근본적 원인이다. 다시 말하면 '민주주의에 뒷받침된 경제발전에서 군사에 뒷받침된 경제발전으로'라는 정책전환이 냉전 종언후의 국제사회와의 관계에서 선택되려 하고 있다.

미일안보 재정의로부터 시작된 미일안보의 '아시아화' 또는 '세계화(글로벌화)'는 국가의 방침전환 또는 일본 자본주의의 전환의 군사적 측면이다. 그 결과 출현하는 신군국주의 국가・일본이 행동을 일으키는 데 필요한 것은 주변사태법에서부터 무력사태대처법, 국민보호법 등의 일련의 군사법제이며 이들이 연달아 제정된 것에 대해서는 이미 기술했다.

이와 같은 일본정부 및 일본 자본주의의 전략전환은 이른바 괴선박사건, 납치사건, 미사일 발사문제 등 북한의 동향 뒤에 숨겨져 보이지 않으며, 또 야스쿠니 문제나 다케시마(한국명 독도)의 영유권 문제에 연관된 한일간의 알력이나 중국과의 센카쿠 제도 영유권문제나 비약적인 경제성장을 이유로 대는 위협론의 대두 등 복잡화하는 중일간의 마찰에 덮여 가려진다. 대기업 미디어를 중심으로 하는 배외 내셔널리즘의 선동이 과잉된 국가의식이나 국방의식의 고양을 재촉하고 있다.

다국적화가 현저한 일본자본주의지만 당분간은 해외에서 본격적으로 단독전개 가능한 자위대의  군사력을 정비할 여유가 없으며 미일 군사동맹노선의 길을 선택할 수밖에 없다. 그리고 국내외의 반전평화운동의 움직임을 회피하면서 미국의 군사력에 의존·협력하는 형태로 해외의 이득확보의 길을 찾으려고 하고 있다.

**보수재편과 일본의 군사화**

일본정부는 본래 외교상의 과제해결을 위한 국민의 합의를 받아 다양한 선택 중에서 정책을 선택할 것이다. 거기에서의 원칙은 국내의 안전과 국제평화이다. 국내의 안전은 국제평화의 실현에 의해서만 획득할 수 있다. 그러나 일본의 현대정치는 국제평화실현을 향해 노력하고 공헌하고 있다고 할 수 있을까. 미국이 말하는 국제평화의 실현만이 평화실현이라는 '착각'을 하고 있는 것은 아닐까.

일본정부는 납치사건이나 미사일발사를 기화제로 북한에 대해 위협이라는 낙인을 찍고 군사적 대응이 필요하다는 여론을 환기시키면서 신 가이드라인 관련법안의 법제화와 TMD(전쟁지역 미사일방위)의 미일 공동연구를 촉진해왔다. 현실에서는 북한에 일본침공의 정치적 의도도 군사적 능력도 없다는 정부고관의 발언을 기다릴 필요도 없이 북한이 일본에 있어 위협이라는 이미지가 명확한 정치목적 하에서 펼쳐지고 있는 것은 명확하다.

중국이나 북한을 일본에 대한 적대적 국가로 매겨 배외 내셔널리즘을 선동하는 것은 아시아 전체의 긴장완화나 평화공동체 구축에 대한 전망과는 상용하지 않는다.

지난 고이즈미 내각의 5년 반 동안 일본기업의 다국적 전개에 따라 아시아 국가에 대한 관심이 커져갔다. 병행해서 다국적 기업은 국제경쟁력 강화의 일환으로 국가기강이나 경제구조의 발본적 개조를 강력히 추진하고 있다.

또 미군재편의 과정에서 재계를 주축으로 하는 전후 보수정치가 새로운 단계를 맞이하고 있다. 그건 단적으로 말하면 군사사회의 도래가 불가피하다는 정치체제의 구축이다. 반대로 말하면 고도한 군사사회로밖에 미군재편은 완결되지 않으며 미국과의 군사동맹노선 또한 관철하지 못할 것이다.

미군재편의 완결에는 일본의 몰주체적인 관계가 아니라 적극적이며 주체적인 관계가 절대요건이다. 그 문맥에서 봤을 때, 미군재편이 가능하다면 그건 일본의 보수체제의 군사화가 필연적이다. 다시 말해서 미국에 군사적 및 정치적으로 단순히 종속되는 것만으로는 미군재편도 일본의 보수재편도 결코 실현되지 않는다는 것이다.

### 군사화를 요구하는 국내세력

그럼 미군재편을 기회로 일본의 보수구조의 개편 또는 보수체제의 군사화를 지향하는 세력은 어디에 있는가. 스스로가 군사화의 지향성을 강하게 의식하는지는 두고서도 객관적으로 봐서 군사화의 방향을 선택하고 있는 세력이라는 의미다.

현시점에서 필두를 든다면 그건 자위대 제복조의 일부다. 그들은 신가이드라인의 실질적 작성자이며 미국에 동화된 군사합리주의자들이다. 그들은 지극히 강한 국방의식을 가지고 군사 합리성을 믿어 의심하지 않는다.

자위대에 대한 여론의 지지율은 지금은 약 70%다. 자위대 제복조는 미국의 인지를 배경으로 자위대의 '신 일본군'화를 시야에 넣어 가까운 장래에 자위대의 역할을 모색하면서 확고한 군사관료기강의 구축을 노리고 있다. 이를테면 그들은 현행의 문민통제(시빌리언 컨트롤)를 '문민통제'에 불과하다고 하며, 사실상 문민통제의 형핵화에 이어지는 움직임을 숨기려고 하지 않는다. 그것은 지난 날 미군의 아프가니스탄 공격시 이를 지원할 목적으로 인도양에 해상자위대의 이지스함을 투입하기 위해 일본 정부를 거치지 않고 미군 당국과 미정부에 출동요청을 독촉한 것에서도 나타난다.

또 그들은 결코 '제복조 단독' 행동패턴은 하지 않는다. 끊임없이 일본자본주의의 지향에 객관적으로 합치하는 선택을 한다. 즉 군이 일본자본주의를 선도하는 일은 결코 없으며 일본자본주의의 필요성에 따라 해외전개를 지향한다. 왜냐하면 전전기에 선도역을 맡아 실제로는 '군재포합(軍財抱合)'이라고 불리는 깊은 관계를 맺었지만 패전책임을 한 몸에 짊어지는 결과를 봐왔기 때문일 것이다.

현재 자위대・방위청은 통막의장의 인증관으로의 승격(국무대신화), 군령권(통수권)의 독립, 계급호칭의 전전호칭으로의 부활이 계획되고 있다. 이런 제복조의 움직임을 서포트하는 정치가 등의 존재에 기세를 얻어, 첫걸음으로서 통막의장의 권한확대가 실현되고, 또 방위청의 방위성으로의 승격은 2007년 1월 9일에 실현됐다.

일련의 군사법제가 제정된 결과, 국내에서의 자위대의 움직임이 지난 날과는 비교가 되지 않을 정도로 자유도가 높아졌다. 또 이라크 복흥지원 특별조치법 등 시간이 제한된 입법이면서 법률에 의해 해외파병을 기정사실화시키는 것에 성공한다. 그로 인해 사실상의 전투지역에의 해외파병이 본격화됐다. 이라크에서 육상자위대는 철퇴했지만 해공자위대는 전투가 가장 격렬한 바그다드 부근에서 수송임무를 확대하고 있다. 필시 이러한 자위대의 정치이용이 미군 재편과정이나 미일 동맹강화 노선 속에서 앞으로 늘어날 것이다.

거기에는 자위대 제복조의 발언력이 당연히 증대된다. 방위청・자위대는 고이즈미의 차기 정권으로 자위대의 '해외항구파병법'의 성립에 대한 기대가 크다. 그 자위대 제복조를 직접・간접으로 지지하는 것이 다국적 기업이다. 이를테면 1998년 5월 인도네시아에서 수하르트 정권을 부수기 위해 정변이 일어났을 때, 경단련(경제단체연합)의 우시오(牛尾治朗, 우시오 전기 회장)는 일본기업의 안전을 지키기 위해서 미군이 하루 빨리 출동하여 군사 프레젠스를 전개하는 등, 인도네시아 정치당국에 압력을 가한 것처럼 일본도 자위대 파견을 단행할 것을 제언했다. 이에 답하듯 아베 신수상은 취임 전부터 '해외항구파병법'의 제정을 입에 담아 왔다.

일본의 다국적 기업은 해외에 생산거점을 두는 관계로 특히 아시아 국가들의 동향에 아주 민감하다. 군사력에 의한 공갈・억압, 최종적 수단으로써 미일동맹에 의한 권익의 안정유지와 확보에 관심이 강해질 뿐이다. 그 결과, '안보 내셔널리즘'의 침투에 의한 국민동원시스템의 기동을 재촉하려 하고 있다.

그러나 일본의 다국적 기업 또한 결코 하나가 아니다. 과잉된 군사력 강화가 주변 아시아 국가에 불필요한 불안이나 경계심을 심어 주고, 거꾸로 안정된 시장이 없어질 가능성을 읽은 재계인도 있다. 그들은 일련의 군사법제에도 자위대 해외파병에도 신중을 기하거나 반대하는 태도를 표명한다. 특히 전중파 재계인은 전쟁 체험・침략체험을 배경으로 군사력의 의존이나 미일 동맹 강화 노선에 대해 아시아 각국에서 반미・반일 내셔널리즘이 생길 것을 우려하고 있다.

군사주의에 치우친다고 생각하긴 어렵다. 그러나 가까운 장래에 그들이 소수파가 된다면 이미 현저해진 자위대와 재계의 관계는 급속적으로 깊어질 것이다. 장기에 걸친 방위력 정비계획의 실시과정에서의 축적을 바탕으로 보면, 일시적인 경제불황에서 벗어난 오늘날에도 구조적 경제불황도 겹쳐져 양자의 관계는 급속히 깊어지고 있다. 즉 자본과 군사에 내재하고 있는 상호보완적 관계가 요즘 들어 표출할 기회를 엿보고 있는 것이다.

전전기 일본에서는 재계와 군부는 준전시체제로의 이행과정으로, 소위 '군재포합(軍財包合)'이라 칭할 정도로 밀접한 관계를 맺어 군사와 자본의 연계가 깊어지는 가운데 군확으로 이어졌다. 군사력이 시장의 확대와 자원수탈의 선도를 하고, 그 후에 자본이 이익을 요구하여 참가하는 구조는 지금도 전전의 경우와 같이 변함이 없다.

그와 같이 자본과 군사의 적합관계가 앞으로 온갖 구실을 이용해 구체화될 것이다. 또 그런 구체화를 보장하는 국가정책이 '평화사회로의 공헌'이나 '국제안전보장환경의 유지'를 명목으로 추진돼 갈 것이다.

'자본의 군사화' 또는 '군사의 자본화'라는 본질이 새로이 부상하는 가운데 '여론의 군사화'도 현저화되고 있다. 2006년 6월 5일 북한의 미사일 발사실험에 대한 대응으로써 일본정부는 유엔에 군사력의 행사도 불사한다는 '제재 결의안'을 제출했다.

그때 그 안에 포함된 무조건의 군사력 용인론에 대해, 미디어를 비롯해 반발다운 반발은 적어도 나오지 않았다. 그런 점에서도 국민의식에 내재하는 일종의 군사화의 경향을 읽을 수 있다. 납치사건에서 경제제재가 당연하다는 여론의 움직임에도 같은 의식이 들어 있다.

북한의 미사일 발사에 대한 최종적 결의안에는 군사제재와 경재제재를 의무화시킨 유엔 헌장 제 7장의 문언은 삭제됐다. 제재결의에 분주한 일본정부의 자세는 오히려 아시아 국가에 불신과 경계심을 낳았다. 특히 한국 미디어에서는 위협의 대상은 북한이 아니라 오히려 일본이라는 논조가 강했다.

또한 이번 북한의 핵실험에 대한 한국의 반응은 북한에 대한 노여움을 분명히 함과 동시에 한반도 정세의 근본적 해결이 급선무라는 교훈을 새로 보여주려는 냉정한 자세도 엿볼 수 있다.

안전에 대한 침해를 어떻게 평가할 지는 아주 어렵다. 냉정하고 가능한 한 객관적인 시점에서 분석하고 논의할 필요성이 있다. 그리고 안전보장환경을 논의하기 위해서는 무엇보다도 철저한 평화주의에 기초한 비폭력적 수단의 어프로치만이 가장 확실한 안전획득의 길이다. 그런데도 불구하고 폭력이나 억압을 내재하고 있는 군사제재나 경제제재을 간단히 선택하려는 현대 일본의 자세야 말로 문제로 삼아야 한다.

그런 의미에서 오늘날의 군사화는 자위대 제복조, 다국화하는 기업, 여론의 삼위일체의 관계에서 진행되고 있다고 할 수 있다. 이를 배경으로 정책화하고 있는 것이 정권여당이나 이에 모여드는 일부 관료들이다.

우리는 한 사람의 역사학자에 불과하지만, 다이쇼(大正) 시대에 '다이쇼 데모크라시'라는 전전형 민주주의 사조가 활발했던 1920년대에 일본의 군사화로의 길이 준비됐다고 생각한다. 조선병합(1910년)에서부터 만주사변(1931년)까지의 역사과정의 분석이야말로 중요하다.

거기에서의 시각은 군사화를 유인하는 민주화와 근대화라는 문제다. 실로 민주주의의 태내에 군사주의가 잉태된 문제에 육박하지 않고서는 당시의 일본의 군사화와 오늘날 급속히 진행하고 있는 군사화의 공통사항을 분석하는 것은 불가능하다고 본다.

그런 의미에서 1920년대에서 30년대를 '살아지고 있는' 2007년 현재, 우리들은 대체 어떤 시대에 접어들고 있는지 역사를 교훈으로 삼아 반드시 재파악해야 할 필요가 있다. 군사법제 정비나 미일동맹이 강화됐다고 해서 즉시 군사사회가 전면적으로 전개되는 것은 아니며 또 군사주의가 설치는 것도 아니라는 견해도 적지 않다. 오히려 그런 견해들이 지배적이라고 봐도 과언이 아니다. 그러나 반대로 그러한 견해들에 보이는 역사의 교훈에 대한 무자각이야말로 현대 군사주의의 특질을 보기 좋게 상징하고 있다.

현대의 군사주의나 군국주의 또는 파시즘은 극히 세련된 현상를 동반해 표출되고 있다. 그래서 '미소의 파시즘'이나 '양복의 군국주의'라고 칭한다. 현대인의 감성에 합치하는 형태로 시민사회를 침식하고 있는 것이다.

현대의 군사화가 무통각인 채, 아주 가벼운 언어표현을 통해 확산돼 가는 특징을 인식하고 현대 민주주의에 내재하는 군국주의의 시점을 명확히 한다면, 우리들의 진정한 위협이 무엇인지 해답은 자연스럽게 명확해질 것이다.

## 평화구상과 평화실현을 향해서

미국의 세계전략은 미군재편을 지렛대로 한 선제공격전략과 단독행동주의(유니라테랄리즘)를 기조로 한다. 평화구축과 실현을 향해 국제사회가 의사의 일치를 도모하려는 경우에 이러한 미국의 동향이 크나큰 장애가 된다. 지구 온난화 방지를 위한 교토의정서에서 이탈한 미국은 네덜란드・헤이그에 설립된 국제 형사재판소(ICC)에 참가할 경향성이 강해지고 있다.

미국은 북한의 미사일 연속발사에 대해 일본이 요구한 '제재

결의안'에는 북한의 봉쇄를 노리고 일본과 공동으로 유엔외교를 전개했지만 중국과 러시아의 반발을 받자 타협책으로 전환했다. 그건 유엔 외교로의 회귀를 의미하는 것은 결코 아니다. 미국은 이용가치가 있다고 판단할 경우에만 유엔을 이용하는 것이다. 미국이 국제 협조주의를 일관적으로 부정하는 입장을 계속 취하는 것은 대 이라크 전쟁 등의 대응을 봐도 명확하다.

일본 정부는 미국과의 동맹관계를 강화한다고 말하면서도 동맹의 본래의 의미에서 '대등성'을 주장하지 않고 '종속'이라는 비뚤어진 관계로 스스로를 몰아넣어 왔다. 미국의 군사 우위전략이 결국은 국제사회 전체에서 반발을 사게 되는 것은 피할 수 없으며, 현재 반 글로벌리제이션의 파도가 세계 각지에서 전개되고 세계의 시민들이 미국을 '포위'하기 시작했다. 일본이 진정한 미국의 동맹국이라면 끝내 당신들은 세계로부터 고립되는 사태에 직면하게 된다고 논해야 할 것이다.

그러나 일본정부나 그 주변의 발언의 예를 들어보면, 지난날 미국의 이라크 선제공격을 시비를 둘러싼 발언 중에서 "일본에는 미일안보조약이 있다. 이라크 문제는 미국에 협력해서 '빚'를 만들고, 북한 위기시에는 '빚'를 돌려받으면 된다."(삿사 아츠유키(佐佐淳行) 전 내각안전보장실장, 「매일신문」2003년 2월 28일), "어쩔 수 없는 거 아니냐, 일본은 미국의 몇 번째인가의 주와도 같은 것이니까."(규마 후미오(久間章生) 전 방위청장관, 「아사히 신문」

2003년 2월 14일)라는 등 극히 굴욕적인 발언을 하는 사람들이 있다. 이 종류의 발언이나 감각은 아마 현재의 일본 정부주변이나 여론에서도 공통적이다. 여기에다 규마는 현재, 또 다시 아베 정권의 방위청 장관에 취임했다.

한편, 북한은 미국의 이라크 선제공격시에 '국제여론도 유엔 헌장도 이라크 공격을 방지하지 못했다. 강력한 군사적 억제력을 준비하는 것만이 전쟁을 방지하고 국가와 민족을 안전히 지킬 수 있다는 것이 이라크 전쟁의 교훈이다'(2003년 4월 6일)라는 성명을 발표했다. 거기에다 '우리들에게도 핵 억지력을 준비할 권리가 있다'(노동신문, 2003년 6월 18일부)는 등 핵병기나  미사일 보유에 의한 '억제력'을 공언하고 있다.

이처럼 북한의 태도가 이번 미사일 발사실험의 배경에 있었다는 것은 쉽게 상상할 수 있다. 이라크 선제공격의 충격이 특히 군부를 중심으로 북한정부에 대해 억제력 향상만이 체제유지를 위해서 가장 중요하다고 통감시켰는지도 모른다.

거기에서 북한의 미사일 발사가 초래하는 동아시아의 군사충돌의 위험성이나 문제를 지적하는 것은 당연하지만 근본적인 해결을 위해서는 군확의 연쇄를 끊지 않으면 안 된다. 그를 위해서는 미국을 필두로 한 미사일 보유국 및 핵보유국 모두가 발사실험이나 임계전핵실험을 포함한 모든 실험을 동결해야 할 것이다. 군사대결에서 해결하는 것이 아니라 평화공존관계를 구축하는 전제로서 어떤 형태로 상호신뢰를 양성해 갈 것인지를 지금 진지하게 생각하지 않으면 안 된다.

합의 또는 공유가 가능한 평화구상을 여러가지 어려움을 극복하고 실현해가기 위해서 우리들에게는 우선 무엇보다도 미군재편에 의해 가속되는 국내의 군사화를 차단하고 다양한 선택 중에서 가장 안전성이 높은 정책의 제언이나 군사주의로의 의존을 거부하는 평화의식의 확인을 거듭해가는 것이 절실히 요구되고 있다.

## 4 신 아미테지 보고서에서 본 한국・중국・대만의 위치

그런데 미국은 2007년 2월 16일에 '미일 동맹 2020년까지의 아시아의 형태'(통칭, 신 아미테지 보고)에 관한 보고서를 발표했다. 2000년 10월에 발표된 구 아미테지 보고는 미일 군사동맹을 노골적으로 요구한 것으로 그것이 2003년 자위대 이라크 파병으로 이어졌다.

이번 보고서는 지난 보고서보다도 일본의 군사체제화를 요구하는 내용이었다. 보다 구체적으로는 동서의 부록으로 붙여진 '안전보장과 군사의 미일 협력'을 보지 않으면 안된다. 이를테면 첫부분에서는 "미국과 일본은 긴급한 위기에 대응하는 능력을 증대시키지 않으면  안 된다."로 돼 있고, 일본의 군사능력이 '긴급한 위기', 즉 미군과의 공동군사작전에 호응해서 충분한 전력을 발휘할 수 있는 체제를 정면정비의 면에서뿐만 아니라 법제의 면에서도 한층 더 정비할 것을 요구하고 있다.

나아가 보고서는 미일 양 군사산업의 협력관계의 증진을 내세우고 있다. 여기에서는 일본의 무기수출의 해금을 요구하고, 군사병기의 공동개발, 공동사용 등 상호운용성을 높일 것을 요구한다. 하드면과 소프트면 양쪽에 걸친 미일 안보체제의 일체화는 미태평양군사령부(PACOM)에 일본 방위성의 대표를 주재시켜, 자위대의 통합막료부에 미국의 군사대표를 두는 것을 시야에 넣은 작전통합을 추진하려고 한다.

이건 말할 필요도 없이 집단적자위권 행사를 전제로 한 미일 군사체제 구축이 의도된 것이다. 군사를 매개로 한 미일 양자본의 접합이나 미일 양 군대의 통합이 보다 구체적으로 기획되려고 한다. 이러한 중장기적인 전개를 밟아 나온 것이 현재 진행 중인 미군재편이다.

보고서에서 특히 주목해야 할 것은 미국의 중국, 남북조선, 대만에 대한 자세다. 보고서에서는 '중국과 인도라는 2개 대국이 동시에 대두한다는 전례가 없는 일이 일어나고 있다'며, 특히 중국을 의식하고 있다. 거기에는 2020년까지 중국은 '책임있는 이해관계자(Stakeholder)'가 될 가능성이 있는 반면, 내셔널리즘 등에 의한 근린 국가의 위협이 될 수도 있다'고 예측한다. 중국과의 관계에서 미국과 일본이 이해를 일치시키는지, 또는 대립관계에 들어가는지는 미중일의 3개국 관계의 질에 걸려 있다고 설명했다.

미국의 자본은 중국을 거대한 시장으로 보고 있으며, 그런 부분에서는 중국과의 경제관계의 발전을 기대한다. 다른 한편에서는 정치 및 군사영역에서는 대립요소를 드러내어 복잡하고 다양한 어프로치가 전개될 것이다. 꼬집어 말한다면, 현재 미국에는 중국과의 관계구축에서 장기전략이 충분히 형성돼 있지 않다고 할 수 있다.

한국에 대해서도 한반도에서는 2020년까지는 통일이 실현돼 있을 '확률이 높다'고 보는 한편, 북한의 핵개발 문제는 '통일에 의해서만 최종적으로 해결된다고 생각한다'는 주목할 만한 견해를 밝히고 있다. 다시 말해, 핵문제를 둘러싸고 현재(2007년 4월 현재) 6개국협의가 진행되고 있지만, 여기에는 회의적이며 통일이라는 수단에 의해 해결의 실마리가 보이는 것이다. 문제는 그 '통일'이 어떠한 방법으로 이루어지는지, 그에 대해 자세한 것은 술하지 않았다. 그것은 기본적으로 남북통일이 통일되기까지 북한에 대해 군사적 공갈의 입장이 유지될 가능성이 높다고 볼 수밖에 없다.

이를테면 미군은 오키나와에 최신형의 전투폭격기인 F22 스텔스를 일개 비행대(12기) 배치했다. 이는 보고서의 내용을 선취한 대 한반도 나아가 대 중국을 겨눈 배치인 것이다.

보고서에 쓰여진 대만 관련 문제에도 적어 둔다. 다음 문장은 아마 대만 국내에서도 많은 논의를 불러일으킬 것이다. 그건 '만약 대만이 언젠가 민주적 과정을 거쳐 다른 길을 선택한다면 미국과 일본은 지역에서의 공통이익을 추구하는 최선의 방법에 대해 수정을 하지 않으면 안 된다'라는 것이다.

'다른 길'이란 미국과 일본이 현시점에서 채용하고 있는 현상유지 정책과는 다른 '대만 독립의 길'로도 볼 수 있다. 종래 미국에서의 대만문제의 기본방침은 중국의 대만에 대한 무력행사를 억제함과 동시에 대만의 독립조차도 억제하는 '2중 억제정책'이었지만, 이 기본방침의 수정책이 제시된 것이다.

대만독립을 둘러싼 국제정세는 분명히 독립파에 불리한 방향으로 움직이고 있으며, 대만 국내에서도 천수이볜(陣水扁) 총통의 지도력의 저하와 불신임의 목소리가 높아지고 있는 상황이다. 즉, 대만 독립의 가능성이 멀어지는 가운데, 보고서가 대만 독립의 가능성을 언급한 의미는 분명히 중국에 대한 견제가 의도된 것이다.

대만 독립에 대한 전망이 현실에서 소멸되고 있는 상황에서, 미국은 비현실적인 '대만 독립'을 구실로 대만 방위를 위해 막대한 군사경제원조를 지속하고 중국에 대한 압력을 유지하려는 정책을 앞으로도 채용하려 하고 있다. 이 위험한 대 중국 군사공갈정책이 전혀 불필요한 미국과 중국과의 긴장관계를 창출하고 있는 것이다. 그 안에는 미국의 위험한 의도, 즉 일본과의 동맹을 강화하고 대만문제를 구실로 중국 포위전략을 추진하려는 의도가 들어있다.

우리 아시아의 모든 국민들은 그러한 미국의 위험한 의도에 힘을 합해 반대의 목소리를 높여가지 않으면 안 된다. 그 공동의 진형을 구축하는 것이 아시아 국민들의 공통과제로 삼지 않으면 안 된다. 그 과제의 극복이야말로 지금 다시 일어서려고 하는 일본의 군국주의의 부활을 억제하게 될 것이다.

# ▩ 저자후기 ▩



본서는 전쟁 포기와 군대를 가지지 않겠다고 맹세한 일본이 미일 안보조약하에서 미국의 강한 압력을 이용하여 재군비를 추진하고, 동시에 신 군국주의를 부활시키려는 전후 일본의 정치와 군사에 관한 문제를 대상으로 했다. 나 자신은 아시아 근현대 정치사를 전문으로 하는 역사 연구자지만, 약 30년 전에 현대 군사문제연구를 목적으로 하는 연구집단(군사문제 연구소)의 주요 멤버중의 한 사람으로 내외의 연구자나 저널리스트, 국회의원 등과 함께 군사문제를 연구해왔다.

그 과정에서 많은 저서를 발행했지만, 최근 일본에서의 신 군국주의의 대두는 심히 우려해야 할 단계에 있으며, 나 자신도 그 어느 때보다도 집필에 열중하게 되었다. 그 결과 군국주의에 관한 저서만도 10권 정도가 되며, 국내뿐만 아니라 한국, 중국, 대만 등지에서의 강연도 매년 늘어나고 있다.

그러던 중에 지금까지의 연구성과를 아시아에서 출판할 기회가 생겼다. 작년(2006년) 8월에는 대표작인 『침략전쟁』을 범우사에서 출판하고, 올해 5월에는 대만에서 출판했다. 이 저서는 올해 안으로

출판될 예정이다. 그리고 본서를 한국에서 출판할 행운을 얻었다.

일본과 같이 출판사정이 어려운 한국에서 출판의 기회를 제공해 주신 제이앤씨출판사에 감사말씀을 드리며, 빠른 대응과 외국 연구자의 연구성과를 넓히려는 강한 의지에 경의를 표하고 싶다. 또 본서가 한국에서 출판되기까지 아낌없이 성원을 해주신 유일무이한 벗인 한국외국어대학교 박용구 교수님께 진심으로 감사드린다. 또 본서를 신중하고 끈기있게 번역해준 유능한 연구원 박현주 씨에게 고마움을 표하고 싶다. 박현주 씨는 한국에서의 강연이나 논문발표에서 통역과 번역을 담당하고, 또 학회나 운동단체와의 가교적 역할을 담당해 주고 있다.

여기에서 본서의 내용을 설명해 둔다.

1945년 이후 일본이 두 번 다시 침략전쟁이나 식민지 지배를 하지 않겠다고 맹세한 일본국 헌법을 제정해 놓고 미일 안보조약 체결을 기점으로 재군비를 강행해온 사실을 우선 지적할 수 있다. 그리고 존치해 온 천황제와 함께 전전(戰前) 권력이 그대로 전후에 살아남게 되고, 그로 인해 미국의 지원을 받아 자유민주당이라는 거대한 보수정당이 전후 일본을 사실상 지배하여 온 사실을 논하고 있다. 거기에서 생겨난 신 군국주의란 다시 말해, 미일 안보체제를 기반으로 한, 전후 일본의 보수세력 그 자체인 것을 본서는 일관해서 주장하고 있다.

틀림없이 냉전 체제하에서 일본은 표면상 민주국가로 행동하고 경제발전에 중점을 두었다. 그 결과, 미국에 다음 가는 경제대국으로 성장했다. 그러나 그 뒷면에는 한국을 포함한 아시아 주변국가의 권위주의적 정권, 사실상의 군사국가를 지원하는 형태로 막대한 경제이익을 획득해온 것이 경제대국으로 밀어올리는 큰 원인이 되었다. 이를테면 한국에서 3대를 이어온 군사정권으로의 철저한 지원에 의해 일본은 본래 완수해야 할 식민지지배 책임을 뒤로 미룬 채, 거꾸로 한일 무역에서 일방적인 수출초과를 지속해 왔다.

그렇지만, 냉전체제가 끝나고 지금까지 대 아시아관계가 근저에서 수정된다. 즉, 냉전체제에 지탱되어 온 '민주국가' 일본으로 변신하고 있다. 아시아 주변국가가 민주화되는 한편에서 일본이 군사화를 추진하는 것은 미국과의 미일 군사동맹 관계 강화가 중요한 요인이다. 물론 이 밖에도 본래 보수주의나 배외주의로의 경향을 강하게 가진 일본인의 의식이나 사상에도 원인이 있다.

아무튼 미국은 현재 일본을 군사동맹 상대로 평가하고 군사일체화 노선 속에서 국제사회의 패권을 추구하고 있다. 또 일본은 미국의 세계전략에 호응하는 것으로 아시아에서의 패권국가로서의 지위를 보수하려 한다.

만약 일본이 미국의 지지를 받아 다시 아시아의 패권국이 된다면 아시아에 전쟁의 공포를 부르게 될 것이다. 그렇게 되지 않으려면 우리 일본인들이 무엇보다도 명확한 해답을 내지 않으면 안 된다. 동시에 아시아의 평화를 희구하는 아시아의 국민들과의 연계와 교류를 쌓아가는 것을 통해 일본의 신 군국주의화를 제지하고 아시아 평화공동체를 구축할 방도를 찾아야 할 것이다.

본서는 이러한 소원을 염두에 두고 군사화의 길을 걸어가는 일본의 현실과 그 원인을 분석하고 있다. 한 사람이라도 더 많은 한국 독자가 본서를 통해서 일본의 군사화가 특히 동아시아 지역에서 불안정 요인을 파생시키고, 또 그것이 장래에 한반도 지역에 새로운 위기과 혼란을 초래하는 요인이라는 사실을 알아주길 바란다. 우리들의 미래는 아시아 국민들의 깊고 끊임없는 우정과 평화구축의 노력에 의해 창조된다고 믿고 싶다.

또 본서는 필자가 대만 잡지에 일년 간에 걸쳐 연재한 논문과 한국 인터넷 신문 '평화만들기'에 발표한 논문을 토대로 한 것이다. 본서는 대만에서도 거의 동시에 출판될 예정이다.

2007년 8월 1일 저자 고케츠 아츠시 纐纈厚

## ▩ 역자후기 ▩

부활하는 일본의 군국주의

저자인 고케츠 교수님을 처음 뵌 것은 5년 전쯤이다. 작은 체구에 힘이 넘치는 목소리로 일본인의 식민지 사관을 냉철하게 비판하던 모습이 아직도 생생하다. 그 때 우연히 한자리에 있었던 나에게 언제든지 수업을 청강하러 와도 좋다고 하셨다. 그게 인연이 되어 교수님의 수업을 공짜(?)로 듣고 세미나에도 참가하기 시작했다.

교수님을 알게 되고 무엇보다 놀란 것은 교수님의 하시는 일의 양이다. 강의뿐만이 아니라 주말이면 외부로의 강연이 한달에 두세 번은 있으며, 저서 또한 1년에 두세 편은 쓰신다. 이 외에도 학교 안팎에서 많은 직책을 가지고, 해야 할 일이 산더미인데도 모든 일을 아무렇지도 않다는 듯이 해내신다. 그래서 가끔 교수님은 언제 주무시냐고 묻기도 하지만 당연히 할 일을 한다는 대답뿐이다. 그러나 단지 교수님이 부지런해서 이 많은 저서나 강연들을 소화해 가는 것은 아니었다. 교수님의 강연을 들어보면 알겠지만, 거기에는 교수님의 인생철학이라고 할까 역사관이 느껴진다. 지난 날 일본인들이 아시아 국민들에 대해 크나큰 피해를 입혔으며, 또 그에 대해 사죄와 반성을 해야 한다는 자세가 바탕에 깔려있다. 그런 정신위에 과거 일본이 전쟁에 치닫게 되는 과정에서의 천황과 군부의 움직임 등을 냉철히 바라본 것이 교수님의 연구의 중심이라고 생각된다. 이렇게 열심히 저서를 쓰시고 강연을 하시는 것은 스스로 당연히 해야 할 책무라고 생각하는 것이다.

이번에 번역을 시작한 계기는 교수님이 2년 전에 야마구치 대학교의 특임교수로 임명되고 소속 연구원으로 채용되었기 때문이다. 그 후로 한국과의 교류나 번역일 등을 담당하고 있으며, 이번이 두 번째로 번역한 저서가 된다. 원래 전공과 달라 번역하는 과정에서 어려움이 많은 것도 사실이지만, 교수님께 질문을 드리면 아주 상세히 전후 관계를 설명해 주셨다. 그런 과정을 통하여 나 자신 또한 교수님으로부터 많은 점을 배우고 있으며, 한일 간의 정치와 역사를 많이 생각하게 되었다. 무엇보다도 한국과 일본을 이어주는 다리 역할을 아주 기쁘게 생각한다.

그리고 많은 저서 중에서도 특히 이번 저서는 평상시 교수님의 강연과 공개강좌를 정리한 것으로 일반인들도 읽기 쉬운 내용으로 묶은 것이다. 한일간에 역사적인 균열을 보면서 역사를 바르게 알고 상대를 이해시키고 설득시키는 지식이 필요하다고 생각한다. 지금 현재 일본이 가고 있는 방향이 보수적이고 자칫하면 군국주의로 흐를수도 있는 상황에서 일본 정치를 바로 보고 한국과 일본이 가야 할 지침서가 되길 바란다.

2007년 8월 1일 번역자 박현주

## ▩ 본 논문에 관한 저자의 저서 일람 ▩



『문민통제 자위대는 어디로 가는가』이와나미 서점(岩波書店), 2005년
『전쟁과 평화의 정치학』호쿠쥬 출판(北樹出版), 2005년
『군사체제론 파병국가를 넘어서』임펙트 출판회, 2004년
『동아시아의 냉전과 국가 테러리즘』(공저)오차노미즈 쇼보(御茶の水書房), 2004년
『현대의 전쟁』(공저)이와나미 서점(岩波書店), 2003년
『군사법제란 무엇인가? 그 사적검증과 현 단계』임펙트 출판회, 2002년
『군사법의 덫에 속지 말라!』가이후사(凱風社), 2002년
『주변사태법 새로운 지역 총동원법・군사법제의 시대』샤카이 효론사(社會評論社), 2000년
『검증・신가이드라인 안보체제』임펙트 출판회, 1998년
『PKO협력법체제』아즈사 서점(梓書店), 1995년
『현대정치의 과제』호쿠쥬 출판(北樹出版), 1994년
『일미안보의 역사와 구조』쵸슈 신문사(長周新聞社), 1993년
『침략전쟁』범우사, 2006년, 한국어(번역서)
『헌법9조와 일본의 임전체제』 가이후사(凱風社), 2006년
『성단허구와 쇼와천황』 신일본출판사(新日本出版社), 2006년
『침략전쟁－역사사실과 역사인식』대만 다카오복문도서출판사(高雄復文圖書出版社), 2007년, 번역서(중국어)
『감시사회의 미래』 소학관(小學館), 2007년

## 저자약력

### 고케츠 아츠시(Atsushi Kokesu)

1951년 기후현(岐阜縣)태생. 히토츠바시대학(一橋大學) 대학원 사회학 연구과 박사과정 수료. 현재, 야마구치대학(山口大學) 인문학부 겸 야마구치대학 독립대학원 동아시아 연구과 교수. 야마구치대학 연구특임교수. 정치학박사. 근현대 일본정치사・현대정치사회론 전공. 2003년 12월 야마구치・후쿠오카 고이즈미 수상 야스쿠니공식참배 위헌소송 감정증인으로서 후쿠오카지방 재판소에서 증언. 이라크 특조법 위헌소송 원고(동경). 전『군사민론(軍事民論)』편집장. 군사문제 연구회(1975~)회원으로 전국의 기지조사와 중국, 미국, 구소련 등 군사전략 분석에 종사. 또 일본 근현대사 연구자로서 남경학살사건의 현지조사를 비롯해, 한국・중국・대만・ 말레이지아・싱가폴 등 동남아시아 각지에서 일본군에 의한 학살사례를 현지조사・연구에 종사. 최근 2003년 9月에는 북경에서 2004년 10월과 11월에는 서울과 대만에서 국제학회의 초대강연으로 전후 일본의 보수구조와 전쟁책임문제 등에 관해 학술교환. 상기 이외의 주요단저로『총력전체제 연구』(삼일서방(三一書房), 1981년),『근대 일본의 정군(政軍)관계』(대학교육사, 1987년),『방첩정책과 민중』(쇼와출판(昭和出版), 1991년),『일본해군의 종전공작』(쥬오코론샤 (中央公論社), 1996년),『일본해군의 총력전 정책』(대학교육출판 (大學教育出版), 1999년),『침략전쟁－역사사실과 역사인식』(치쿠마쇼보(筑摩書房), 1999년),『근대 일본 정군관계의 연구』(이와나미 서점(岩波書店), 2005년) 등 다수.

## 역자약력

**박현주**(朴賢珠)

경북 경주출생. 릿쇼(立正) 대학대학원 박사과정수료(지리학박사). 현재 야마구치대학 인문학부 연구원. 야마구치현립대학, 야마구치 단기대학 강사. 저서 『한글 독본-기초에서 독해까지』(아카시(明石) 서점, 2004년 공저) 『사랑해요! 한글-초급에서 중급으로』(하쿠테이샤(白帝社), 2007년 공저). 번역서 『침략전쟁』(범우사, 2006년 공역). 주요논문 「한국인 뉴커머・커뮤니티의 형성과 전개」(릿쇼 대학대학원 박사논문, 2001년) 「일본에서의 한국・조선계 미디어 형성과 전개」(신지리, 제48권, 3호) 외 다수.

# 부활하는 일본의 군국주의


**초판인쇄** 2007년 11월 16일
**초판발행** 2007년 11월 26일
**저자** 고케츠 아츠시
**역자** 박현주
**발행처** 제이앤씨
**주소** 서울시 도봉구 창동 624-1 현대홈시티 102-1206
**등록번호** 제7-220호
**TEL** (02) 992-3253
**FAX** (02) 991-1285
**E-mail** jncbook@hanmail.net
**URL** http://www.jncbook.co.kr





**ISBN** 978-89-5668-555-7 93830
**정가** 13,000원